古典詩歌研究彙刊

第二一輯

龔鵬程 主編

第 9 冊

陸游蜀中七律研究（上）

藍治平 著

國家圖書館出版品預行編目資料

陸游蜀中七律研究（上）／藍治平 著 — 初版 — 新北市：花木蘭文化出版社，2017〔民 106〕

目 4+204 面：17×24 公分

（古典詩歌研究彙刊 第二一輯；第 9 冊）

ISBN 978-986-404-870-0（精裝）

1.（宋）陸游 2.宋詩 3.律詩 4.詩評

820.91   106000431

ISBN-978-986-404-870-0

9 789864 048700

古典詩歌研究彙刊
第二一輯　第九冊   ISBN：978-986-404-870-0

陸游蜀中七律研究（上）

作　　者　藍治平
主　　編　龔鵬程
總 編 輯　杜潔祥
副總編輯　楊嘉樂
編　　輯　許郁翎、王筑　美術編輯　陳逸婷
出　　版　花木蘭文化出版社
社　　長　高小娟
聯絡地址　235 新北市中和區中安街七二號十三樓
　　　　　電話：02-2923-1455／傳眞：02-2923-1452
網　　址　http://www.huamulan.tw 信箱 hml810518@gmail.com
印　　刷　普羅文化出版廣告事業
初　　版　2017 年 3 月
全書字數　230793 字
定　　價　第二一輯共 22 冊（精裝）新台幣 33,000 元
版權所有・請勿翻印

陸游蜀中七律研究(上)

藍治平 著

作者簡介

藍治平

臺灣南投人,現居高雄。

國立中正大學資訊工程學系學士

高雄師範大學國文學系碩士

南風文學獎得獎作品

現代詩〈等價交換〉〈最後的黃金戰士〉

現代散文〈漫步桃花源〉〈樹大無根〉

現代小說〈獵殺瓦甯〉〈直擊現場〉

古典詩〈樂遊桃米村〉〈北插天山賞霧淞〉

古典詞〈江城子——暗戀水莎蓮〉

古典散文〈三甕成虜〉〈葫蘆谷遊記〉

〈漫步桃花源〉《幼獅文藝 705 期・YOUTH SHOW 聯展》

〈元好問詠杏花詩探析〉《源頭活水論文發表會論文集》

〈非馬動物詩創作意涵探析〉《2011 國文教學學術研討會論文集》

碩士論文《陸游蜀中七律研究》

提　要

　　陸游為南宋最重要的詩人,其詩歌藝術足與北宋蘇軾相互輝映。陸游也是中國文學史上存詩最多的詩人,近萬首詩作更超越白居易、蘇軾、黃庭堅三家總和。陸游詩數量龐大,為求能深入探析作品,本論文採取分期、分體研究,將研究範圍限縮在蜀中時期所作 413 首七律,以期充分討論。本論文共分七章:

　　第一章、緒論:說明研究動機,並對近代學者的相關研究書籍、論文進行介紹與分析。最後界定研究範圍並確立研究方法。

　　第二章、陸游生平事蹟及其蜀中生活:先考察陸游生平經歷與關鍵紀事,將其生涯分為入蜀前生活概況、蜀中生活經歷、離蜀後生活概況三時期分別探討。以此理解其生涯梗概與蜀中詩歌創作的時代背景。

　　第三章、陸游蜀中七律之內涵:此章將 413 首蜀中七律依據題材進行分類,共歸納出「官宦」、「生活」、「寫景」、「人事」、「詠物」五大類,每一大類再另分子類進而討論,藉此爬梳陸游詩中的豐富內涵。

　　第四章、陸游蜀中七律之形式:本章分別從「語彙特色」、「修辭技巧」、「用韻特徵」三層面,逐一探究陸游蜀中七律的藝術特徵。

第五章、陸游蜀中七律之風格：本章考察蜀中七律實際情形，再彙整歷代詩評家對陸詩風格的相關論述，進行比對、區隔、參照，據此歸納出「悲鬱沉雄」、「蕭瑟曠蕩」、「豐贍秀麗」、「清淡圓潤」四種主要風格。

　　第六章、陸游在七律發展史上的地位：本章主要探討唐、宋以來七律發展概況，由此確定陸游在七律文學史所作的貢獻與定位。

　　第七章、結論：統整上述六章的研究成果，並回應緒論所提及的研究課題。由此確認陸游七律之思想價值與對七律發展所作出的重要貢獻。

謝　誌

　　高中念的是自然組，大學讀的是理工科，職場奔波多年後，重返校園選擇的竟是國文研究所。求學過程如此峰迴路轉，其中別有一段心路歷程。

　　回想起來，從小就對人文藝術方面的課程特別感興趣。國文、歷史、地理就像三座穿越時空的任意門，打開課本就湧出說不完的故事；美術、書法、作文更能凍結時間，讓我徜徉在小小的藝術天地裡，忘卻時光的流動。

　　可惜我所喜愛的文藝課程，隨著升學壓力遞增而漸漸消融，高中自然組課業繁重，大學念的是資工系，更得與程式碼長期抗戰。從此讀書全為文憑、就業，學習的樂趣就在永不停歇的鍵盤聲中消磨殆盡。

　　大學畢業後偶然接觸到教學工作，發現與孩子的相處充滿樂趣。比起面對冷冰冰的電腦，這才是我想要的工作。這也促使我想進一步提升自己的專業素養，於是決定就讀高師大國文所。

　　在高師大國文所兩年的修課時間相當充實愉快，簡言之，就是「相見恨晚」加「如魚得水」。從前修讀理工課程，上課就是緊張兮兮地猛抄筆記，當老師丟出問題時，就像被蛇盯上的青蛙；在國文系則不同，尤其是喜愛的文學課程，老師淵博的學識與生動的講解，啓

發我許多省思與靈感，即使面對提問也能侃侃而言，此中樂趣更勝於書卷偶有所得。此外，國文系所舉辦的課外活動也相當吸引人，南風文學獎、語文競賽、板書比賽、學術研討會等等，我也盡可能參與，感受一下當「文青」的滋味。

感謝高師大曾經指導我的所有師長，對於一個非本科系出身的研究生，都能不厭其煩地替我解答疑惑，幫我很快進入狀況，融入國文系這個大家庭。特別是指導教授——王頌梅老師，對我更是悉心指導，除了研究所課程，更讓我在大學部旁聽，引領我初窺古典詩歌堂奧。記得有次正逢端午，老師更犧牲假期，花了整整一下午指導我論文寫作。老師的研究精神與教育熱忱，是我日後做人做事的最佳楷模。還要感謝這次口試的二位教授，林惠美老師、林惠勝老師，百忙之中細心審閱論文，指正不少錯誤並提出修改建議，讓學生受益良多。

從職場重返校園，除了決心與毅力，家人的關懷與支持更是一股重要的力量。謝謝我的父母從小到大一路的栽培，當我面對難關時總是在背後提供支援；謝謝妹妹心怡，當我鬱鬱寡歡時總能發揮機智與幽默，三、兩句閒聊就讓心情豁然開朗。

最後，我要感謝私淑的人生導師——陸游，雖然時空距離遙遠，但他的創作精神與人生智慧，隨著研究的深入感受也格外深刻。「朱顏漸改功名晚，擊筑悲歌一再行」、「謫仙未必無遺恨，老欠題詩到夜郎」、「浮沉不是忘經世，後有仁人識此心」、「躬耕本是英雄事，老死南陽未必非」，他詩歌中的豪壯、瀟灑、忠誠、樸實皆與其人生信念與處世哲學相合，是一位真情真性的偉大詩人。也就是因為對於陸游詩歌的感動，方能支持我熬過繁浩的文本分析歷程，完成這篇曠日費時的碩論。在撰寫論文的過程中偶得新詩一首，篇末附上拙作，以示對這位愛國詩人的敬意。

題目：一陸向北

劍南 渭南 蜀道難
世途艱險
我，揮鞭聊耍風月
擎劍騎驢，一心向北

車上 馬上 病枕上
咀英嚼華，熨燙滿腔熱血
風中 雨中 醉夢中
礪兵秣馬，整軍待發
那筆帶劍勢的五十六字

寶劍徹夜嘶吼，
青鋒何懼斧鉞摧折？
但無奈，寂寞鏽蝕……
不懂，就擲杯喝問：
為何讒言鄙陋，卻總能封印
灼燙的碧血噴濺！

一柄絕世好劍
被明君放逐在鏡湖邊
燕去燕來，花開花落
孤燈殘影，鬢絲飛雪
不甘困守群書
依舊堅持
六十年來萬首詩，只不過是副業

一輩子就想鎔鑄在大散關
當座至死不移的
指北針

藍治平　謹識於國立高雄師範大學國文研究所
民國 104 年 7 月 30 日

目

次

第一章　緒　論

第一節　研究動機

陸游（西元 1125～1209），字務觀，號放翁，越州山陰（今浙江省紹興市）人。生於宋徽宗宣和七年，隔年適逢靖康之亂，北宋滅亡。陸游在襁褓中隨父親陸宰南歸，童年時期在父執輩耳濡目染下，很早就立下抗金復國的弘願。這股堅定的信念不但貫徹其八十五年生命，也貫注在他的詩歌創作中，矢志不移的愛國精神與爐火純青的詩歌藝術融為一爐，使陸游繼屈原、杜甫之後，成為另一位名垂青史的愛國詩人。

中國詩歌史淵遠流長，其中不乏許多志忠慮純、秉性高潔的詩壇巨擘，為何陸游能從眾家中脫穎而出，與屈、杜同列愛國詩人典範？歸納主因如下：一、具有高尚的愛國情操與不屈的奮戰精神。二、國家面臨危急存亡之秋，處境艱困。三、全心投入愛國詩篇的創作。四、詩歌具有重大的文學成就。

近代學者多聚焦在前三項的相關討論，至於陸詩的文藝研究則尚有許多值得開發之處。陸游存詩將近萬首，眾體兼備、量多質精，詩歌內容涵蓋當時社會生活的種種面相。光是爬梳整理，就已經是曠日彌久的浩繁工作，即使依據體裁、時期、內容等等進行分類研究，切

割後的作品數量仍舊相當龐大，往往動輒千首以上，即使多產如白居易、蘇軾、黃庭堅，三人存詩數量總合也不及陸游爲多。〔註1〕因此筆者欲透過分體、分期並行的研究方式，限縮陸詩的研究範圍，以利更深層、透徹地剖析探討。

陸游兼善眾體，古體、近體俱佳，五言、六言、七言皆備。其中尤以七律用功最勤、成就最高。歷代詩評家多給予極高評價。

陳訏云：「放翁一生精力，盡於七律，故全集所載，最多最佳。」〔註2〕

沈德潛曰：「放翁七言律，對仗工整，使事熨貼，當時無與比垺。」〔註3〕

姚鼐云：「放翁激發忠憤，橫極才力，上法子美，下攬子瞻，裁制既富，變境亦多。其七律固爲南渡後一人。」〔註4〕

舒位云：「嘗論七律至杜少陵而始盛且備，爲一變；李義山瓣香于杜而易其面目，爲一變；至宋陸放翁，專工此體，而集其成，爲一變；而他家之爲是體者，不能出其範圍矣。」〔註5〕

陳衍云：「案劍南最工七言律、七言絕句。略分三種：雄健者不空；雋異者不澀；新穎者不纖。……七言律斷句，美不勝收。」〔註6〕

〔註1〕據袁行霈於《中國文學史》所言：白居易存詩二千八百多首；蘇軾存詩二千七百多首；黃庭堅存詩一千九百多首；陸游存詩九千四百多首。《中國文學史》（臺北市：五南圖書出版股份有限公司，2011年3月），上冊，頁732。下冊，頁60、73、117。

〔註2〕陳訏：《宋十五家詩選》，〈劍南詩選題詞〉。轉引自孔凡禮、齊治平編：《陸游資料彙編》（北京市：中華書局，2006年8月），頁187。

〔註3〕沈德潛：《說詩晬語》。轉引自孔凡禮、齊治平編：《陸游資料彙編》（北京市：中華書局，2006年8月），頁206。

〔註4〕姚鼐：《古詩選》附《今體詩鈔》，〈今體詩鈔序目〉。轉引自孔凡禮、齊治平編：《陸游資料彙編》（北京市：中華書局，2006年8月），頁305。

〔註5〕舒位：《瓶水齋詩集》，卷十五。轉引自孔凡禮、齊治平編：《陸游資料彙編》（北京市：中華書局，2006年8月），頁328。

〔註6〕陳衍：《劍南摘句圖》。轉引自孔凡禮、齊治平編：《陸游資料彙編》（北京市：中華書局，2006年8月），頁378。

統整諸家論述如下：陳訏指出七律爲陸游最重視的體裁；沈德潛讚揚放翁七律對仗使事之精湛；陳衍注意到放翁七律風格之豐富多彩；姚鼐與舒位則著眼於陸游在七律發展進程的歷史定位。筆者研讀陸游相關詩評、論著之後，首先注意到幾個問題：一、陸詩以愛國主題著稱，體裁則首重七律。兩者之間有何關聯？二、陸游七律包含哪些思想內容？三、陸游在創作技巧上有何優點與新變？四、陸游七律成就是否足以稱爲「集大成者」？

陸游現存七律約 3184 首，〔註7〕數量極爲龐大，因此研究範圍在分體後再進行分期劃分。陸游長達 68 年的創作生涯大概可分爲三期，〔註8〕早年「窮極工巧，而仍歸雅正，不落纖佻」；中年入蜀後，經歷羈旅從戎，境界轉爲「宏肆」；晚年則「皮毛落盡」，步入「詩到無人愛處工」之境。〔註9〕其中巴蜀漂泊的八年間，實屬陸游詩風發展的關鍵階段。入蜀前陸游歷練不足、眼界未開，尚未擺脫江西習氣；晚年則年邁體衰，詞語重複、句法雷同的疲弊漸生，雖仍吟詠不輟、時發壯語，但作品質量已不如從前。故筆者選擇入蜀期間的七律爲研究範圍，此時期既可觀察到陸游突破江西藩籬，卓然成家的蛻變歷程；亦涵蓋其創作生涯的巔峰時期。作品數量經過分體、分期的雙重裁減，也驟降爲 413 首。有利於題材、語言、形式等等的量化統計，藉此幫助修正直觀印象的偏差，進行客觀的舉證與論述。

第二節　文獻探討

陸詩的文學成就在當時就已受到極高的評價，南宋的朱熹、范成大、楊萬里、姜夔；宋末的羅大經、魏慶之、劉辰翁；元代的吳師

〔註7〕徐丹麗：《陸游詩研究》南京大學中文系博士論文，2005 年，頁 224。
〔註8〕自《劍南詩稿》最早收錄十八歲所作〈別曾學士〉，至八十五歲絕筆詩〈示兒〉，共計 68 年。
〔註9〕趙翼：《甌北詩話》，卷六。轉引自孔凡禮、齊治平編：《陸游資料彙編》（北京市：中華書局，2006 年 8 月），頁 275。

道、方回、高明；明代的王世貞、袁宗道、陳瑚；清代的陳維崧、葉
燮、朱彝尊、王士禛等等，南宋以後許多著名的詩人、詩評家，皆對
陸詩有獨到的見解。孔凡禮、齊治平廣泛蒐羅歷代文獻，將古人對
陸游的相關評述彙編成冊，〔註 10〕錢仲聯據明毛晉汲古閣後印本爲
底本，將《劍南詩稿》重新整理校注，並增附《放翁逸稿》、《逸稿
續添》、《逸稿補遺》及〈陸游年表〉等等文獻資料，〔註 11〕提供後
繼研究者良好的基礎。以下簡介近代學者對於陸游詩的相關著作與
論文。

一、傳記

1. 張健：《陸游》〔註 12〕

本書爲陸游立傳，摘陸游的詩句「我生急雨暗淮天」、「獨有書癖
不可醫」、「不堪幽夢太匆匆」、「我輩故應情所鍾」、「身如巢燕年年
客」、「移家來就鏡湖涼」、「路入千峰百嶂中」、「蜀江朝暮東南注」等
等爲回目，將陸游一生分爲十七個階段，詳細介紹。全書以陸游生平
經歷爲主軸，記錄詩人從出生到卒年間所遭遇的重大事件，文筆明快
通暢，幫助讀者清楚扼要地掌握住詩人的生命歷程與思想脈絡，進入
其內心的情感世界。

2. 朱東潤：《陸游傳》〔註 13〕

本書也是陸游傳記，與張健所寫的《陸游》相較，最大的不同在
於對宋代政局的詳加評述。因此作者以陸游的生平爲主軸，中間穿插
時空環境、宋金局勢、歷史人物的背景知識，幫助讀者建立宏觀的歷

〔註 10〕孔凡禮、齊治平編：《陸游資料彙編》（北京市：中華書局，2006 年
8 月）。

〔註 11〕陸游著，錢仲聯校注：《劍南詩稿校注》（上海：上海古籍出版社，
1985 年 9 月）。本論文凡引陸詩皆用錢氏注本，其後僅簡稱《詩稿校
注》，並依序標明冊數、卷次、頁碼。

〔註 12〕張健：《陸游》（臺北市：河洛圖書出版社，1977 年 5 月）。

〔註 13〕朱東潤：《陸游傳》（臺北市：華世出版社，1984 年 2 月）。

史視野，令其對於陸游所處的時空條件，以及所現實上所面臨的種種生命情境，有更加完整深刻的理解與認識。

3. 歐小牧：《陸游年譜》〔註14〕

本書採編年方式，以文言文簡述陸游生平。主要價值在於蒐集陸游相關的文獻資料、是年同時關係之著名人物資料，以及同年宋、金境內所發生的歷史事件，依照時間順序分別條列，提供學者清楚客觀的研究資訊。譜前、譜後並附〈陸放翁先生家世〉、〈陸佃傳〉、〈陸放翁先生外家事蹟〉、〈陸放翁先生著作目錄〉、〈陸放翁先生著作系年〉等文，提供讀者參考。

4. 邱鳴皋：《陸游評傳》〔註15〕

陸游在歷史上具有「詩人」、「詞人」、「文學家」、「政治家」與「愛國主義者」等多重身分。傳統傳記多聚焦於文學史上的陸游，作者則主張「思想家不一定是詩人，但是真正的詩人必然是思想家」，認為以「思想家」的角度為陸游立傳，方能接觸其核心價值。本書共十章，可分為三大部份：第一部分為陸游生平傳記；第二部份為陸游的哲學、政治、民生思想；第三部份為陸游的文學想與成就。本書將陸游整體思想作系統性的闡述與評論，幫助讀者更全面地理解這位詩壇的一代巨擘。

二、詩文選集

關於陸游的相關著作，有許多屬於詩、詞、文等的作品選集。編選者以豐厚文學素養為基礎，廣閱歷代評論並獨出機杼，從陸游豐碩的文學成果中爬梳剔抉，選出具有代表性的作品，並詳加註解、賞析，以供大眾初探陸詩門徑。從南宋以來不斷有詩評家投入陸游詩文的選注工作，如劉辰翁《須溪精選陸放翁詩集》、羅椅《澗谷精選陸放翁詩集》、楊大鶴《劍南詩鈔》、季吉《陸游詩選》、朱東潤《陸游選集》、

〔註14〕歐小牧：《陸游年譜》（臺北市：木鐸出版社，1982年5月）。
〔註15〕邱鳴皋：《陸游評傳》（南京市：南京大學出版社，2002年2月）。

陸應南《陸游詩選》等等，〔註16〕整體概觀，諸家所選篇目、數量雖略有差異，但題材多涵蓋感憤國難、抒情詠懷、慨歎不遇、自然風光、田園閒適等主要內容；體裁則以七律、七絕、七古為主。歸納可知，歷代評選陸游詩歌的三個共識：一、詩歌內涵以憂國念時為主調；二、詩歌題材含蘊豐富，足以反映當時社會生活；三、陸詩以七言最受到普遍推崇。

三、學位論文

（一）整體研究

1. 李致洙：《陸游詩研究》〔註17〕

本書原為臺灣大學中文系論文，後經張健推薦文史哲出版社付印。全書高達 25 萬字，緒言與結語除外共分八章，從陸詩的背景、淵源、詩論、內容、寫作技巧、風格、缺點，到陸詩在詩史上的地為與影響，皆有全盤而深刻的論述，其中〈陸游的詩論〉、〈陸游詩的寫作技巧〉、〈陸游詩的缺點〉三章特別突出，作者歸納整理陸游詩文中散見的文學主張，分〈悲憤說〉、〈工夫論〉、〈自然論〉、〈欣賞論〉四章闡論，形成系統性的詩歌理論；在寫作技巧上則從用字、句法、修辭逐一探討陸詩內容與形式的對應關係；作者並分析歷代對陸詩的惡評，提出客觀嚴謹的評論。全書評析精闢、獨具創見，對後進研究者啟迪良多。

2. 宋邦珍：《陸游詩歌研究》〔註18〕

本書與李氏同樣以陸詩整體為研究範圍，兩者主要區別在於宋氏欲由作品的爬梳，以及深入作者的一生事蹟，得出作者及作品相互

〔註16〕黃英：《陸游詩歌五十首經典名篇的考察》，江西師範大學中國古代文學碩士論文，2011 年 5 月，頁 4。

〔註17〕李致洙：《陸游詩研究》（臺北市：文史哲出版社，1991 年 9 月）。

〔註18〕宋邦珍：《陸游詩歌研究》，高雄師範大學國文學系博士論文，1990年。

融攝之全貌。〔註19〕因此作者花相當篇幅介紹南宋政局、詩壇概況、陸游家世、生平事蹟與交友情形。另外在陸詩內容的分類方式也與李氏頗多分歧，將題材與情感合併探討。提供研究者不同視野。

（二）專題研究

1. 劉奇慧：《陸游紀夢詩研究》〔註20〕

本書以陸游紀夢詩爲研究對象，其中包含詩題嵌有夢字者及詩句嵌有夢字者，共 811 首。作者認爲陸游紀夢詩含蘊豐富，可說是所有詩歌主題的濃縮，詩歌意象變化多端，極富藝術價值。本書將紀夢詩題材分爲愛國與思鄉、愛情與親情、閒適與方外、遠遊與懷古、回憶與託寓五節；風格分爲豪邁雄壯、恬淡閑適、悲鬱深沉、怪詭離奇、清麗飄逸五類，全書結構緊密、論述周詳。

2. 王瑄琪：《父子更兼師友分——陸游教子詩研究》〔註21〕

本書以陸游 185 首教子詩爲研究對象，其中有 175 首爲六十六歲返鄉居家後所作。這些教子詩不僅代表著一位慈父對兒女的諄諄教誨，也是一代政治家、文學家、哲學家的思想精華。作者對陸游生平、家世、子嗣介紹詳細，並對其詩學淵源、政治思想、陸氏家風進行廣泛的考察。教子詩主要包涵仁民愛物、求知勤學、孝養慈幼、文學見解五大內涵，皆爲儒家教育哲學的核心價值，陸游賦以詩歌傳頌，樹立儒家詩教的典範。全書以探討教子詩思想內容爲主，至於藝術特色則未能突顯。

3. 卓旻賢：《陸游題畫詩研究》〔註22〕

本書以陸游 86 首題畫詩爲研究對象，依照繪畫主題分爲人物

〔註19〕宋邦珍：《陸游詩歌研究》，高雄師範大學國文學系博士論文，1990年，頁3。

〔註20〕劉奇慧：《陸游紀夢詩研究》，臺灣師範大學國文學系碩士論文，2003年。

〔註21〕王瑄琪：《父子更兼師友分——陸游教子詩研究》，彰化師範大學國文學系碩士論文，2004年。

〔註22〕卓旻賢：《陸游題畫詩研究》，東華大學中文學系碩士論文，2013年。

畫、花竹禽魚畫、山水畫三章討論。作者偏重於形神論的介紹，並輔以宋代其他詩人的題畫詩與藝術理論。但卻未能觸及題畫詩與直接歌詠的異同、陸游題畫詩的思想內涵與藝術特色、繪畫技巧與詩歌技巧的比較與融合等核心問題。此外，本書僅以題材分章討論，形式與風格既未獨立成章，亦不另闢子節分述，稍嫌籠統紛雜。

（三）分期研究

1. 王曉雯：《陸游蜀中詩歌研究》〔註23〕

本書以陸游蜀中詩歌為研究對象，自乾道六年（1170）〈雪中臥病在告戲作〉起，至淳熙五年（1178）〈東歸有日書懷〉共 845 首。作者對於陸游入蜀動機與蜀中生活經歷，有相當深入且詳盡的考察。並在影響陸游蜀中詩歌創作的因素有獨到而縝密的探討，從南宋的政經發展、蜀地的風土人情、前代流寓蜀中的詩人，到陸游的詩歌理論都有充分的論述。唯陸游蜀中詩歌之藝術形式部份，篇幅較少，未能彰顯陸游蜀中詩歌之藝術特色。

2. 馬寅：《陸游入蜀（乾道六年──淳熙五年）研究》〔註24〕

本書研究對象為陸游蜀中詩文，但卻是以詩文中所記載的風土人情為重點，考察南宋時期蜀中地區的經濟發展與民俗文化，因此是以古代歷史的觀點，而非文學的角度研究陸詩。

3. 蔡書文：《陸游詩中的老年世界探析》〔註25〕

本書主要以陸游六十五歲至八十五歲間的詩歌為研究對象，重點聚焦在老年書寫方面，惜研究範圍並未清楚定義。古人年祚遠不及現代人，陸游無法預知自身年限，其詩從五十歲左右就已開始老年書

〔註23〕王曉雯：《陸游蜀中詩歌研究》（臺北縣：花木蘭出版社，2008 年，9月）。

〔註24〕馬寅：《陸游入蜀（乾道六年──淳熙五年）研究》，重慶師範大學中國古代史碩士論文，2011 年。

〔註25〕蔡書文：《陸游詩中的老年世界探析》，東華大學中國語文學系碩士論文，2012 年。

寫；而六十五歲以後諸作，老年題材也僅占一部分，其中涉及老年相關題材的詩歌數量，應提供確切的統計結果。作者將「陸游詩中的老年世界」分爲初老階段、老退生活、疾病與死亡書寫三章論述，前兩者屬時間歷程，後者屬詩歌內容，章節架構宜作調整。另作者對陸游老年生命情境有充分討論，卻缺乏老年書寫形式、風格的相關論述，也頗爲可惜。

（四）分體研究

1. 呂輝：《陸游七言律詩研究》〔註26〕

本書專以陸游詩中 3184 首七律爲研究對象，作者特別重視詩歌形式技巧的討論，從語彙、結構、修辭、風格皆設專章討論，尤其在語彙統計與分類工夫相當扎實，因此論述格外充實嚴謹。與之相較，結構、修辭兩章就略爲不足。另外本書在緒論後，就直接進入陸游七律內容的討論，對於詩人活動的時空環境未能提供具有脈絡性的介紹，在閱讀理解上稍嫌突兀。

（五）經典化研究

1. 黃英：《陸游詩歌五十首經典名篇的考察》〔註27〕

本書採取統計方法挑選出陸游詩中名篇，並以此作爲定量研究的基礎。作者統計歷代選本、通本、唱和、追和、評點、論著、論文中陸詩的出現次數，並依照影響性設計加權比重，列出最具代表性的五十首經典名篇。並進而探討這些經典之作的題材、體裁分佈情形；形成經典的內外因素；宋、元、明、清的審美趨向。作者以精密的統計方法研究陸游名篇，誠然客觀嚴謹，但卻也顯示出數字分析的局限性。詩歌間存在有體裁、題材、時期、技法、風格等等差異，本來就

〔註26〕呂輝：《陸游七言律詩研究》，陝西師範大學中國古代文學所博士論文，2008 年，頁 8。

〔註27〕黃英：《陸游詩歌五十首經典名篇的考察》，江西師範大學中國古代文學碩士論文，2011 年 5 月，頁 4。

難有絕對性的優劣評斷；再加上選評者、研究者之間目的、學養、喜好的個人差異，更增加評分上的難度。作者所選的五十首名篇雖有數據支持，但主要代表的還是從南宋累計至今，陸詩中最受矚目的作品，這樣的統計結果會隨著未來的研究及文獻的出土而變動，並不足以反映其在文學史上的內涵與價值。

第三節　研究範圍與方法

　　本論文以陸游蜀中時期七律為研究對象，在時間的切割上並不僅以地域為考量。蜀中之行是陸游人生歷程的一次劇變，對詩人情感與認知上所帶來的影響，並非踏上蜀境後才開始。因此研究範圍以乾道六年（1170）春山陰所作〈送芮國器司業〉起，〔註28〕至淳熙五年（1178）春離蜀前成都所作〈東歸有日書懷〉止，〔註29〕共413首七言律詩為主要研究對象。此外為突顯蜀中七律的藝術特色，亦選取入蜀前與離蜀後的七律以及蜀中時期其他體裁的詩作，進行發展歷程與體裁特徵的比較研究。

　　本論文扣除緒論、結論共分五章，第二章先以陸游生平進行考察，將其生涯以入蜀、離蜀為界，分為入蜀前生活概況、蜀中生活經歷、離蜀後生活概況三個時期。入蜀前與離蜀後採取簡述的方式，以期呈現陸游較完整的生命歷程；蜀中生活經歷則參照《入蜀記》、《劍南詩稿》、傳記、年譜等等，依據陸游活動的地點、遷徙的路線對其蜀中生活經歷詳加探討，藉此考察陸游蜀中詩歌創作的時代背景。

　　第三章為研究蜀中七律內涵，將413首蜀中七律依據題材進行分類後，共歸納有「官宦」、「生活」、「寫景」、「人事」、「詠物」五大

〔註28〕本文以陸游夔州赴任臨行前所作〈將赴官夔府書懷〉定為時間起始點，〈送芮國器司業〉聯章二首其一，為此後所作第一首七言律詩。
　　　　陸游：《詩稿校注》，冊一，卷二〈送芮國器司業〉其一，頁132。
〔註29〕陸游：《詩稿校注》，冊二，卷九〈東歸有日書懷〉，頁768。

類，每一大類再另分子類進而討論，藉此爬梳陸游詩中浩瀚廣博的內涵世界，以期呈現較為層次分明的結構體系。

　　第四章研究蜀中七律形式，第一節探討詩歌語彙特色，從虛詞、俗語、色彩、疊字的使用現象，分析語彙與藝術特徵的關聯；第二節探討詩歌修辭技巧，陸游七律主要使用摹寫、譬喻、誇飾、用典、對仗等修辭，本章將分別探討其使用技巧與特色，並舉詩例以資印證；第三節探討詩歌的用韻特徵，先將 413 首蜀中七律依據韻部統計列表，以示各韻部的使用情形，由此觀察陸游蜀中七律的用韻特徵。

　　第五章討論蜀中七律風格問題，風格就詩歌而言，係指某些綜合性的總體特點。但「總體」卻會隨著範圍的改變，使風格產生相當的變化。比如將「陸游詩」、「陸游樂府詩」與「陸游田園詩」分別探究，定可觀察出風格的歧異處。因此本章考察蜀中七律的風格，並與歷代相關論述進行比對、參照，據此歸納出陸游蜀中七律的幾種主要風格。

　　第六章探討唐、宋以來七律發展概況，由此確定陸游在七律文學史所作的貢獻與定位。

　　本論文面對數量龐大的陸詩，先藉由分期、分體方式限縮研究範圍，以利進一步剖析探討。主論則從「知人論世」為起點，了解詩人所處的時空背景以及蜀中生活的詳細經歷，以此為線索探究詩歌所蘊藏的情思。再依序由內涵、形式、風格三方面對陸游蜀中七律進行討論。從而體認愛國詩人的思想價值與其在七律發展上的重要貢獻。

第二章 陸游生平事蹟及其 蜀中生活

　　本章共分為三節，第一節介紹陸游入蜀前生活概況，將其四十五歲以前的人生歷程分為童年、青少、青壯三個時期概述，內容包含時代背景、家庭環境、成長過程、仕宦經歷等。第二節則詳究陸游蜀中生活經歷，以年譜、〔註1〕傳記、〔註2〕詩文〔註3〕等資料為主軸，並對照南宋歷史地圖，〔註4〕以此追溯其遷徙流轉的過程，作為討論陸游蜀中生活經歷與作品內容情感的客觀憑據。第三節則簡要說明陸游離蜀後生活概況，以淳熙十六年第五度被劾罷官為分水嶺，前期陸游曾三度出仕，後期則大多歸隱山陰。

　　三節內容以第二節歷時最短、篇幅最重，以期既聚焦蜀中七律的創作時期，又能對陸游人生經歷有整體認識。

〔註 1〕 陸游年譜以錢仲聯《劍南詩稿校注》第八冊所附錄為主，參照歐小牧《陸游年譜》（臺北市：木鐸出版社，1982 年 5 月）。

〔註 2〕 陸游傳記以《宋史・陸游傳》及陸游所作《入蜀記》（北京市：中華書局出版發行，1985 年）為主，參考張健《陸游》（臺北市：河洛圖書出版社，1977 年）、朱東潤《陸游傳》（臺北市：華世出版社，1984 年）。

〔註 3〕 詩文資料所指為陸游詩文內容、自注、題解等資料。

〔註 4〕 譚其驤主編：《中國歷史地圖集》，冊六（宋・遼・金時期）（臺北市：曉圓出版社有限公司，1992 年 2 月）。

第一節　入蜀前生活概況

一、童年時期

宋徽宗宣和七年，陸游父親陸宰出任淮南計度轉運副使，與妻唐氏由壽春（今安徽省壽縣）乘船北上汴京（今河南省開封市），十月十七日停靠淮河岸，唐氏產下第三子——陸游。〔註 5〕這一年金國滅遼，繼而南侵宋朝，徽宗連忙傳位於太子趙桓，是爲欽宗。〔註 6〕宋欽宗臨危受命，仍無力阻止金兵南進。靖康元年正月，金兵渡過黃河攻陷京師，欽宗前往金營請降。淮河流域烽煙四起，陸宰一家從榮陽（河南省榮陽市）南奔壽春。〔註 7〕靖康二年四月，金虜徽、欽二帝北去，康王趙構即位於南京，改元建炎，是爲高宗。這年冬天壽春亦遭賊寇襲擾，陸宰於是舉家遷回山陰（今浙江省紹興市）。〔註 8〕

建炎二年，金兵進逼汴京，所幸被宗澤所敗。隔年金兵再度大舉南侵，建康（今江蘇省南京市）、臨安（今浙江省杭州市）相繼淪陷。高宗先奔臨安後轉往明州（今浙江省寧波市），再航海逃向溫州（今浙江省溫州市）。建炎四年，陸宰見情況危急，舉家遷往婺州東陽（今浙江省東陽市）依附義勇軍首領陳宗譽。〔註 9〕陸家在東陽寓居三年。這其間宋將張浚、吳玠、韓世忠等先後擊敗金兵，高宗重回臨安，南宋偏安局勢漸成。紹興三年，陸宰舉家遷回故里，此後生活相對穩定。誠如陸游所述：「我生學步逢喪亂，家在中原厭奔竄，淮邊夜聞賊馬嘶，跳去不待雞號旦。」〔註 10〕他出生即逢國難，九歲以前多流離顛沛，抗金救國之志已在童年埋下種子。

〔註 5〕歐小牧：《陸游年譜》（臺北市：木鐸出版社，1982 年 5 月），頁 23。
〔註 6〕陸游：《詩稿校注》，冊八，〈陸游年表〉，頁 4609。
〔註 7〕陸游：《詩稿校注》，冊八，〈陸游年表〉，頁 4609。
〔註 8〕陸游：《詩稿校注》，冊八，〈陸游年表〉，頁 4610。
〔註 9〕陸游：《詩稿校注》，冊八，〈陸游年表〉，頁 4611。
〔註 10〕陸游：《詩稿校注》，冊五，卷三十八〈三山杜門作歌〉，頁 2455。

二、青少時期

　　陸游十歲入鄉校，從韓有功、從族伯父彥遠學習。〔註11〕十二歲能詩文，蔭補登仕郎。陸游讀書既廣且勤，除詩文外亦鑽研兵書，更習武學劍鍛鍊體魄，期望將來殺敵衛國。陸宰雖賦閒在家，但仍憂心朝政，常與參知政事李光等有識之士劇談國事。每論及中原淪陷、秦檜誤國，父輩皆感慨流淚、憤慨不已。陸游隨侍亦深受影響，更加堅定其恢復之心。

　　陸游十六歲時赴臨安應試，與堂兄伯山、仲高，及范元卿、陳公實、葉晦叔同場屋，六人結爲莫逆。〔註12〕陸游十八歲時得以從當時詩壇巨擘曾幾學詩。曾幾，字吉甫，號茶山居士，是江西詩派的重要詩人，也是一位著名的愛國志士，曾因反對秦檜和議而罷官。陸游將此次會面記載於詩：

> 兒時聞公名，謂在千載前。稍長誦公文，雜之韓杜編。夜輒夢見公，皎若月在天，起坐三嘆息，欲見亡緣緣。忽聞高軒過，驟喜忘食眠，袖書拜轅下，此意私自憐。道若九達衢，小智妄鑿穿。所願瞻德容，頑固或少痊。公不謂狂疏，屈體與周旋。騎氣動原隰，霜日明山川。鞄系不得從，瞻望抱悁悁。畫石或十日，刻楮有三年。賤貧未即死，聞道期華顚。他時得公心，敢不知所傳。〔註13〕

曾幾的指導，對陸游早期影響甚大，《劍南詩稿》由此開始收錄作品。陸游二十歲與唐琬成親，婚後琴瑟和諧。可惜唐琬不受陸母喜愛，不久被迫離異。陸游晚年有〈沈園〉、〔註14〕〈十二月二日夜夢遊沈氏園亭〉〔註15〕等詩，紀念這段愛情。二十三歲時，陸游再娶王氏。隔

〔註11〕陸游：《詩稿校注》，冊五，卷四十三〈齋中雜興〉其一，頁2688。

〔註12〕陸游：《陸放翁全集》，上冊，《渭南文集》，卷二十九，〈跋范元卿舍人書陳公實長短句後〉（臺北市：世界書局，1963年4月），頁181。

〔註13〕陸游：《詩稿校注》，冊一，卷一〈別曾學士〉，頁1。

〔註14〕陸游：《詩稿校注》，冊五，卷三十八〈沈園〉，頁2478。

〔註15〕陸游：《詩稿校注》，冊七，卷六十五〈十二月二日夜夢遊沈氏園亭〉，頁3677。

年三月長子子虞生，六月父親過世，陸游初爲人父不久即嘗失怙之痛。失去嚴父督促，陸游不改初衷，勤學不倦，以期早日貢獻所學、報效國家。

三、青壯時期

　　紹興二十三年，陸游二十九歲，赴臨安參加鎖廳試。這一年丞相秦檜的孫子秦塤也來應考。主試官陳之茂剛正不阿，無懼秦檜施壓，將陸游文卷擢置第一。〔註16〕隔年陸游再赴禮部試，主考官仍將陸游列在前面，但卻遭秦檜除名。〔註17〕陸游遂返山陰閉門苦讀。紹興二十五年，秦檜病卒。其主政時黜降的碩彥名儒重新獲得起用，陸游老師曾幾也在其列。

　　陸游賦閑多年，總算在紹興二十八年三十四歲時出任福州寧德縣（今福建省寧德市）主簿。〔註18〕隔年再調福州（今福建省福州市）決曹，福州在寧德縣南邊，是宋代重要的濱海城市，閩江在此流入東海。陸游在福州曾渡閩江遊南臺，留下：「九軌徐行怒濤上，千艘橫繫大江心。」〔註19〕名句。

　　紹興三十年，陸游三十六歲時北赴臨安，任敕令所刪定官，結識周必大、鄒檊、劉儀鳳等人。〔註20〕隔年夏罷歸山陰，當時曾幾居住在會稽禹跡精舍，陸游時常登門請益。曾幾年事雖高，言談卻總以國事爲憂。〔註21〕這位愛國耆老的憂慮其來有自，這年離宋金和議正好二十年，女眞在高宗每年繳納鉅額歲幣下日益壯大，靖康時淪陷的汴

〔註16〕陸游：《詩稿校注》，冊五，卷四十〈陳阜卿先生爲兩浙轉運司考試官時秦丞相孫以右文殿修撰來就試直欲首選阜卿得予文卷擢置第一秦氏大怒予明年既顯黜先生亦幾蹈危機偶秦公薨遂已予晚歲料理故書得先生手帖追感平昔作長句以識其事不知衰涕之集也〉，頁2530。

〔註17〕陸游：《詩稿校注》，冊八，〈陸游年表〉，頁4617。

〔註18〕陸游：《詩稿校注》，冊八，〈陸游年表〉，頁4618。

〔註19〕陸游：《詩稿校注》，冊一，卷一〈度浮橋至南臺〉，頁31。

〔註20〕歐小牧：《陸游年譜》（臺北市：木鐸出版社，1982年5月），頁73。

〔註21〕陸游：《陸放翁全集》，上冊，《渭南文集》，卷三十，〈跋曾文清公奏議稿〉（臺北市：世界書局，1963年4月），頁190。

京被金兵修建爲南侵的基地。九月完顏亮渡淮河大舉南侵，攻陷淮南地區滁、廬、和、揚諸州，所幸宋將劉錡、虞允文先後擊退金兵，再加上金國後方完顏褒稱帝，完顏亮被部屬所殺。〔註22〕終於化解這次軍事危機。

紹興三十一年，陸游三十七歲時再赴臨安任職大理司直，兼宗正簿。隔年九月，遷樞密院編修官兼編類聖所檢討官，與范成大、周必大等人同事。這一年高宗因年老倦勤傳位太子趙眘，是爲孝宗。〔註23〕趙眘本爲遠房宗室，非高宗親生，因靖康之禍皇室宗親多被俘虜，才成爲高宗養子。孝宗出身民間，對國家覆滅尤感沉痛，因此關心武備，頗有中興氣象。十月因史浩、黃祖舜舉薦，孝宗召見陸游，讚許他：「力學有聞，言論剴切。」遂賜進士出身。〔註24〕陸游受到孝宗獎勵，更加忠言直諫。隆興元年，陸游三十九歲，因與張燾論龍大淵、曾覿結黨營私之事，觸怒孝宗，五月被外調至鎮江府通判。

陸游先返回山陰，隆興二年二月始赴鎮江通判。當時抗金名將張浚正好督軍經此，陸游與其子張栻及幕僚陳俊卿等往來親密。隔年孝宗年號改爲乾道，陸游調任爲隆興軍通判，不久即因「言者論游交結臺諫，鼓唱是非，力說張浚用兵，遂免歸。」〔註25〕陸游免官後遷居鏡湖北三山，此後賦閒鄉里的四年常因貧病而苦。乾道三年所作述：「身老嘯歌悲永夜，家貧撑拄過兇年」，〔註26〕如實反映當時生活之窘迫。在「俸錢雖薄勝躬耕」〔註27〕的現實考量之下，乾道五年陸游四十五歲時接獲朝廷左奉議郎差通判夔州軍州事的派令，準備前往荒

〔註22〕陸游：《詩稿校注》，冊八，〈陸游年表〉，頁 4619。
〔註23〕陸游：《詩稿校注》，冊八，〈陸游年表〉，頁 4619。
〔註24〕脫脫：《宋史》卷三九五，〈陸游傳〉（臺北市：洪氏出版社，1975 年），頁 12058。
〔註25〕脫脫：《宋史》卷三九五，〈陸游傳〉（臺北市：洪氏出版社，1975 年），頁 12058。
〔註26〕陸游：《詩稿校注》，冊一，卷一〈霜風〉，頁 113。
〔註27〕陸游：《詩稿校注》，冊一，卷二〈雪晴〉，頁 179。

涼瘴癘的夔州（今四川奉節縣）。陸游入蜀前的心情黯淡，有〈將赴官夔府書懷〉一首抒懷：

> 病夫喜山澤，抗志自年少。有時緣龜饑，妄出丐鶴料。
> 亦嘗廁朝紳，退懦每自笑。正如怯酒人，雖愛不敢釂。
> 一從南昌免，五歲嗟不調。朝廷每哀矜，幕府誤辟召。
> 終然歛孤跡，萬里遊絕徼。民風雜莫徭，封域近無詔。
> 淒涼黃魔宮，峭絕白帝廟。又嘗聞此邦，野陋可嘲誚。
> 通衢舞竹枝，譙門對山燒。浮生一夢耳，何者可慶弔？
> 但愁瘻累累，把鏡羞自照。〔註28〕

這首五古風格慘澹、情調低迷，可知當時陸游對川蜀之行抱持悲觀態度。赴夔之前，陸游在政治上屢遭打擊，遂而力屈氣餒；但隨著巴蜀壯遊的開展，陸游的胸次眼界也將產生劇烈變化。

第二節　蜀中生活經歷

一、入蜀過程

　　乾道六年五月十八日，四十六歲的陸游帶著家屬一行十一人告別故鄉山陰縣，啓程前往六千里外的夔州赴任。陸游先走陸路北上，在紹興府境內沿途經過錢清（今浙江省杭州市蕭山區）、蕭山（今浙江省杭州市蕭山區）、西興（今浙江省杭州市濱江區）等地，二十日渡錢塘江來到臨安府（今浙江省杭州市）。陸游在臨安稍作停留，先拜訪三兄數日，再與葉夢錫、芮國器等友人聚宴。二十八日與堂兄仲高於西湖泛舟，自隆興元年五月被貶爲鎮江府通判，陸游已經八年未遊西湖，湖畔綠樹翠竹愈加茂盛，周圍寺廟也更爲考究，這次再訪西湖卻是赴夔前的臨別秋波，他不禁興起物是人非之嘆。〔註29〕

　　六月一日陸游乘船沿江南運河北上，經臨平（今浙江省杭州市餘

〔註28〕陸游：《詩稿校注》，冊一，卷二〈將赴官夔府書懷〉，頁131。
〔註29〕陸游：《入蜀記》卷一（北京市：中華書局出版發行，1985年），頁2。

杭區）、崇德（今浙江省桐鄉市崇福鎮）、秀州（今浙江省嘉興市），十日至平江（今江蘇省蘇州市），因身體不適未上岸，泊於城外楓橋寺前，唐詩人張繼〈楓橋夜泊〉所詠即此。隆興二年陸游赴鎮江通判任時也曾路經平江，這一夜船過楓橋卻要發向遙遠的夔州，陸游因而感嘆：「七年不到楓橋寺，客枕依然半夜鐘。風月未須輕感慨，巴山此去尚千重。」〔註30〕陸游沿運河北上駛離太湖水系，經無錫（今江蘇省無錫市）、常州（今江蘇省常州市）、呂城（今江蘇省丹陽市呂城鎮）、丹陽（今江蘇省丹陽市）、新豐（今江蘇省大豐市新豐鎮），十七日抵達長江沿岸的重要港口——鎮江（今江蘇省鎮江市）。鎮江位於長江與京杭大運河的交匯處，是航運交通的重要樞紐，陸游赴夔州之行，自山陰北上至此，然後沿長江水系轉向西行。

　　陸游在鎮江府停留多日，一方面與蔡洸、成閔、化昭、寶印等江南友人聚會；另則遊覽鎮江郊區的寶剎名寺。二十六日解船再發金山（今江蘇省鎮江市潤州區）。金山當時仍為江心島，清道光年間始與長江南岸相連，陸游隨金山寺長老寶印遊覽玉鑑堂、妙高臺、雄跨閣等處。二十七日夜宿金山，隔天日出江面的美景讓陸游暫忘憂愁，有詩云：「遙波蹙紅鱗，翠靄開金盤，光彩射樓塔，丹碧浮雲端。」〔註31〕。

　　七月一日晚至真州（今江蘇省儀征市真州鎮），又有堯民、蘊常等友人來探望。四日解纜再發，經瓜步山（今江蘇省南京市六合區東南），五日來到另一大城——建康府（今江蘇省南京市）。建康有「六朝古都」之稱，東吳、東晉、劉宋、蕭齊、蕭梁、陳朝連續在此建都，南宋時期為僅次於臨安的政治軍事中心。建康城東倚鍾山，西臨長江，北靠玄武湖，南擁秦淮河，形勢穩固更勝臨安。陸游自幼熟讀兵書，關心國家局勢，曾上書力勸朝廷遷都建康。此行路過這東南重鎮，刻意停留數日，期間訪視冶城山、石頭城、鍾山、鳳臺山等地，一方

〔註30〕陸游：《詩稿校注》，冊一，卷二〈宿楓橋〉，頁137。
〔註31〕陸游：《詩稿校注》，冊一，卷二〈金山觀日出〉，頁138。

面尋幽訪古，一方面考察地理形勢。其中陸游特別關注石頭城的戰略
位置，認爲雖然建康城南遷，但秦淮河也因此橫貫城區，扼守河口的
石頭城重要性不降反升。若能憑藉大江天險屯兵於此，建康城金湯之
勢更勝六朝。〔註32〕

　　十日陸游離開建康，經三山磯（今江蘇省南京市江寧區板橋鎮附
近）、慈姥磯（今江蘇省南京市江寧區西南）、采石鎮（今安徽省馬鞍
山市采石風景區），十二日移舟姑熟溪，繞往當塗縣（今安徽省馬鞍
山市當塗縣）與友人相聚，陸游在此休憩養病數日，十七日與二位教
授同遊青山（今安徽省當塗縣太白鎮）的李白墓，寫下〈弔李翰林墓〉
〔註33〕，以示對詩仙的景仰。十八日解舟出姑熟溪，繼續沿長江西行。
經繁昌（今安徽省蕪湖市繁昌縣）、丁家洲（今安徽省安慶市潛山縣）、
銅陵（今安徽省銅陵市），二十四日來到池州（今安徽省池州市），池
州是長江沿岸的重要港口之一，境內有峰巒秀麗的九華山。此地西北
臨長江，東南接黃山，西南通鄱陽湖，東北連銅陵。陸游在此回憶起
李白〈秋浦歌〉、〈九華山〉、〈玉鏡潭〉等池州諸作。〔註34〕陸游緬懷
古人的同時，也注意到池州的軍事地理位置。他以古鑑今，舉北宋平
定南唐的一場關鍵戰役，就是曹彬首克池州，然後以此爲支點，順利
攻下蕪湖、當塗、采石等地，進而兵臨南唐首都金陵（宋建康，今南
京市）。因此池州城的戰略地位不容忽視。

　　二十七日船至雁翅峽（今安徽省池州市境內）忽然颳起大風，趕
緊靠岸。強烈的風勢一直持續到晚上，巨浪幾乎掀覆船艇，陸游以爲
錢塘大潮也不過如此。翌日船過東流縣（今安徽省池州市東至縣），
江南群山蒼翠萬疊、如列屏障，八月一日跨越池州邊界，進入江州。
長江此段北岸屬舒州，南岸屬江州，江心島小孤山屬舒州宿松縣（今
安徽省安慶市宿松縣），碧峰獨秀、姿態萬千，陸游以爲其俏拔秀麗

〔註32〕陸游：《入蜀記》，卷一（北京市：中華書局，1985年），頁14。
〔註33〕陸游：《詩稿校注》，冊一，卷二〈金山觀日出〉，頁139。
〔註34〕陸游：《入蜀記》，卷一（北京市：中華書局，1985年），頁24。

之處更勝金山、焦山、落星諸島。〔註35〕二日至彭蠡口（今江西省湖口縣），始見廬山、大孤山。大孤山周圍無沙洲葭葦，四面江水環繞，遠望如平空從水面浮起。傍晚抵達江州（今江西省九江市），江州位於鄱陽湖北端，境內名山大湖、風景秀麗。陸游在此停留數日，造訪太平興國宮、太平興龍寺、慧遠法師祠堂等處。十一日解舟沿長江折向西北，經興國軍富池（今湖北省黃石市富池鎮）、龍眼磯（今湖北省黃岡市蘄春縣西南）、道士磯（今湖北省大冶市黃州區），十八日抵達黃州（今湖北省黃岡市黃州區）。

　　黃州位於長江北岸，是一個偏僻簡陋的地方。唐代杜牧、宋代王禹偁、蘇軾、張耒等文學家皆曾謫宦於此，反倒成為人文薈萃之地。陸游在此造訪臨皋亭、安國寺、雪堂、棲霞樓等東坡遺跡。湖北嘉魚縣與黃岡縣皆有地名赤壁，前者發生過歷史著名的赤壁之戰，後者蘇軾在此作前後〈赤壁賦〉。陸游在黃州賦詩，〔註36〕以楚囚、齊優自比，藉此感嘆踽踽不安、遷徙流離的處境。方東樹評曰：「此非詠黃州也，胸中無限悽涼悲感，適於黃州發之。」〔註37〕

　　二十日離開黃州，經雙柳峽（今湖北省武漢市新州區境內）、青山磯（今湖北省武漢市青山區境內），二十三日來到鄂州（今湖北省鄂州市）。鄂州，又名武昌。三國孫權在此建都稱帝，陸游描述此地「市邑雄富，列肆繁錯，城外南市亦數里。雖錢塘、建康不能過，隱然一大都會也。」〔註38〕陸游在武昌停留數日，二十五日參觀大軍教習水戰，大艦七百艘，皆長達二三十丈，上設城壁樓櫓，旗幟分明。艦艇鳴金擊鼓，迎風破浪、往來穿梭，迅捷有如飛翔一般。二十八日同章冠之秀才登石鏡亭訪黃鶴樓故址，唐代大詩人崔灝、李白先後在

〔註35〕陸游：《入蜀記》，卷一（北京市：中華書局，1985 年），頁 27。

〔註36〕陸游：《詩稿校注》，冊一，卷二〈黃州〉，頁 141。

〔註37〕（清）方東樹：《昭昧詹言》卷二十。引自孔凡禮、齊治平編《古典文學研究資料彙編‧陸遊卷》，北京：中華書局出版，1965 年，頁 337。

〔註38〕陸游：《入蜀記》，卷一（北京市：中華書局，1985 年），頁 38。

此題詩。可惜樓閣已廢，僅能憑當地老吏口述想像其規模。陸游在此寫〈武昌感事〉，〔註39〕詩末慨歎「西遊處處堪流涕，撫枕悲歌興未窮。」

三十日離開鄂州，沿鸚鵡洲（今湖北省武漢市漢陽區鸚鵡堤）南行進入漢水，晚泊通濟口（今湖北省武漢市東南），準備入沌水。沌水上接沔陽諸水，夏秋水漲可以通航，成為聯繫鄂州、江陵（今湖北省荊州市）的便捷航道，沌水乾涸期便得繞道巴陵（今湖南省岳陽市）。〔註40〕九月一日船入沌水，經新潭（今湖北省仙桃市新潭村）、玉沙（今湖北省荊州市洪湖市境內），八日抵達建寧鎮（今湖北省石首市調關鎮），重新回到長江。北上經塔子磯（今湖北省石首市境內）、石首（今湖北省石首市）、藕池（今湖北省荊州市公安縣藕池鎮）、公安（今湖北省荊州市公安縣），十六日抵達沙市（今湖北省荊州市沙市區）。陸游在此換乘入峽船，準備進入長江上游。沙市十里外即為荊南。

荊南（今湖北省荊州市），又稱江陵，北連襄漢，南通湘粵，西控巴蜀，東接吳越，古代有「七省通衢」之稱。是長江中游江漢平原的重要都市，也是先秦時期楚國都城——郢都。陸游在此憑弔愛國詩人屈原，以《楚辭·九章》篇名〈哀郢〉為題，寫聯章七律二首：

> 遠接商周祚最長，北盟齊晉勢爭強。
> 章華歌舞終蕭瑟，雲夢風煙舊莽蒼。
> 草合故宮惟雁起，盜穿荒冢有狐藏。
> 離騷未盡靈均恨，志士千秋淚滿裳。〔註41〕
>
> 荊州十月早梅春，徂歲真同下阪輪。
> 天地何心窮壯士，江湖從古著羈臣。
> 淋漓痛飲長亭暮，慷慨悲歌白髮新。

〔註39〕陸游：《詩稿校注》，冊一，卷二〈武昌感事〉，頁142。
〔註40〕陸游：《入蜀記》，卷一（北京市：中華書局，1985年），頁42。
〔註41〕陸游：《詩稿校注》，冊一，卷二〈哀郢〉其一，頁144。

　　欲弔章華無處問，廢城霜露濕荊榛。〔註42〕

歐小牧認爲：「先生入蜀，途中多有紀行之作。自武昌以西，道入楚
地，哀郢弔屈之作尤多，蓋鄉慕屈子，欲法楚騷，以抒發其忠憤之情
也。又集中存詩，亦自是歲以後始漸多。」〔註43〕，陸游自五月十八
日從山陰啓程一直到九月八日進入江陵府境內的建寧鎮前，三個多月
共寫詩 7 首。但在江陵府境內不到一個月的時間，卻創作有 19 首詩。
可見陸游深受屈原愛國精神的感召，將心中壘塊化爲詩篇。「離騷未
盡靈均恨，志士千秋淚滿裳」，陸游常懷憂國之思，對於屈原的遺恨
感觸特別深刻；「天地何心窮壯士，江湖從古著羈臣」，陸游更從屈原
遭遇轉而慨歎前途的窘困。除〈哀郢〉二首，〈石首縣雨中繫舟戲作
短歌〉〔註44〕以七古形式憑弔章華臺遺址，「亦知興廢古來有，但恨
不見秦先亡」句，更表達對暴政強權的憤恨。

　　九月二十六日修船完畢，離開沙市繼續西行。經百里洲（今湖北
省宜昌市百里洲鎮）、松滋渡（今湖北省荊州市松滋市），十月五日進
入峽州境內白羊市（今湖北省宜昌市白洋鎮），六日抵達峽州（今湖
北省宜昌市）。峽州，又稱夷陵，是長江三峽的入口處，舟行自此進
入險峻的長江上游。八日船過下牢關，兩岸千峰萬嶂，姿態奇妙、不
可盡狀。陸游在此停靠造訪三游洞（今湖北省宜昌市西北），沿石磴
上行二里，其險處連踏腳的地方都沒有。陸游在此寫詩二首〈繫舟下
牢溪游三游洞二十八韻〉〔註45〕、〈三游洞前巖下小潭水〉〔註46〕。
九日經扇子峽（今湖北省宜昌市夷陵區燈影峽）、蝦蟆碚（今湖北省
宜昌市西北）、黃牛峽（今湖北省宜昌市夷陵區黃牛峽），扇子峽狀如

〔註42〕陸游：《詩稿校注》，冊一，卷二〈哀郢〉其二，頁 145。
〔註43〕歐小牧：《陸游年譜》（臺北市：木鐸出版社，1982 年 5 月），頁 117。
〔註44〕陸游：《詩稿校注》，冊一，卷二〈石首縣雨中繫舟戲作短歌〉，頁
　　　　146。
〔註45〕陸游：《詩稿校注》，冊一，卷二〈繫舟下牢溪游三游洞二十八韻〉，
　　　　頁 161。
〔註46〕陸游：《詩稿校注》，冊一，卷二〈三游洞前巖下小潭水〉，頁 162。

屏風，蝦蟆碚形體逼眞，造物之巧讓陸游嘖嘖稱奇，遂成詩〈扇子峽山腹有草閣小亭極幽邃意其非俗人居也〉〔註47〕、〈蝦蟆碚〉〔註48〕二首。

　　十日特別準備牲禮祭祀黃牛峽靈感廟，這以後皆是急流險灘。十一日過達洞灘（今湖北省宜昌市秭歸縣東南）時，陸游與家人甚至必須離船乘轎，方能平安過灘。十三日船在新灘（今湖北省宜昌市秭歸縣新灘鎮）擱淺，船底被尖石所破，險些沉船，十五日將船上貨物全部卸下，方能挽舟過灘。但船體已經損壞，只好換船繼續前進。〔註49〕

　　十六日抵達歸州（今湖北省宜昌市秭歸縣），歸州城當時相當荒僻，城內無尺寸平土，僅有三四百家。北靠臥牛山，南面臨長江，江濤驚人如狂風暴雨。陸游在此休憩數日，境內有屈原祠、明妃廟，陸游悵然有感成詩〈飲罷寺門獨立有感〉〔註50〕一首。十九日造訪宋玉舊宅，可惜現在已經變成酒家，連刻有「宋玉宅」三字的石碑，都爲避太守家諱而遭到移除。

　　二十日離開歸州繼續前行，二十一日經過石門關（今湖北省恩施土家族自治州境內），從船裡望去，僅容一人通過。陸游稱其爲「天下至險」。晚泊巴東縣（今湖北省恩施土家族自治州巴東縣），巴東縣位於歸州往夔州的邊境，江山壯麗大勝秭歸，但井邑卻更爲蕭條。北宋名臣寇準曾知歸州巴東縣，陸游拜謁寇萊公祠堂，登寇準所建之秋風亭。蕭瑟的秋景令陸游興起流落天涯之感，因而寫下〈秋風亭拜寇萊公遺像〉〔註51〕二首；隨後前往白雲亭，白雲亭環境幽靜絕美，群

〔註47〕陸游：《詩稿校注》，冊一，卷二〈扇子峽山腹有草閣小亭極幽邃意其非俗人居也〉，頁163。

〔註48〕陸游：《詩稿校注》，冊一，卷二〈蝦蟆碚〉，頁164。

〔註49〕陸游：《入蜀記》，卷一（北京市：中華書局，1985年），頁55。

〔註50〕陸游：《詩稿校注》，冊一，卷二〈飲罷寺門獨立有感〉，頁169。

〔註51〕陸游：《詩稿校注》，冊一，卷二〈風亭拜寇萊公遺像〉二首，頁172～173。

山環抱，古木森然，欄外雙瀑飛流直下，跳珠濺玉、美不勝收。陸游以為「自吳入楚，行五千餘里，過十五州，亭榭之勝，無如白雲者。」〔註52〕清幽的絕景讓陸游暫忘羈旅行役之苦，遂寫〈巴東令廨白雲亭〉〔註53〕，其中「正使官清貧至骨，未妨留客聽潺潺」，隱然有避世於此之意。

　　二十三日船至巫山凝真觀，拜謁妙用真人祠，妙用真人即傳說中的「巫山神女」。廟後有一處石壇，據說神女在此親授符書給大禹。二十四日抵達巫山縣（今重慶市巫山縣），地理位置橫跨長江巫峽兩岸，市井規模更勝歸州、峽州二郡。

　　二十六日入瞿唐峽（今重慶市奉節縣與巫山縣之間），兩岸岩壁高聳入雲霄，傍晚來到瞿唐關（今重慶市奉節縣東）。瞿唐關是唐代的舊夔州，北連白帝城，唐宋大詩人李白、杜甫、白居易、劉禹錫、蘇軾、黃庭堅都曾到此遊歷，並留下許多名篇，陸游也在此寫下〈瞿唐行〉〔註54〕、〈入瞿唐登白帝廟〉〔註55〕、〈登江樓〉〔註56〕三首。陸游此行的目的地——夔州（今重慶市奉節縣），離瞿唐、白帝不到十里，隔日陸游便抵達夔州，結束長達五個月，跨越6府、2軍、14州的遙遠旅程。〔註57〕

二、夔州通判

　　夔州屬於四川盆地東部山地地貌，峰巒起伏、溝壑縱橫，四季分明、日夜溫差大。陸游到任時已經進入冬季，凜冽的氣候令他臥病在

〔註52〕陸游：《入蜀記》，卷六（北京市：中華書局，1985年），頁57。

〔註53〕陸游：《詩稿校注》，冊一，卷二〈巴東令廨白雲亭〉，頁174。

〔註54〕陸游：《詩稿校注》，冊一，卷二〈瞿唐行〉，頁176。

〔註55〕陸游：《詩稿校注》，冊一，卷二〈入瞿唐登白帝廟〉，頁177。

〔註56〕陸游：《詩稿校注》，冊一，卷二〈登江樓〉，頁178。

〔註57〕依據《入蜀記》所載，配合《中國歷史地圖集》第六冊，將陸游入蜀所經府、軍、州依時間順序整理如下：紹興府、臨安府、秀州、平江府、常州、鎮江府、揚州、真州、建康府、太平州、池州、江州、興國軍、蘄州、黃州、鄂州、漢陽軍、復州、江陵府、峽州、歸州、夔州。

床，度過四十六歲的生日。有詩云：

> 面裂愁出門，指直但藏袖，誰云三峽熱，有此凜冽候。殷
> 勤愧雪片，飛舞爲我壽。方驚四山積，已見萬瓦覆，豈惟
> 寒到骨，遂覺疾在膝。地爐熾薪炭，噤坐連昏晝。梅花眞
> 強項，不肯落春後。俗人愛桃李，苦道太疏瘦。清芬終見
> 賞，此事非速售。已矣吾何言，高枕聽簷溜。〔註58〕

夔州冬季的高地苦寒，冷得足以凍裂肌膚，陸游乍到此地難以適應，
只得儘量不要出門，在冰天雪地的包圍中緊挨暖爐熾炭，賞雪詠梅、
苦中作樂。好不容易渡過冬季，陸游又開始思念起故鄉親友，「眼前
但恨親朋少，身外元知得喪輕。」〔註59〕，歎問：「何日畫船搖桂楫，
西湖卻賦探春詩？」〔註60〕

　　陸游在夔州繫銜左奉議郎通判軍州主管學事兼管內勸農事，
〔註61〕在這裡每日忙於文書，難有空閒。翌年正爲解試之年，陸游擔
任州考監試官，封閉在試院月餘不得返家，心中相當苦悶，曾寫詩歎
問：「此生飄泊何時已？家在山陰水際村。」〔註62〕夔州地處僻陋，
生活條件惡劣，再加上官務繁忙，在精神與身體的內外勞頓下，陸游
時常害病。這年秋天又因瘴癘侵入而患病四十餘日，有詩〈久病灼艾
後獨臥有感〉〔註63〕、〈秋晚病起〉〔註64〕、〈秋思〉〔註65〕、〈一病
四十日天氣遂寒感懷有賦〉〔註66〕等多首，「官閑況是頻移疾，藥鼎
熒熒臥掩扉」、「鄉閭乖隔知誰健？懷抱淒涼用底寬？」皆有感秋傷

〔註58〕陸游：《詩稿校注》，冊一，卷二〈雪中臥病在告戲作〉，頁179。
〔註59〕陸游：《詩稿校注》，冊一，卷二〈雪晴〉，頁179。
〔註60〕陸游：《詩稿校注》，冊一，卷二〈躑躅〉，頁179。
〔註61〕陸游：《陸放翁全集》，上冊，《渭南文集》，卷十七〈王侍御生祠記〉
　　　　（臺北市：世界書局，1963年4月），頁98。
〔註62〕陸游：《詩稿校注》，冊一，卷二〈試院春晚〉，頁187。
〔註63〕陸游：《詩稿校注》，冊一，卷二〈久病灼艾後獨臥有感〉，頁198。
〔註64〕陸游：《詩稿校注》，冊一，卷二〈秋晚病起〉，頁199。
〔註65〕陸游：《詩稿校注》，冊一，卷二〈秋晚病起〉，頁200。
〔註66〕陸游：《詩稿校注》，冊一，卷二〈一病四十日天氣遂寒感懷有賦〉，
　　　　頁200。

病，客懷思鄉之感。

　　為排解生活的苦悶，陸游在夔州常飲酒、出遊，或訪歷史古蹟，或登寺廟樓閣，其中最能牽動陸游詩魄的，當屬曾客居夔州的詩聖——杜甫。唐肅宗乾元元年（西元七五八年），杜甫因疏救房琯被貶為華州司功參軍，隔年秋天他決定辭官，攜家遷往成都。後因劍南兵馬使徐知道造反，幾度遷移梓州、閬州等地後，於大曆元年（西元七六六年）春末遷居夔州。

　　杜甫來到夔州，最初住在白帝城，隔年遷居瀼西草堂，後把草堂讓給吳司法居住，自己移往江北之東屯，直到大曆三年離開夔州。因此夔州的杜甫故居原有三處，皆名為高齋。可惜陸游到夔州時，只剩東屯一處可辨認。乾道七年四月，陸游特別前往憑弔，並作〈東屯高齋記〉，文中感嘆：「余讀其詩，至『小臣議論絕，老病客疏方』之句，未嘗不流涕也。嗟夫！辭之悲乃至是乎？荊卿之歌，阮嗣宗之哭，不加於此矣。少陵非區區於仕進者，不勝愛君憂國之心，思少出所學佐天子，興貞觀開元之治，而身愈老，命愈大謬，坎壈且死，則其悲至此，亦無足怪也。」〔註67〕陸游一方面慨歎杜甫坎坷的命運，另一方面也有自傷的意味。「少陵非區區於仕進者，不勝愛君憂國之心」，既替杜甫剖述，同時也藉此表明心跡。清代吳之振曾論：「宋詩大半從少陵分支，故山谷云：『天下幾人學杜甫，誰得其皮與其骨？』若放翁者，不寧皮骨，蓋得其心矣。所謂愛君憂國之誠，見乎辭者，每飯不忘。故其詩浩瀚崒嵂，自有神合。」〔註68〕陸游學杜之所以能「盡得其心」，就在於憂國憂君之誠。同年夏天陸游夜登白帝城作詩緬懷杜甫：

　　　　拾遺白髮有誰憐，零落歌詩遍兩川。

　　　　人立飛樓今已矣，浪翻孤月尚依然。

〔註67〕　陸游：《陸放翁全集》，上冊，《渭南文集》，卷十七〈東屯高齋記〉（臺北市：世界書局，1963 年 4 月），頁 100。

〔註68〕　（清）吳之振：《宋詩鈔》卷六十四〈陸游劍南詩鈔〉（北京市：中華書局，1996 年 2 月），頁 2。

> 升沉自古無窮事，愚智同歸有限年。
>
> 此意淒涼誰共語，夜闌鷗鷺起沙邊。〔註69〕

杜甫四十八歲入川，陸游則是四十六歲，兩人皆客居蜀中約有八年，也都留下有大量創作。白髮漂泊、詩歌零落，兩人境遇何其相似？杜甫曾在此寫下〈白帝城樓〉、〈白帝城最高樓〉、〈白帝樓〉等詩，陸游登樓眺望同樣的景色，心中的憂慮愁悶卻無人共語。

乾道七年十月，陸游夔州通判任滿，卻籌措不出返鄉盤纏，上書丞相虞允文卻未見回應。〔註70〕所幸不久四川宣撫使王炎召陸游為幕僚，總算解決陸游的轍鮒之急。

三、王炎幕府

從夔州到南鄭，必須經過亂山棧道，陸游決定單身赴任。乾道八年陸游四十八歲，正月由夔州往西出發，險峻的山路對身強體健的陸游而言，也是一項艱鉅的旅程。初離夔州所寫「但令身健能強飯，萬里只作遊山看。」〔註71〕二句，即可見詩人對此行的自我激勵。但隨之挑戰卻接踵而來，陡峭濕滑的山路石磴、伺機而動的豺狼虎豹、乍暖還寒的天氣，都在考驗陸游的意志。即使晚間入睡，「稚子入旅夢，挽鬚勸還家」〔註72〕，常令陸游愁腸百結、輾轉難眠。

陸游取道雲安軍（今重慶市雲陽縣）、萬州（今重慶市萬州區），抵達梁山軍（今重慶市梁平縣）。梁山雖然偏僻，但知軍仁惠簡靜，民眾安居樂業，陸游有詩〈題梁山軍瑞峰亭〉〔註73〕記之。梁山軍東二十里有蟠龍山，孤崎秀傑，山中翔龍洞有水流出，下注垂崖約有二百餘丈，飛珠濺玉、霧氣蒸騰。陸游觀瀑有感，遂寫下〈蟠龍瀑布〉

〔註69〕陸游：《詩稿校注》，冊一，卷二〈夜登白帝城樓懷少陵先生〉，頁195。

〔註70〕陸游：《陸放翁全集》，上冊，《渭南文集》，卷十三〈上虞丞相書〉（臺北市：世界書局，1963年4月），頁71。

〔註71〕陸游：《詩稿校注》，冊一，卷三〈飯三折鋪鋪在亂山中〉，頁211。

〔註72〕陸游：《詩稿校注》，冊一，卷三〈鼓樓鋪醉歌〉，頁223。

〔註73〕陸游：《詩稿校注》，冊一，卷三〈鼓樓鋪醉歌〉，頁215。

〔註74〕一首，詩末「古來賢達士，初亦願躬耕，意氣或感激，邂逅成功名」，表達出用行舍藏、無欲無怨的胸襟。

陸游繼續西行，經過渠州鄰山（今四川省達州市大竹縣）、鄰水兩縣（今四川省廣安市鄰水縣），來到廣安軍（今四川省廣安市）。陸游在此作詩憑弔北宋名臣張庭堅：

春風疋馬遇孤城，欲弔先賢涕已傾。
許國肺肝知激烈，照人眉宇尚崢嶸。
中原成敗寧非數，後世忠邪自有評。
歎息知人眞未易，流芳遺臭盡書生。〔註75〕

張庭堅，字才叔，出生廣安軍。宋徽宗時擔任右正言。張庭堅論政言談剴切，議論忠鯁。陸游感佩這位政壇前輩的高風亮節，並爲當前政局因對外立場不同，無法齊心抗金，而感到憂心忡忡。只能寄望「後世忠邪自有評」聊以慰藉。陸游行經廣安軍西北境的岳池，見到「春深農家耕未足，原頭叱叱兩黃犢，泥融無塊水初渾，雨細有痕秧正綠」〔註76〕的田園景象，心中欽羨不已，不禁自問：「宦遊所得眞幾何？我已三年廢東作。」異鄉游宦的愁苦勾引起陸游歸隱農耕的渴望。

陸游西行至果州（今四川省南充市）轉而北上，經閬州（今四川省閬中市）來到利州嘉川舖（今四川省廣元市旺蒼縣嘉川鎮），剛好遇到下雨，陸游神態自若地走在「面前雲氣翔孤鳳，腳底江聲轉疾雷」〔註77〕的棧道，欣賞「危棧巧依青嶂出，飛花併下綠巖來」〔註78〕的絕景，這一路的崇山峻嶺著實磨練詩人的膽量氣魄，方能發出「堪笑書生輕性命，每逢險處更徘徊」〔註79〕的豪語。接著陸游來到昭化（今四川省廣元市），由此切入金牛道。

〔註74〕陸游：《詩稿校注》，冊一，卷三〈蟠龍瀑布〉，頁214。
〔註75〕陸游：《詩稿校注》，冊一，卷三〈過廣安弔張才叔諫議〉，頁218。
〔註76〕陸游：《詩稿校注》，冊一，卷三〈岳池農家〉，頁218。
〔註77〕陸游：《詩稿校注》，冊一，卷三〈嘉川舖遇小雨景物尤奇〉，頁228。
〔註78〕陸游：《詩稿校注》，冊一，卷三〈嘉川舖遇小雨景物尤奇〉，頁228。
〔註79〕陸游：《詩稿校注》，冊一，卷三〈嘉川舖遇小雨景物尤奇〉，頁228。

金牛道，又稱五丁道、南棧，即今日之劍門蜀道，起自隆慶府的劍閣（今四川省廣元市劍閣縣），往北經利州昭化（今四川省廣元市昭化區）、朝天鎮（今四川省廣元市朝天區），離蜀進入大安軍（今陝西省漢中市寧強縣）折爲東向，經金牛鎮（今陝西省漢中市寧強縣大安鎮）至興元府勉縣（今陝西省漢中市勉縣），是溝通蜀地與漢中的最重要道路。戰國秦惠文王滅蜀、三國孔明伐魏、唐玄宗幸蜀，都是經由此一交通要道。

這一年寒食，陸游即在金牛鎮渡過。看著沿途「鶯穿驛樹惺惚語，馬過溪橋躞蹀行」〔註80〕的明媚風光，陸游卻想起曾經在此發生的重要保衛戰。紹興三年，金國將領撒離喝率兵南侵，攻陷金州（今陝西省安康市）、洋州（今陝西省漢中市洋縣）、興元府（今陝西省漢中市南鄭縣）。知興元府劉子羽退守三泉縣（今陝西省漢中市寧強縣），從兵只剩三百，情勢相當危急。幸好陝西統制吳玠即時會兵，宋軍重整旗鼓於潭毒山（今四川省廣元市北）築壘堅守，終使金兵糧草耗盡，無奈退兵。陸游處在民眾「畫柱彩繩喧笑樂，艷妝麗服角鮮明」〔註81〕的歡愉氣氛中，內心卻居安思危，感嘆：「誰知此日金牛道，非復當時鐵馬聲。」〔註82〕

乾道八年三月，陸游終於走過「難於上青天」的劍南蜀道，抵達興元府南鄭（今陝西省漢中市）。東周時鄭桓公死於犬戎，鄭人南奔居此，故名南鄭。秦朝時設漢中郡，郡治南鄭。劉邦受項羽封爲漢王，即都於此。漢中盆地北有東西向的秦嶺，漢水支流的褒水與渭水支流的斜水形成河谷，貫穿秦嶺山脈，連接關中平原與漢中盆地，宋軍沿褒斜道北上即可直取長安。漢高祖劉邦就是以南鄭爲根據地，平關中、敗楚軍而建立帝國。陸游初到漢中，見到險固的地勢、青鬱的麥田、崢嶸的氣象，精神隨之大振，遂將南鄭印象寫成〈山南行〉

〔註80〕陸游：《詩稿校注》，冊一，卷三〈金牛道中遇寒食〉，頁230。
〔註81〕陸游：《詩稿校注》，冊一，卷三〈金牛道中遇寒食〉，頁230。
〔註82〕陸游：《詩稿校注》，冊一，卷三〈金牛道中遇寒食〉，頁230。

〔註83〕，詩末更提出其軍事見解：「國家四紀失中原，師出江淮未易吞；會看金鼓從天下，卻用關中作根本。」〔註84〕陸游自此將視野從江淮平原，擴展至整個西北邊境。

陸游在王炎幕府官銜為「左承議郎權四川宣撫使司幹辦公事兼檢法官」〔註85〕，當時王炎正準備北伐中原，陸游在其麾下積極參與備戰。半年內在南鄭和抗金前線不斷往返，曾至鳳縣（今陝西省寶雞市鳳縣）、金牛驛（今陝西省漢中市寧強縣大安鎮）、大散關（今陝西省寶雞市西南大散嶺）等地，參與渭水強渡及大散關遭遇戰。〔註86〕除了在軍事任務上表現活躍外，陸游在南鄭的生活也相當精彩。他與同舍好友范西叔、張季長、劉戒之、章德茂等人相處融洽，有時共論國事，有時吟詩作對，有時通宵夜宴，有時華燈縱博。「投筆書生古來有，從軍樂事世間無」，〔註87〕如此豪氣干雲、笑傲沙場的軍旅生活，正是陸游平生宿願。但值得注意的是，南鄭時期陸游所留下的詩作並不多，且對軍中生活的描述甚少，多是一些寄贈酬和之作，這恐怕與宣輔使王炎不久失勢下臺有關。幸好陸游往後有許多緬懷南鄭從戎歲月之作，補足其中空白。

陸游晚年總結其詩歌創作經驗的詩作——〈九月一日夜讀詩稿有感走筆作歌〉：

> 我昔學詩未有得，殘餘未免從人乞：力孱氣餒心自知，妄取虛名有慚色。四十從戎駐南鄭，酣宴軍中夜連日。打毬築場一千步，閱馬列廄三萬匹；華燈縱博聲滿樓，寶釵艷舞光照席；琵琶弦急冰雹亂，羯鼓手勻風雨疾。詩家三昧忽見前，屈賈在眼元歷歷。天機雲錦用在我，翦裁妙處非刀尺。世間才杰固不乏，秋毫未合天地隔。放翁老死何足

〔註83〕陸游：《詩稿校注》，冊一，卷三〈山南行〉，頁232。
〔註84〕陸游：《詩稿校注》，冊一，卷三〈山南行〉，頁232。
〔註85〕陸游：《陸放翁全集》，上冊，《渭南文集》，卷十七〈靜鎮堂記〉（臺北市：世界書局，1963年4月），頁101。
〔註86〕陸游：《詩稿校注》，冊八，〈陸游年表〉，頁4623。
〔註87〕陸游：《詩稿校注》，冊六，卷五十七〈獨酌〉，頁3309。

論，廣陵散絕還堪惜。〔註88〕

明確指出「四十從戎駐南鄭」這段軍旅歲月對其詩歌所發生的關鍵影響，早年未脫模擬習氣，「力屏氣餒」無法獨樹一格。直到經過邊關戍守的歷練，陸游才真正確立愛國思想為其詩歌創作的主軸，成為繼屈原、杜甫之後，另一位廣受後世推崇的愛國詩人。

乾道八年八月，陸游妻兒離開夔州準備前來南鄭與他團聚。陸游接獲家書後，九月由南鄭西行至大安軍三泉縣，在此乘船順嘉陵江而下至利州（今四川省廣元市利州區），再轉陸路經葭萌（今四川省廣元市西南）、蒼溪（今四川省廣元市蒼溪縣）抵達閬中（今四川省閬中市）。與家人團聚後，陸游再無後顧之憂，準備長期定居抗金前線，為復國大業殫精竭慮。

陸游撫劍北望、躊躇滿志，但政治局勢的詭譎多變卻輕易抹殺他的報國赤誠；尚未踏上漢中土地，陸游即在利州嘉川舖接到王炎內調的消息，連夜快馬趕回南鄭。「渭水函關元不遠，著鞭無日涕空橫。」〔註89〕陸游接獲檄文，內心已覺不安；抵達漢中境上，心中憂懼益深。他深怕當權者苟合怯戰，白白放棄好不容易凝聚起的民心士氣，只好望著「地連秦雍川原壯，水下荊揚日夜流」〔註90〕的大好山河，慨歎：「良時恐作他年恨，大散關頭又一秋。」〔註91〕

陸游回到南鄭不久，王炎隨即奉詔回京。底下幕僚各奔前程，陸游亦改任為成都府安撫司參議官，結束南鄭這段最意氣風發的戎馬歲月。

四、五易其任

陸游離開南鄭後，官職調任頻繁。乾道八年歲暮擔任成都參議，

〔註88〕陸游：《詩稿校注》，冊四，卷二十五〈九月一日夜讀詩稿有感走筆作歌〉，頁1802。

〔註89〕陸游：《詩稿校注》，冊一，卷三〈嘉川舖得檄遂行中夜次小柏〉，頁254。

〔註90〕陸游：《詩稿校注》，冊一，卷三〈歸次漢中境上〉，頁255。

〔註91〕陸游：《詩稿校注》，冊一，卷三〈歸次漢中境上〉，頁255。

隔年春權通判蜀州，同年夏攝知嘉州事；淳熙元年春再調回蜀州，同年冬攝知榮州事，七十天後再調成都參議。短短二年二個月的時間，就經歷了五次職務調動。〔註92〕

乾道八年十一月，陸游舉家遷往成都，第四度踏上金牛棧道。他沿著沔水河谷西行至大安軍三泉縣，再次走嘉陵江水路前往益昌。距離上次搭船也才兩個月，但心境卻有雲泥之別；上回是前往閬中與家人團聚，這次卻是復國夢碎，黯然離開南鄭。「炊菰斫膾明年事，卻憶斯游亦壯哉！」〔註93〕陸游可說是才離興元便想興元，赴成都道上所作〈初離興元〉〔註94〕、〈自興元赴官成都〉〔註95〕、〈書事〉〔註96〕等詩，皆表達出對南鄭的眷戀不捨。

陸游自益昌繼續往西南前進，跨越利州、隆慶府（今四川省廣元市劍閣縣）交界，進入「一夫當關，萬夫莫開」的劍門關。劍門又稱劍閣，位於大小劍山之間的棧道上，是諸葛亮命軍士鑿山砌石所建，蜀將姜維曾據此天險，成功阻擋鍾會所率領的十萬魏軍。陸游見到崢嶸崔嵬的劍閣山，百感交集中寫下著名的〈劍門道中遇微雨〉〔註97〕：「衣上征塵雜酒痕，遠遊無處不消魂。此身合是詩人未？細雨騎驢入劍門。」陸游在詩壇上雖享盛譽，但英勇地投身戰場、報效國家才是他平生所願。從戰事頻繁的金牛道走進天下至險的劍門關，意味著身分的轉變，也象徵著寶劍無功入鞘。「此身合是詩人未？」細雨愁飛、驢步蹣跚，已是無聲的解答。陸游只能空歎：「客主固殊勢，存亡終在人。」〔註98〕

劍門關以南，氣候宜人、道路平坦，漸漸進入四川最富庶的區

〔註92〕陸游：《詩稿校注》，冊八，〈陸游年表〉，頁4623～4624。

〔註93〕陸游：《詩稿校注》，冊一，卷三〈初離興元〉，頁257。

〔註94〕陸游：《詩稿校注》，冊一，卷三〈初離興元〉，頁257。

〔註95〕陸游：《詩稿校注》，冊一，卷三〈自興元赴官成都〉，頁258。

〔註96〕陸游：《詩稿校注》，冊一，卷三〈書事〉，頁259。

〔註97〕陸游：《詩稿校注》，冊一，卷三〈劍門道中遇微雨〉，頁269。

〔註98〕陸游：《詩稿校注》，冊一，卷三〈劍門關〉，頁269。

域。陸游經隆慶府武連（今四川省廣元市劍閣縣武連鎮）、綿州魏城（今四川省綿陽市玉河鎮）、漢州德陽（今四川省德陽市），於乾道八年歲暮抵達成都（今四川省成都市）。陸游在此擔任參議官，頗多閒暇。他在詩中自述：「冷官無一事，日日得閑遊。」〔註99〕但這樣的清閒卻非陸游所願，另有詩云：「烈士壯心雖未減，狂奴故態有誰容？」〔註100〕抒發滿懷壯志卻無處施展的落寞。陸游在成都結識了宇文袞臣、宇文子友、譚德稱等人，常一起飲酒賦詩、尋幽訪勝。這段時間他寫了不少詠梅詩，「不怕幽香妨靜觀，正須疏影伴臞仙。」〔註101〕藉由飲酒賞梅以排解從戎夢碎的失意落寞。

乾道九年陸游四十九歲，初春先被派往蜀州（今四川省成都市崇州市）擔任通判，不久暫還成都，隨即又調往嘉州（今四川省樂山市）。陸游由成都南行，經眉州眉山（今四川省眉山市）來到嘉州。嘉州山川秀麗、景色優美，西能眺望峨嵋山，東有岷江環繞。城東隔江有凌雲山，著名的樂山大佛即在於此。素愛尋幽訪勝的陸游在嘉州的生活相當悠然自在，常利用公暇之餘遨遊名山古剎，他自稱：「我是天公度外人，看山看水自由身。」〔註102〕嘉州境內的凌雲寺、西林院、東丁院、荔枝樓、望雲樓等全都留有記遊詩作。「安得棄官長住此，一盃香飯薦珍蔬。」〔註103〕嘉州的宜人景色，甚至讓陸游興起辭官居留的念頭。

嘉州官舍藏石豐富，可惜皆閒置無用。陸游將其集中修造成一座「峭峰幽竇相吞吐，翠嶺丹崖渺聯絡」〔註104〕的假山，並於南面作曲欄石磴，盤旋繚繞有如棧道。每當愁悶時推窗便可望見「半崖縈棧

〔註99〕陸游：《詩稿校注》，冊一，卷三〈登塔〉，頁289。
〔註100〕陸游：《詩稿校注》，冊一，卷三〈睡起書事〉，頁291。
〔註101〕陸游：《詩稿校注》，冊一，卷三〈再賦梅花〉，頁288。
〔註102〕陸游：《詩稿校注》，冊一，卷四〈獨遊城西諸僧舍〉，頁315。
〔註103〕陸游：《詩稿校注》，冊一，卷四〈西林院〉，頁316。
〔註104〕陸游：《詩稿校注》，冊一，卷四〈嘉陽官舍奇石甚富散棄無領略者予始取作假山因名西齋曰小山堂為賦短歌〉，頁306。

遊秦路，疊嶂生雲入劍山。」﹝註105﹞從此「賴有小山聊慰眼」﹝註106﹞，陸游便將假山旁的居室更名為「小山堂」。小山堂牆壁上繪有岑參畫像，並刻有其遺詩八十餘篇。岑參曾在嘉州擔任刺史，這位唐代邊塞詩大家詩風慷慨豪邁、雄奇俊逸，陸游自年少時便極為傾慕，甚至推崇為李、杜後第一人。陸游所作〈夜讀岑嘉州詩集〉，就盡吐其感佩之情：

> 漢嘉山水邦，岑公昔所寓。公詩信豪偉，筆力追李杜。常想從軍時，氣無玉關路。﹝註107﹞至今蠹簡傳，多昔橫槊賦。零落才百篇，﹝註108﹞崔嵬多傑句。工夫刮造化，音節配韶護。我後四百年，清夢奉巾屨。晚途有奇事，隨牒得補處。群胡自魚肉，明主方北顧。誦公天山篇，流涕思一遇。﹝註109﹞

這首五言古詩前十二句歌詠岑參，後八句自述所感。在歌詠岑參的部分，先稱譽其詩風豪偉，直追李杜；再點出其詩歌成就根源於投筆從戎的豪情氣魄，並進一步歸結出語奇體俊、意調高遠與音節宏亮等藝術特色。在自述所感的部分，則表達自己眼看中原長期淪陷，卻始終報國無門的焦慮。由此可知，陸游對岑參的景仰不僅是其詩藝成就，更推崇其橫槊賦詩的尚武精神。

　　對於陸游詩歌創作歷程而言，南鄭軍旅生涯發揮極大的關鍵力量。而這樣的影響則從嘉州時期的作品開始顯露。陸游恣意徜徉山水的同時，內心愛國激情依然澎湃，除了像「君恩未報身今老，徒倚危樓一泫然」﹝註110﹞、「壯心未許全消盡，醉聽檀槽出塞聲。」﹝註111﹞

﹝註105﹞ 陸游：《詩稿校注》，冊一，卷四〈小山之南作曲欄石磴繚繞如棧道戲作二篇〉其二，頁323。

﹝註106﹞ 陸游：《詩稿校注》，冊一，卷四〈晦日西窗懷故山〉，頁321。

﹝註107﹞ 陸游自注云：「公詩多從戎西邊時所作。」南宋疆域遠遜盛唐，陸游軍功亦遠不及岑參，故有「氣無玉關路」之嘆。

﹝註108﹞ 《詩稿校注》原為「零落財百篇」，據語意「財」應訂正為「才」。

﹝註109﹞ 陸游：《詩稿校注》，冊一，卷四〈夜讀岑嘉州詩集〉，頁332。

﹝註110﹞ 陸游：《詩稿校注》，冊一，卷四〈晚登望雲〉，頁319。

﹝註111﹞ 陸游：《詩稿校注》，冊一，卷四〈醉中感懷〉，頁324。

等這樣直抒胸臆的愛國抒情詩，他更嘗試各種形式的愛國書寫。有像〈八月二十二日嘉州大閱〉〔註112〕、〈聞虜亂有感〉〔註113〕、〈得韓无咎書寄使虜時宴東都驛中所作小闋〉〔註114〕等以時事入題的作品；也有如〈夜讀岑嘉州詩集〉〔註115〕、〈九月十六日夜夢駐軍河外遣使招降諸城覺而有作〉〔註116〕、〈觀大散關圖有感〉〔註117〕等以生活記錄爲題的作品；再如擬古樂府的〈金錯刀行〉〔註118〕、〈胡無人〉〔註119〕；借宮怨託不遇的〈長門怨〉〔註120〕、〈長信宮詞〉〔註121〕、〈銅雀妓〉〔註122〕；詠物喻志的〈寶劍吟〉〔註123〕等等；陸游全力開拓愛國詩歌內涵，確立往後詩歌創作的主調。

淳熙元年春，陸游再調任蜀州通判。三月初離嘉州北上，經眉州青神（今四川省眉山市青神縣）、蜀州新津（今四川省成都市新津縣），當月即抵達蜀州（今四川省成都市崇州市）。蜀州郡圃有西湖，東南城郊有東湖，皆是州郡勝景處。陸游尤其喜歡東湖，蜀州任內常「忙裏偷閒慰晚途，春來日日在東湖」〔註124〕，或乘涼品茗，或湖畔垂釣，在此留下〈東湖新竹〉〔註125〕、〈夏日湖上〉〔註126〕、〈湖

〔註112〕 陸游：《詩稿校注》，冊一，卷四〈八月二十二日嘉州大閱〉，頁339。

〔註113〕 陸游：《詩稿校注》，冊一，卷四〈聞虜亂有感〉，頁346。

〔註114〕 陸游：《詩稿校注》，冊一，卷四〈得韓无咎書寄使虜時宴東都驛中所作小闋〉，頁371。

〔註115〕 陸游：《詩稿校注》，冊一，卷四〈夜讀岑嘉州詩集〉，頁332。

〔註116〕 陸游：《詩稿校注》，冊一，卷四〈九月十六日夜夢駐軍河外遣使招降諸城覺而有作〉，頁344。

〔註117〕 陸游：《詩稿校注》，冊一，卷四〈觀大散關圖有感〉，頁357。

〔註118〕 陸游：《詩稿校注》，冊一，卷四〈金錯刀行〉，頁361。

〔註119〕 陸游：《詩稿校注》，冊一，卷四〈金錯刀行〉，頁367。

〔註120〕 陸游：《詩稿校注》，冊一，卷四〈長門怨〉，頁369。

〔註121〕 陸游：《詩稿校注》，冊一，卷四〈長信宮詞〉，頁369。

〔註122〕 陸游：《詩稿校注》，冊一，卷四〈銅雀妓〉，頁370。

〔註123〕 陸游：《詩稿校注》，冊一，卷四〈寶劍吟〉，頁352。

〔註124〕 陸游：《詩稿校注》，冊一，卷四〈暮春〉，頁393。

〔註125〕 陸游：《詩稿校注》，冊一，卷五〈東湖新竹〉，頁409。

〔註126〕 陸游：《詩稿校注》，冊一，卷五〈夏日湖上〉，頁414。

上晚歸〉〔註 127〕等歌詠東湖之作。陸游也訪遍蜀州附近的道觀僧院，翠圍院、化成院、慈雲院、靈鷲寺、白塔院等處皆賦詩紀遊。成都離蜀州不遠，陸游得以時常前往成都與宇文子友、鄧公壽、譚德稱等好友相聚。「吾道將為天下裂，此心難與俗人言。」〔註 128〕，陸游胸懷壯志卻無以施展，所幸尚可「寄語龜城舊交道，新涼殊憶共清尊。」〔註 129〕

　　陸游在蜀州仍然持續愛國詩歌的創作，晨起即感歎「容身有祿愧滿顏，滅賊無期淚橫臆」〔註 130〕，飲酒則欲「桑弧蓬矢射四方」〔註 131〕；見長安城圖則憂思「三秦父老應惆悵，不見王師出散關」〔註 132〕，觀蜀州大閱則疾呼「安得英雄共著鞭」〔註 133〕。其中又以秋思主題最多，有時雄健俊爽如「人言悲秋難為情，我喜枕上聞秋聲」〔註 134〕；有時蒼茫悲滷如「鴈來不得中原信，撫劍何人識壯心！」〔註 135〕；或黯淡感傷如「故應身世如團扇，已向人間耐棄捐」〔註 136〕；或懷憂警惕如「暑退涼生君勿喜，一年光景又崢嶸。」〔註 137〕

　　陸游在蜀州不滿一年，多天又改派攝知榮州事。榮州（今四川省自貢市）在蜀州東南方向，陸游特地繞道先北遊青城山（今四川省都江堰市西南），再經蜀州江原（今四川省崇州市江原鎮）、眉州彭山（今四川省眉山市彭山縣）、嘉州平羌（今四川省樂山市北），抵達榮

〔註 127〕　陸游：《詩稿校注》，冊一，卷五〈湖上晚歸〉，頁 422。
〔註 128〕　陸游：《詩稿校注》，冊一，卷五〈離成都後卻寄公壽子友德稱〉，頁 434。
〔註 129〕　陸游：《詩稿校注》，冊一，卷五〈離成都後卻寄公壽子友德稱〉，頁 434。
〔註 130〕　陸游：《詩稿校注》，冊一，卷五〈曉歎〉，頁 397。
〔註 131〕　陸游：《詩稿校注》，冊一，卷五〈對酒歎〉，頁 415。
〔註 132〕　陸游：《詩稿校注》，冊一，卷五〈觀長安城圖〉，頁 449。
〔註 133〕　陸游：《詩稿校注》，冊一，卷五〈觀長安城圖〉，頁 455。
〔註 134〕　陸游：《詩稿校注》，冊一，卷五〈秋聲〉，頁 422。
〔註 135〕　陸游：《詩稿校注》，冊一，卷五〈秋思〉，頁 440。
〔註 136〕　陸游：《詩稿校注》，冊一，卷五〈秋興〉，頁 448。
〔註 137〕　陸游：《詩稿校注》，冊二，卷六〈秋聲〉，頁 449。

州。「亂山缺處城樓呀，雙旗蕭蕭晚吹笳」〔註 138〕，是陸游初到榮州的第一印象。榮州地理位置偏僻，據傳古夜郎國即此。此地土地貧瘠，因盛產井鹽而有「鹽都」之稱。陸游雖遠調荒僻的榮州，心情卻頗爲調適。據〈桃源憶故人〉序中所言：「三榮郡治之西，因子城作樓觀，曰高齋。下臨山村，蕭然如世外。」〔註 139〕陸游常盤桓於此，或飲酒賦詩，或遠眺城西白石、獨石、龍虎諸山。有詩云：

> 登城望西崦，數家斜照中。柴荊畫亦閉，乃有太古風。慘淡起炊煙，寂歷下釣筒。土瘦參苗短，霜重桑枝空。恐是種桃人，或有采芝翁。何當宿樓上，月明照夜舂。〔註 140〕

「俗態十年看爛熟，不如留眼送歸鴻」〔註 141〕，對於倦馬思歸的陸游而言，山城歲月的古樸寧靜，正適合療癒休憩。因此他不以流落亂山孤城爲苦，豁達地認爲：「謫仙未必無遺恨，老欠題詩到夜郎。」〔註 142〕

歲暮陸游家人從蜀州前來榮州。一家人才剛團聚，除夕時又接到改派成都參議的檄文。於是五十一歲的陸游再度風塵僕僕地趕赴成都，結束「偶落山城無事處」〔註 143〕的自在生活。

五、成都參議

陸游再赴成都職銜爲「朝奉郎成都府路安撫司參議官兼四川制置使司參議官」。〔註 144〕據陸游詩中所述：「成都再見春事殘，雖名閑官實不閑，門前車馬鬧如市，案上文檄高於山。」〔註 145〕這次成都

〔註 138〕陸游：《詩稿校注》，冊一，卷五〈初到榮州〉，頁 499。

〔註 139〕陸游：《陸放翁全集》，上冊，《渭南文集》，卷五十〈桃源憶故人序〉（臺北市：世界書局，1963 年 4 月），頁 311。

〔註 140〕陸游：《詩稿校注》，冊一，卷五〈登城望西崦〉，頁 503。

〔註 141〕陸游：《詩稿校注》，冊一，卷五〈西樓夕望〉，頁 501。

〔註 142〕陸游：《詩稿校注》，冊一，卷五〈昭德堂晚步〉，頁 506。

〔註 143〕陸游：《詩稿校注》，冊一，卷五〈別榮州〉，頁 511。

〔註 144〕陸游：《陸放翁全集》，上冊，《渭南文集》，卷十四〈范待制詩集序〉（臺北市：世界書局，1963 年 4 月），頁 78。

〔註 145〕陸游：《詩稿校注》，冊二，卷七〈遊圓覺乾明祥符三院至暮〉，

參議的職務不比前次清閒，常得「身留幕府還家少，眼亂文書把酒稀。」〔註146〕即使偷空出遊，也難似孟嘗君偷渡函谷關。

儘管不像嘉州、榮州時期般悠遊山水，陸游在成都另有替代之道，那就是藉由賞花宴遊舒解愁悶。成都天候晝陽夜雨、夏涼冬暖，適合花卉栽種，近郊有趙園、施園、瑤林莊、合江園、摩訶池等多處賞花勝地。陸游時常徘徊其中、賞花賦詩。淳熙三年二月間，陸游曾寫有〈花時遍遊諸家園〉〔註147〕七絕組詩十首，由「走馬碧雞坊裡去，市人喚作海棠顛」〔註148〕、「爲愛名花抵死狂，只愁風日損紅芳」〔註149〕等句可窺得陸游愛花成癡的率眞爛漫。

「閑愁如飛雪，入酒即消融。」〔註150〕，沉醉酒鄉是陸游另一個排解管道。他慨歎：「悲歌流涕遣誰聽？」〔註151〕，只好將「萬古茫茫恨，悠然付一觴」〔註152〕。陸游雖深知「用酒驅愁如伐國，敵雖摧破吾亦病」〔註153〕，但胸中壘塊崢嶸，唯有借酒澆愁。陸游常乘酒興揮毫，據其〈題醉中所作草書卷後〉〔註154〕所述：「胸中磊落藏五兵，欲試無路空崢嶸。酒爲旗鼓筆刀槊，勢從天落銀河傾。」陸游將滿腔鬱悶，藉由酒意宣洩於筆墨，彌補其投報無門的遺憾。誠如〈送范舍人還朝〉〔註155〕詩中所言：「平生嗜酒不爲味，聊欲醉中遺萬事。」酒隱人間的背後，是「何時夜出五原塞，不聞人語聞鞭聲」〔註156〕的悲歎。

頁562。
〔註146〕陸游：《詩稿校注》，冊二，卷六〈書懷〉，頁526。
〔註147〕陸游：《詩稿校注》，冊二，卷六〈花時遍遊諸家園〉，頁538。
〔註148〕陸游：《詩稿校注》，冊二，卷六〈花時遍遊諸家園〉其一，頁538。
〔註149〕陸游：《詩稿校注》，冊二，卷六〈花時遍遊諸家園〉其二，頁538。
〔註150〕陸游：《詩稿校注》，冊二，卷七〈對酒〉，頁561。
〔註151〕陸游：《詩稿校注》，冊二，卷七〈野外劇飲示坐中〉，頁561。
〔註152〕陸游：《詩稿校注》，冊二，卷七〈野外劇飲示坐中〉，頁561。
〔註153〕陸游：《詩稿校注》，冊一，卷五〈對酒歎〉，頁412。
〔註154〕陸游：《詩稿校注》，冊二，卷七〈題醉中所作草書卷後〉，頁566。
〔註155〕陸游：《詩稿校注》，冊二，卷八〈送范舍人還朝〉，頁651。
〔註156〕陸游：《詩稿校注》，冊二，卷七〈題醉中所作草書卷後〉，頁566。

　　淳熙二年六月，范成大以四川制置使帥守成都。同列南渡四大家的兩人，在紹興三十二年曾是聖政所同事。〔註157〕這次重聚蜀地雖有尊卑之分，但賓主間不拘禮法，純以詩文論交，兩人酬和之作，廣為時人傳誦。范成大禮遇陸游，其待友之誠卻引來非議。〔註158〕淳熙三年三月間，陸游或許因此遭到免官。幕府文書繁重，陸游病酒消沉不堪勞頓。「歷盡人間行路難，老來要覓數年閑」〔註159〕，其〈卜居〉〔註160〕、〈歸耕〉〔註161〕等作中早有辭官退隱之意。同年六月，奉詔主管台州桐柏山崇道觀。〔註162〕宋代設置祠祿之官，本在佚老優賢，不必親自赴任。因此陸游仍留成都。九月又有知嘉州新命，未到任即因臣僚言其攝嘉州時期燕飲頹放而作罷。這一次仕途上的重挫，令陸游幡然醒悟：「名姓已甘黃紙外，光陰全付綠尊中。」〔註163〕索性從此自號「放翁」。

　　陸游雖因飲酒疏狂而遭來譏諷，但放浪不羈的行為，卻是肝膽輪囷、不甘蟄伏的反動。他賦詩明志：「浮沉不是忘經世，後有仁人識此心。」〔註164〕陸游不忘惓惓許國之忠，愛國詩歌的創作始終不輟。臨笮橋觀浣花江之浩蕩，他聯想起金戈鐵馬，歎問：「鐵衣何日東征遼？」〔註165〕半夜雷雨驟至，他起身幻想「雷車駕雨龍盡起，雷行半空如狂矢」〔註166〕的驚人聲勢，認為這是「中原腥羶五十年，上帝震怒初一洗」。〔註167〕即使年老力衰，重回軍旅已屬渺茫，陸游仍

〔註157〕歐小牧：《陸游年譜》（臺北市：木鐸出版社，1982年5月），頁82。
〔註158〕脫脫：《宋史》卷三九五，〈陸游傳〉（臺北市：洪氏出版社，1975年），頁12058。
〔註159〕陸游：《詩稿校注》，冊二，卷七〈卜居〉其一，頁558。
〔註160〕陸游：《詩稿校注》，冊二，卷七〈卜居〉其一，頁558。
〔註161〕陸游：《詩稿校注》，冊二，卷七〈歸耕〉，頁569。
〔註162〕陸游：《詩稿校注》，冊八，〈陸游年表〉，頁4624。
〔註163〕陸游：《詩稿校注》，冊二，卷七〈和范待制秋興〉，頁611。
〔註164〕陸游：《詩稿校注》，冊二，卷七〈書歎〉，頁560。
〔註165〕陸游：《詩稿校注》，冊二，卷六〈夜聞浣花江聲甚壯〉，頁515。
〔註166〕陸游：《詩稿校注》，冊二，卷七〈中夜聞大雷雨〉，頁552。
〔註167〕陸游：《詩稿校注》，冊二，卷七〈中夜聞大雷雨〉，頁552。

持續讀書習射。淳熙四年正月，陸游前往萬里橋習射，更發出「丈夫未死誰能料，一笴他年下百城」〔註168〕的豪語。同時期所擬的古樂府〈關山月〉〔註169〕，則假託一位老將之口，揭發：「朱門沉沉按歌舞，廄馬肥死弓斷絃」的荒淫現象。將愛國志士與中原遺民的憤慨怨懟傾訴無遺。

　　淳熙四年六月范成大還朝，陸游送行自成都出發，經永康軍青城、蜀州新津至眉州慈姥巖。臨別時陸游詩贈范成大，叮囑其：「公歸上前勉畫策，先取關中次河北。」〔註170〕陸游雖已免官奉祠，但始終不忘恢復之志。八月陸游赴邛州（今成都市邛崍市）旅遊，邛州位於蜀州西邊，境內白鶴山風景秀麗，陸游遊訪翠屏閣、幽居院、中溪寺等處，皆有詩賦之。從邛州歸來不久，九月十日陸游又前往成都北邊的漢州打獵，佩刀挾箭，快馬馳騁在新都（今四川省成都市新都區）、彌牟（今四川省成都市青白江區彌牟鎮）之間。獵罷豪氣未消，飲酒賦詩三首寄贈獨孤策，詩中所云：「報國雖思包馬革，愛身未忍價羊皮」〔註171〕、「欲疏萬言投魏闕，燈前攬筆涕先傾」〔註172〕等語，藉酒盡訴胸次積鬱。

　　十月陸游接獲朝廷八月書報，奉命知敘州（今四川省宜賓市），戍期在隔年冬季。敘州在榮州南邊，雖能再度出仕，陸游卻因「故里歸期愈渺然」〔註173〕而意興闌珊。只好趁赴任前「未配魚符無吏責」〔註174〕，把握悠遊成都「看花且作拾遺顛」〔註175〕的自在時光。所

〔註168〕陸游：《詩稿校注》，冊二，卷七〈萬里橋江上習射〉，頁623。
〔註169〕陸游：《詩稿校注》，冊二，卷七〈關山月〉，頁623。
〔註170〕陸游：《詩稿校注》，冊二，卷七〈送范舍人還朝〉，頁651。
〔註171〕陸游：《詩稿校注》，冊二，卷八〈獵罷夜飲示獨孤生〉其一，頁693。
〔註172〕陸游：《詩稿校注》，冊二，卷八〈獵罷夜飲示獨孤生〉其二，頁694。
〔註173〕陸游：《詩稿校注》，冊二，卷七〈得都下八月書報蒙恩牧敘州〉，頁716。
〔註174〕陸游：《詩稿校注》，冊二，卷七〈得都下八月書報蒙恩牧敘州〉，

幸淳熙五年正月，五十四歲的陸游尚未前往敘州，又蒙恩奉詔還朝。據陸游〈謝王樞密啓〉〔註176〕所述：「斐然妄作，本以自娛，流傳偶至於中都，鑒賞遂塵於乙夜。」他宦遊蜀中所作詩篇，思想感人、境界恢宏，在蜀地流傳廣泛，輾轉上達聖聽。孝宗體恤陸游久戍在外，特詔其還朝覲見。

陸游自乾道六年十月到任夔州通判，至淳熙五年三月自成都啓行，〔註177〕前後歷時七年六個月。誠如成都賦閒時所言：「歸去自佳留亦樂，夢中何處是吾鄉？」〔註178〕陸游早已適應當地生活，甚至決定卜宅躬耕，終老劍南。陸游長子子虡記之：「蜀之名卿巨儒，皆傾心下之，爭先挽留。晁公子止侍郎，欲捐其別墅以舍之，先君諾焉，而未之決也。嘗爲子虡等言：『蜀風俗厚，古今類多名人，苟居之，後世子孫宜有興者。』宿留殆十載。」〔註179〕淳熙五年春季，陸游自成都南行，經眉州青神（今四川省眉山市青神縣）、嘉州玉津（今四川省樂山市犍爲縣玉津鎮），抵達敘州（今四川省宜賓市）。馬湖江（今金沙江）、岷江在敘州匯合始稱長江，陸游在此乘船東下，結束這段波瀾壯闊的巴蜀旅程。

第三節　離蜀後生活概況

陸游五十四歲離蜀，此後的生活大概可以淳熙十六年第五度被劾

頁 716。

〔註175〕陸游：《詩稿校注》，冊二，卷七〈得都下八月書報蒙恩牧敘州〉，頁 716。

〔註176〕陸游：《陸放翁全集》，上冊，《渭南文集》，卷十〈謝王樞密啓〉（臺北市：世界書局，1963 年 4 月），頁 53。

〔註177〕據〈陸游年表〉（《詩稿校注》，冊八，頁 4625）所記載，陸游於淳熙五年正月奉詔。考察其詩稿，稍晚於〈歸州重五〉所寫的〈峽口夜坐〉詩云：「吾行已四旬，纔抵楚西邑。」（《詩稿校注》，冊二，卷十，頁 792），以重五逆推四十日，陸游自成都啓行，約在三月下旬。

〔註178〕陸游：《詩稿校注》，冊二，卷六〈幽居晚興〉，頁 574。

〔註179〕陸游：《詩稿校注》，冊八，〈劍南詩稿江州刊本陸子虡跋〉，頁 4545。

罷官劃分爲兩期：一是離蜀後十年，期間先後在建安（今福建省建甌市南）、撫州（今江西省撫州市）、嚴州（今浙江省杭州市建德市）、臨安（今浙江省杭州市）任官；二是六十五歲至卒年，二十年間大多在山陰家居。

一、離蜀後十年

淳熙五年陸游自敘州順長江而下，經瀘州（今四川省瀘州市）、恭州（今重慶市江北區、南岸區、巴南區一帶）、涪州（今重慶市涪陵區）、忠州（今重慶市忠縣）、萬州（今重慶市萬州區）、夔州（今四川省奉節縣）、歸州（今湖北省宜昌市秭歸縣）、峽州（今湖北省宜昌市）、荊州（今湖北省荊州市）、黃州（今湖北省黃岡市黃州區）、江州（今江西省九江市）、建康（今江蘇省南京市）、常州（今江蘇省常州市），秋天抵達臨安（今浙江省杭州市）晉見孝宗，任爲提舉福建常平茶鹽公事。〔註180〕赴任前陸游先暫返山陰一個月，再前往建安（今福建省建甌市南）任所。

陸游離蜀之後，抗金復國的夢想形同消散，因此更加無意於仕途。在建安時的詩作，常表達出回歸故里的強烈願望，比如：「千金不須買畫圖，聽我長歌歌鏡湖」、〔註181〕「平生竊鄙貢公喜，故里但思陶令歸」、〔註182〕「此生那得常飄泊，歸臥東溪弄釣車」〔註183〕等等，陸游在建安不滿一年，又在淳熙六年秋奉召赴臨安，行經衢州（今浙江省衢州市）時奏請奉祠，孝宗改派提舉江南西路常平茶鹽公事，〔註184〕於是陸游取道上饒（今江西省上饒市）、弋陽（今江西省上饒市弋陽縣），十二月抵達撫州（今江西省撫州市）任所。

陸游在撫州雖然仍期盼歸隱，但幸好此地氣候涼爽、風景宜人，

〔註180〕 陸游：《詩稿校注》，冊八，〈陸游年表〉，頁4625。
〔註181〕 陸游：《詩稿校注》，冊二，卷十一〈思故山〉，頁858。
〔註182〕 陸游：《詩稿校注》，冊二，卷十一〈白髮〉，頁863。
〔註183〕 陸游：《詩稿校注》，冊二，卷十一〈客思〉，頁864。
〔註184〕 陸游：《詩稿校注》，冊八，〈陸游年表〉，頁4625。

爲詩人提供不少慰藉。陸游時常造訪境內的擬峴臺、金石臺，留有〈擬峴臺觀雪〉、〔註185〕〈正月五日出郊至金石臺〉、〔註186〕〈登擬峴臺〉〔註187〕等記遊詩。淳熙七年四月撫州天旱，陸游祝禱後大雨果至，欣喜寫下〈仲夏小旱方致禱忽大雨連日江水爲漲喜而有作〉〔註188〕，不料連日豪雨反成水患，陸游開倉賑濟、調糧救災，並有〈大雨踰旬既止復作江遂大漲〉〔註189〕二首，對「行人困苦泥沒胯，居人悲啼江入舍」、「空村避水無雞犬，茆舍夜深螢火滿」的景象表達深切的同情。陸游視民如子、奮力救災的舉措，不但未得朝廷嘉勉，反遭給事中趙汝愚的彈劾，〔註190〕同年奉詔赴臨安途中，孝宗許其免入京面奏，遂歸山陰。

　　陸游五十六歲返鄉後五年皆賦閒在家，淳熙八年三月本有提舉淮南東路常平茶鹽公事新命，也因臣僚以「不自檢飭，所爲多越于規矩」論罷。〔註191〕直到淳熙十三年才又有知嚴州命，孝宗並特別囑咐：「嚴陵山水勝處，職事之暇，可以賦詠自適。」〔註192〕用意即要陸游莫再議論國政與鼓吹抗金。

　　淳熙十三年七月陸游抵達嚴州（今浙江省杭州市建德市）任所，嚴州是臨安西南的一處大郡，人口眾多、庶務繁雜，陸游在此輕賦寬令、廣行賑恤，兩年任內百姓安居樂業、足食豐衣。淳熙十五年嚴州任滿，陸游暫歸故里，同年冬天再赴臨安擔任軍器少監。〔註193〕

〔註185〕陸游：《詩稿校注》，冊二，卷十二〈擬峴臺觀雪〉，頁938。

〔註186〕陸游：《詩稿校注》，冊二，卷十二〈正月五日出郊至金石臺〉，頁940。

〔註187〕陸游：《詩稿校注》，冊二，卷十二〈登擬峴臺〉，頁943。

〔註188〕陸游：《詩稿校注》，冊二，卷十二〈仲夏小旱方致禱忽大雨連日江水爲漲喜而有作〉，頁972。

〔註189〕陸游：《詩稿校注》，冊二，卷十二〈大雨踰旬既止復作江遂大漲〉，頁974。

〔註190〕陸游：《詩稿校注》，冊八，《宋史‧陸游列傳》，頁4604。

〔註191〕陸游：《詩稿校注》，冊八，〈陸游年表〉，頁4626。

〔註192〕陸游：《詩稿校注》，冊八，《宋史‧陸游列傳》，頁4605。

〔註193〕陸游：《詩稿校注》，冊八，〈陸游年表〉，頁4628。

淳熙十六年二月，孝宗傳位於太子趙惇，是爲光宗。光宗即位後詔集群臣於華文閣修高宗實錄，陸游改任朝禮部郎中兼實錄院檢討官，四月又兼膳部檢察。﹝註194﹞同年十一月陸游的忠耿直諫再次受到諫官攻訐：「陸游前後屢遭白簡，所至有汙穢之迹。」﹝註195﹞第五次遭彈劾免官，﹝註196﹞此後二十年大多在山陰家居。

二、六十五歲至卒年

陸游這次遭斥歸，其中一項罪名是其作詩專事嘲詠風月。這樣莫須有的指控不免令他感慨萬千：「放逐尙非餘子比，清風明月入臺評」，﹝註197﹞陸游以此事爲題連作兩首絕句，並索性將家裡的一處小軒取名爲「風月」。這次罷歸故里，更加確定陸游回歸田園的決心，雖然詩歌中「清笳太行路，何日出王師」、﹝註198﹞「積憤有時歌易水，孤忠無路哭昭陵」、﹝註199﹞「千載鬼雄皆國士、直令窮死未須哀」﹝註200﹞等等慷慨之音不輟，但客觀條件上已無他實現政治理想的可能。

紹熙五年，陸游七十歲。這年六月太上皇孝宗過世，因光宗不恪守孝道，引起朝廷的恐慌。趙汝愚、韓侂冑奏請太皇太后，立趙擴爲帝，是爲寧宗。事成後因權力分配問題，朝政局勢形成趙汝愚、韓侂冑之間的對立。

﹝註194﹞張健：《陸游》（臺北市：河洛圖書出版社，1977年），頁89。

﹝註195﹞朱東潤：《陸游傳》（臺北市：華世出版社，1984年），頁214。

﹝註196﹞陸游五次遭彈劾免官，依照時間順序分別在乾道二年正月（年42歲）、淳熙三年九月（年51歲）、淳熙七年十一月（年56歲）、淳熙八年三月（年57歲）、淳熙十六年十一月（年65歲）。依據陸游：《詩稿校注》，冊八，〈陸游年表〉，頁4621～4628。

﹝註197﹞陸游：《詩稿校注》，冊三，卷二十一〈予十年間兩坐斥罪雖擢髮莫數而詩爲首謂之嘲詠風月既還山遂以風月名小軒且作絕句〉，頁1612。

﹝註198﹞陸游：《詩稿校注》，冊四，卷二十二〈書懷絕句〉，頁1672。

﹝註199﹞陸游：《詩稿校注》，冊四，卷二十三〈遣懷〉，頁1683。

﹝註200﹞陸游：《詩稿校注》，冊四，卷二十六〈狂夫〉，頁1828。

　　陸游雖未捲進這場政治風暴，但朝廷演變成如此局面是他極不樂見的。「誰令各植黨，更仆而迭起；中更夷狄禍，此風猶未已。」〔註 201〕他深刻體認到北宋的傾覆，歸根究抵還是內部的黨爭，才給與敵人可趁之機。南宋不能再重蹈覆轍，唯有拋開私人恩怨、黨派立場，國家才能安定富強。

　　但情勢發展卻違背陸游的期望，慶元元年陸游七十一歲，這年二月趙汝愚罷相，韓侂冑掌握大權，大肆貶斥趙系官員。隔年七月更將道學視爲僞學，嚴加禁止。「登庸策免多新報，老子癡頑總不知」，〔註 202〕陸游本與趙系的朱熹、葉適等人交好，因此對於南宋政壇上的鬥爭內耗更覺心灰意冷。慶元四年十月，陸游武夷山沖佑觀的祠祿歲滿，他決定不復請，並作〈祠祿滿不敢復請作口號〉〔註 203〕組詩三首。「龜壽自應能食氣，鶴歸那得更乘軒」，〔註 204〕詩中既表現出安貧樂道的氣節，也隱然與權貴劃清界線。

　　陸游歸隱山陰的生活直到嘉泰二年才再出現變化，當時掌握政權的韓侂冑在政敵趙汝愚、朱熹先後過世後，逐漸與在野勢力妥協。二月解除僞學、僞黨之禁，趙汝愚追復資政殿學士；十月追復朱熹煥章閣待制致仕；〔註 205〕十二月韓侂冑加封太師，起用辛棄疾、葉適等人，〔註 206〕朝廷在一片團結和解中積極準備伐金。這年五月寧宗召七十八歲的陸游前往臨安修史，以原官提舉佑神觀兼實錄院同修撰兼同修國史，十二月除秘書監。隔年正月，任寶謨閣待制；〔註 207〕四

〔註 201〕陸游：《詩稿校注》，冊四，卷三十一〈歲暮感懷以餘年諒無幾休日愴已迫爲韻〉其九，頁 2113。
〔註 202〕陸游：《詩稿校注》，冊四，卷三十二〈閑中書事〉，頁 2145。
〔註 203〕陸游：《詩稿校注》，冊五，卷三十八〈祠祿滿不敢復請作口號〉其一，頁 2435。
〔註 204〕陸游：《詩稿校注》，冊五，卷三十八〈祠祿滿不敢復請作口號〉其三，頁 2436。
〔註 205〕朱東潤：《陸游傳》（臺北市：華世出版社，1984 年），頁 254。
〔註 206〕陸游：《詩稿校注》，冊八，〈陸游年表〉，頁 4631。
〔註 207〕陸游：《詩稿校注》，冊八，〈陸游年表〉，頁 4631。

月修史完成，除提舉江州太平興國宮，五月回歸山陰。陸游這次修史在臨安待了一年左右。

　　韓侂胄迫使朱熹去職，並發動慶元黨禁，排除異己、獨攬大權，被歷史視為奸相。陸游曾為其撰寫〈南園〉、〈閱古泉記〉，因此「見譏清議」。〔註208〕陸游雖非趨炎附勢之徒，但其主戰立場卻與韓侂胄相合。在陸游的觀念中唯有朝野團結，方能同心戮力，收復中原。

　　可惜韓侂胄徒有野心，而無雄略。開禧二年倉促伐金，果然遭致慘敗，隔年十一月更被投降派殺害。嘉定元年三月宋金議和，南宋歲幣負擔加重，投降派在史彌遠領導下重新掌握政權，主戰派官員紛紛遭到斥逐，甚或刑戮。在如此嚴峻的政治氛圍下，八十四歲的陸游依舊不改其衷，即使隱退田園仍時有「何日胡塵掃除盡，敷溪道上醉春風」、〔註209〕「自閔未能忘感慨，浩歌彈劍送飛鴻」、〔註210〕「深蕪埋壯士，千古為悲歡」〔註211〕等等變徵之音，抗敵復國的火苗從未在他心中熄滅。嘉定二年十二月除夕，高齡八十五歲的愛國詩人在彌留之際寫下那首傳頌千古的絕命詩：

　　　　死去元知萬事空，但悲不見九州同。
　　　　王師北定中原日，家祭無忘告乃翁。〔註212〕

回顧陸游八十五年的人生歷程，其中最為顛簸震盪，也最為波瀾壯闊的當推蜀中八年。雖然這段時間僅佔人生不到十分之一，但巴蜀、南鄭的生活經驗卻對陸游造成莫大的影響。《劍南詩稿》存詩隨入蜀旅程的開展，數量明顯增加；陸游更自述其領略「詩中三昧」要從南鄭從戎開始。

　　陸游在漢中盆地縱馬馳騁，編織復國大夢；夢碎後在巴蜀輾轉飄泊，頹放佯狂、酒隱人間。人生高、低潮的極致，最深刻的生命體驗

〔註208〕陸游：《詩稿校注》，冊八，《宋史・陸游列傳》，頁4605。
〔註209〕陸游：《詩稿校注》，冊八，卷八十一〈花下小酌〉其二，頁4372。
〔註210〕陸游：《詩稿校注》，冊八，卷八十三〈思蜀〉，頁4474。
〔註211〕陸游：《詩稿校注》，冊八，卷八十三〈縱筆〉其二，頁4479。
〔註212〕陸游：《詩稿校注》，冊八，卷八十五〈示兒〉，頁4542。

都集中在蜀中時期。故其長子子虡言：「孝宗念其久外，趣召東下，然心固未嘗一日忘蜀也。其形于歌詩，蓋可考矣。是以題其平生所爲詩卷曰《劍南詩稿》，以見其志焉。」〔註213〕

　　劍南，指的是劍門關以南成都一帶的區域。陸游以「劍南」爲其詩歌全集命名，既是紀念旅居蜀中的黃金歲月，也是象徵其枕戈待旦，預備揮劍向北的戰鬥精神。入蜀八年不僅磨練陸詩的健拔之氣，更確定愛國詩歌的創作主軸，即使離蜀後仍持續發酵、高歌不輟，終於奠定愛國詩人的不朽地位。

〔註213〕陸游：《詩稿校注》，冊八，〈劍南詩稿江州刊本陸子虡跋〉，頁4545。

第三章　陸游蜀中七律之內涵

　　陸游是中國歷史上最多產的詩人，現存詩有九千二百多篇。[註1]陸游詩不僅數量浩瀚，並且諸體具備、蘊涵豐富。誠如戴復古所言：「李、杜、陳、黃題不盡，先生模寫一無遺。」[註2]陸游廣泛學習前人經驗，積極投身於詩歌創作，寫實與浪漫兼具、意興與哲理並重，足可稱為古典詩歌之集大成者。

　　陸游詩題材、內容浩瀚，若要進一步探究其內涵世界，就突顯出分體、分期研究必要性。本文聚焦在陸游蜀中時期所寫七言律詩，共四百一十三首，依照主題概分為「官宦」、「生活」、「寫景」、「人事」、

〔註1〕李致洙：《陸游詩研究》第四章（臺北市：文史哲出版社，1991年9月），頁79。

〔註2〕戴復古：《石屏詩集》卷六，〈讀放翁先生劍南詩草〉。轉引自孔凡禮、齊治平編：《陸游資料彙編》（北京市：中華書局，2006年8月），頁42。戴復古為江湖詩派的代表詩人，早年曾從陸游學詩，繼承杜甫、陸游的寫實精神，詩風沉鬱雄放。此句所言李、杜、陳、黃，李、杜、黃依序為李白、杜甫、黃庭堅應無疑慮，陳所指詩人應為陳師道。黃庭堅、陳師道、陳與義被江西詩派推為「三宗」，陳師道與黃庭堅同列「蘇門六君子」，皆為元祐詩壇的大家，陳與義活動年代則晚黃庭堅、陳師道四十年以上。因此陳、黃並稱，應以陳師道的可能性為最大。另以年歲、成就考量，應置黃庭堅於陳師道之前，戴復古卻不然。此句出於七律，「陳」、「黃」二字皆為平聲，當非牽就格律。推測應與聲情相關，「陳」、「黃」分屬真、陽二韻，以陽韻作結較真韻恢宏、響亮。

「詠物」等五大類，再逐一分子類探討。

第一節　官宦主題

　　陸游自乾道六年夏初啓程入蜀赴任，至淳熙五年三月奉詔還朝，將近八年的仕宦經歷成爲詩歌創作的重要材料。從離鄉遠赴夔州的愁思慘澹、經南鄭從戎的意氣風發、歷五易其任的漂泊輾轉、到成都參議的縱酒疏狂，陸游在蜀中時期的宦海起伏，僅在南鄭的半年能夠實現其慷慨從軍的抱負，其餘時期大多在抑鬱愁悶中度過。茲將其官宦主題的七言律詩，分爲羈旅行役、軍事相關、試院入闈、奉旨謝恩、視察民生等五類來探討。

一、羈旅行役

　　陸游蜀中七律中的官宦主題，以羈旅行役爲內容者數量最多。此當與陸游離鄉遠宦、調任頻繁，行遍巴蜀山程水驛有關。陸游此類作品主要集中在山陰至夔州、夔州至南鄭、南鄭至成都的三段長征。

　　陸游自山陰赴任夔州，旅程長達五個多月，主要沿長江走水路入蜀。長江流域綿延千里，沿岸多名邦大郡、交通重鎮，蘊藏豐富的自然、人文景觀。陸游此番跋涉，將所見所聞詳實紀錄成《入蜀記》六卷。長江兩岸的自然名勝也激發陸游的詩情，寫有多首以羈旅行役爲內容的七律。

　　陸游乘船行經揚州瓜洲鎮時，天候變幻莫測，時而雷電交加，隨即晴空開霽，令他有所感慨，傍晚停靠淮南岸便寫下〈晚泊〉：

　　　　半世無歸似轉蓬，今年作夢到巴東。
　　　　身遊萬死一生地，路入千峰百嶂中。
　　　　鄰舫有時來乞火，叢祠無處不祈風。
　　　　晚潮又泊淮南岸，落日啼鴉戍堞空。〔註3〕

落日昏鴉悽涼的啼聲，回蕩在無人駐守的戍樓，正是陸游此刻心境的

〔註3〕陸游：《詩稿校注》，冊一，卷二〈晚泊〉，頁138。

寫照。眼前是重山峻嶺，終點是「萬死一生」的夔州。陸游顯然對此行相當悲觀。而這樣低迷的氣氛亦成爲此時期的羈旅七律的主要基調。比如九月作於長江舟中的〈初寒〉〔註4〕「傷心到處聞砧杵，九月今年未授衣」由即將入冬的蕭瑟，聯想起往年此時早已備好冬衣，因此興起今非昔比之慨；或者行經江陵所寫的〈馬上〉〔註5〕、〈水亭有懷〉〔註6〕，前者以「可憐萬里覓歸夢，未到故山先自迷」道出未抵蜀地就開始思鄉的愁悶，後者則以「道路半年行不到，江山萬里看無窮」訴說路途的遙遠辛苦。

現實雖是如此，但陸游畢竟生性豁達，即使舟車勞頓，亦能自我寬解。陸游舟行至雁翅峽時，風勢猛烈、水勢險惡，無法繼續前行，只得停泊於趙屯。陸游於此寫下〈雨中泊趙屯有感〉：

> 歸燕羈鴻共斷魂，荻花楓葉泊孤村。
> 風吹暗浪重添纜，雨送新寒半掩門。
> 魚市人煙橫慘淡，龍祠簫鼓鬧黃昏。
> 此身且健無餘恨，行路雖難莫更論。〔註7〕

眼前的驚濤駭浪，令陸游感嘆身世的飄零，江邊與風浪搏鬥的歸燕與羈鴻，如同詩人自我形象的投影。此詩前三聯均籠罩在慘澹蕭條的氛圍中，但尾聯「此身且健無餘恨，行路雖難莫更論」兩句則逆勢上揚，吐露出君子自強不息、無畏險途的意志。再如十月所寫的〈晚泊松滋渡口〉：

> 此行何處不艱難，寸寸強弓且旋彎。
> 縣近歡欣初得菜，江回徙倚忽逢山。
> 繫船日落松滋渡，跋馬雲埋灩澦關。
> 未滿百年均是客，不須數日待東還。〔註8〕

夔州赴任的長途跋涉已近尾聲，陸游回顧這一趟「寸寸強弓且旋彎」

〔註4〕陸游：《詩稿校注》，冊一，卷二〈初寒〉，頁146。
〔註5〕陸游：《詩稿校注》，冊一，卷二〈馬上〉，頁153。
〔註6〕陸游：《詩稿校注》，冊一，卷二〈水亭有懷〉，頁154。
〔註7〕陸游：《詩稿校注》，冊一，卷二〈雨中泊趙屯有感〉，頁140。
〔註8〕陸游：《詩稿校注》，冊一，卷二〈晚泊松滋渡口〉，頁159。

的漫長征途，可說是舉步艱難。但辛苦的奔波卻未必到達樂土，站在松滋渡眺望高聳險峻、狀如怒馬的灩澦堆，大江天險的壓迫感令陸游隱隱不安。即便如此，陸游很快丟掉心中的陰霾，以「未滿百年均是客」的灑脫態度面對即將到來的蜀地生活。

陸游於夔州任滿後，四川宣撫使王炎召他入幕。從夔州到南鄭又是一趟艱苦旅程，沿途多凌空棧道、亂山危谷。陸游遠赴南鄭的考量同於入蜀，皆因經濟所逼，夔州通判俸給無多，陸游連返鄉的旅費皆不足。因此南鄭之行，陸游常抒發久宦思歸的愁緒，如從梁山至鄰山道中所作：「殘年流轉似萍根，馬上傷春易斷魂」〔註9〕、「客路一身眞弔影，故園萬里欲招魂」〔註10〕，再如果州驛站所作：

　　驛前官路堆纍纍，歎息何時送我歸？
　　池館鶯花春漸老，窗扉燈火夜相依。
　　孤鷺怯舞愁窺鏡，老馬貪行強受羈。
　　到處風塵常撲面，豈惟京洛化人衣。〔註11〕

孤鷺形單影隻，對鏡自照竟錯以爲同類而鳴舞至死；老馬爲求果腹，只好勉強套上韁繩、繼續供人驅策。陸游以孤鷺、老馬自比，藉以突顯人到暮年卻仍飄泊天涯的慘澹悲哀。

可喜的是，當陸游踏上漢中盆地，興元府的崢嶸氣象立刻掃其心中陰霾。儘管南鄭半年，陸游必須冒險在軍事前線往來奔走，但肉體上的勞苦並無法澆熄他的壯志豪情，直接反映在他的羈旅詩。陸游在閬中作聯章七律二首：

　　殘年作客遍天涯，下馬長亭便似家。
　　三疊凄涼渭城曲，數枝閑澹閬中花。
　　裂牋授管相逢晚，理鬢熏衣一笑嘩。
　　俱是邯鄲枕中夢，墜鞭不用憶京華。〔註12〕

〔註 9〕陸游：《詩稿校注》，冊一，卷三〈馬上〉，頁216。
〔註10〕陸游：《詩稿校注》，冊一，卷三〈鄰山縣道上作〉，頁217。
〔註11〕陸游：《詩稿校注》，冊一，卷三〈果州驛〉，頁219。
〔註12〕陸游：《詩稿校注》，冊一，卷三〈閬中作〉其一，頁248。

　　　　挽住征衣爲濯塵，閬州齋釀絕芳醇。

　　　　鶯花舊識非生客，山水曾游是故人。

　　　　遨樂無時冠巴蜀，語音漸正帶咸秦。

　　　　平生剩有尋梅債，作意城南看小春。〔註13〕

第一首詩中，陸游將客途異鄉之苦化爲處處爲家的灑脱；第二首更進而以口音帶有咸秦腔爲樂，顯然他爲自己融入軍事生活而自豪。陸游行經益昌，更慷慨高唱：「朱顏漸改功名晚，擊筑悲歌一再行。」〔註14〕表明矢志復國的決心；甚至在驛站休憩，他也要拔劍自勵：「郵亭下馬開孤劍，老大功名頗自期。」〔註15〕展現老而彌堅的戰鬥精神。從對鏡愁歎的蕭索到擊劍高歌的昂揚，可見南鄭從戎對陸游心境影響之大，漢中盆地既是抗金北伐的軍事堡壘，也是鍛鍊一代愛國詩人的洪爐。

　　當王炎幕府解散，陸游離開南鄭前往成都，踏上此生最爲蒼涼落寞的旅程。前兩次遠行是爲領取薄俸而離開家鄉；這一次卻是報國願景硬生生遭到撕毀，被迫離開他心目中的復興基地。陸游初離南鄭便有作：

　　　　夢裏何曾有去來，高城無奈角聲哀。

　　　　連林秋葉吹初盡，滿路寒泥躏欲開。

　　　　笠澤決歸猶小憩，錦城未到莫輕回。

　　　　炊菽斫膾明年事，卻憶斯遊亦壯哉。〔註16〕

戰地生活艱困危險，在陸游眼中卻是實現理想的夢土。他離開南鄭就已預知，此生將會對這段從戎歲月魂牽夢縈、沒齒難忘。同時期所作〈即事〉所流露的情感更爲深沉：

　　　　渭水岐山不出兵，欲攜琴劍錦官城。

　　　　醉來身外窮通小，老去人間毀譽輕。

〔註13〕陸游：《詩稿校注》，冊一，卷三〈閬中作〉其二，頁249。

〔註14〕陸游：《詩稿校注》，冊一，卷三〈自閬復還漢中次益昌〉，頁251。

〔註15〕陸游：《詩稿校注》，冊一，卷三〈驛亭小憩遣興〉，頁252。

〔註16〕陸游：《詩稿校注》，冊一，卷三〈初離興元〉，頁256。

　　　摶虱雄豪空自許，屠龍工巧竟何成。

　　　雅聞崦下多區芋，聊試寒爐玉糝羹。〔註17〕

陸游痛心國家掌權者怯懦懼戰，屢次錯過北伐時機，更頻頻打壓抗金志士。即使雄豪如王猛也只能空懷壯志；即使練就屠龍絕技也無從施展。陸游的感歎不僅止於個人遭遇，更是反映出整個積弱朝代愛國將領的悲劇命運。

　　陸游雖在仕途上屢遭挫折，但一直懷抱著親赴沙場、驅逐敵寇的雄心，這次打擊卻剝奪最後一絲希望。陸游慨歎：「平日功名浪自期，頭顱到此不難知」，〔註18〕他明瞭此生恐再無建功立業的機會，只能摩娑舊時的馬鞭、軍服，空憶「雲埋廢苑呼鷹處，雪暗荒郊射虎天」。〔註19〕

二、軍事相關

　　陸游詩中軍事相關內容以七古與樂府形式表現最多。如：〈九月十六日夜夢駐軍河外遣使招降諸城覺而有作〉〔註20〕、〈金錯刀行〉〔註21〕、〈蒸暑思梁州述懷〉〔註22〕、〈中夜聞大雷雨〉〔註23〕、〈夏夜大醉醒後有感〉〔註24〕、〈夜讀東京記〉〔註25〕、〈劍客行〉〔註26〕、〈融洲寄松紋劍〉〔註27〕、〈關山月〉〔註28〕、〈戰城南〉〔註29〕等

〔註17〕陸游：《詩稿校注》，冊一，卷三〈即事〉，頁274。

〔註18〕陸游：《詩稿校注》，冊一，卷三〈宿武連縣驛〉，頁272。

〔註19〕陸游：《詩稿校注》，冊一，卷三〈書事〉，頁259。

〔註20〕陸游：《詩稿校注》，冊一，卷四〈九月十六日夜夢駐軍河外遣使招
　　　降諸城覺而有作〉，頁344。

〔註21〕陸游：《詩稿校注》，冊一，卷四〈金錯刀行〉，頁361。

〔註22〕陸游：《詩稿校注》，冊一，卷五〈蒸暑思梁州述懷〉，頁420。

〔註23〕陸游：《詩稿校注》，冊二，卷七〈中夜聞大雷雨〉，頁552。

〔註24〕陸游：《詩稿校注》，冊二，卷七〈夏夜大醉醒後有感〉，頁582。

〔註25〕陸游：《詩稿校注》，冊二，卷七〈夜讀東京記〉，頁591。

〔註26〕陸游：《詩稿校注》，冊二，卷七〈劍客行〉，頁601。

〔註27〕陸游：《詩稿校注》，冊二，卷七〈融洲寄松紋劍〉，頁616。

〔註28〕陸游：《詩稿校注》，冊二，卷八〈關山月〉，頁623。

〔註29〕陸游：《詩稿校注》，冊二，卷八〈戰城南〉，頁625。

等。這當是因爲七言古體語言多變、形式自由、乘載量高、敘事性強，足以讓陸游恣意揮灑現實中不得宣洩的愛國熱情，投射其恢復中原、掃蕩敵寇的矢志夙願。因此這類七古多具有濃烈浪漫色彩，詩中常描繪諸如「晝飛羽檄下列城，夜脫貂裘撫降將」〔註 30〕、「黃頭女眞褫魂魄，面縛軍門爭請死」〔註 31〕、「詔書許汝以不死，股栗何爲汗如洗」〔註 32〕等勝利榮景，甚至虛構出「騰空頃刻已千里，手決風雲驚鬼神」〔註 33〕的劍俠人物，深入敵境刺殺敵酋，「一身獨報萬國讎」。〔註 34〕

　　與七古的恢宏奇縱相較，陸游這類七律如實反映當下心境，採取相對理性的抒情方式。比如〈南鄭馬上作〉：

　　南鄭春殘信馬行，通都氣象尚崢嶸。
　　迷空遊絮憑陵去，曳綫飛鳶跋扈鳴。
　　落日斷雲唐闕廢，淡煙芳草漢壇平。
　　猶嫌未豁胸中氣，目斷南山天際橫。〔註 35〕

此詩爲陸游初到南鄭所寫，漢中盆地險要的地勢、軍隊積極備戰的氣氛，皆令他精神大振。同樣是表達樂觀進取的戰鬥精神，陸游在七律的呈現方式則含蓄、收斂許多，前三聯皆寓情於景，營造出雄渾遼闊的山河景象，尾聯則將視野投向淪陷敵境的終南山，詩人胸中所藏大志不言而喻。

　　陸游軍事主題七律偏向寫實，主要抒發內心對外在環境的眞實感受，因此在主和派長期把持朝政之下，這類作品多憂讒愁思，呈現沉鬱頓挫的風格。乾道九年開始，陸游連續三年參加嘉州、蜀州、成都的閱兵大典，並皆有詩賦之，茲列舉如下：

〔註 30〕陸游：《詩稿校注》，冊一，卷四〈九月十六日夜夢駐軍河外遣使招降諸城覺而有作〉，頁 344。
〔註 31〕陸游：《詩稿校注》，冊二，卷七〈中夜聞大雷雨〉，頁 552。
〔註 32〕陸游：《詩稿校注》，冊二，卷八〈戰城南〉，頁 625。
〔註 33〕陸游：《詩稿校注》，冊二，卷七〈劍客行〉，頁 601。
〔註 34〕陸游：《詩稿校注》，冊二，卷七〈劍客行〉，頁 601。
〔註 35〕陸游：《詩稿校注》，冊一，卷三〈南鄭馬上作〉，頁 234。

陌上弓刀擁寓公，水邊旌斾卷秋風。
書生又試戎衣窄，山郡新添畫角雄。
早事樞庭虛畫策，晚遊幕府媿無功。
草間鼠輩何勞磔，要挽天河洗洛嵩。〔註36〕

曉束戎衣一悵然，五年奔走遍窮邊。
平生亭障休兵日，慘澹風雲閱武天。
戍隴舊遊真一夢，渡遼奇事付他年。
劉琨晚抱聞雞恨，安得英雄共著鞭！〔註37〕

千步毬場爽氣新，西山遙見碧嶙峋。
令傳雪嶺蓬婆外，聲震秦川渭水濱。
旗腳倚風時弄影，馬蹄經雨不沾塵。
屬櫜縛褲毋多恨，久矣儒冠誤此身。〔註38〕

在三次閱兵的期間，陸游年過半百進入暮年。「早事樞庭虛畫策，晚遊幕府媿無功」，陸游眼看年歲日衰，自己卻未能在復興大業上有所建樹，因此焦心不已。但居上位者寧可苟且偷安，遲遲不向中原進軍，他只能許下「草間鼠輩何勞磔，要挽天河洗洛嵩」的悲願。陸游抗金主戰並非圖謀個人功業，「戍隴舊遊真一夢，渡遼奇事付他年」，即使明知時不我與，但他仍然寄望於後進，因此慷慨地呼告：「安得英雄共著鞭」！

　　從這三首閱兵詩皆可觀察出陸游倍受壓抑的豪情壯志，眼前的金戈鐵馬激起他拔劍擊賊的豪興，但隨即被冰冷的現實所澆熄。第三首詩末所言：「屬櫜縛褲毋多恨，久矣儒冠誤此身」，更流露出強烈的憤慨無奈。

　　陸游以軍事為內容的七律，雖然數量較七古為少，但卻客觀紀錄當時的時空背景，並忠實呈現詩人的思想情感。比如從〈嘉川舖得檄

〔註36〕陸游：《詩稿校注》，冊一，卷四〈八月二十二日嘉州大閱〉，頁339。
〔註37〕陸游：《詩稿校注》，冊一，卷五〈蜀州大閱〉，頁455。
〔註38〕陸游：《詩稿校注》，冊二，卷六〈成都大閱〉，頁525。

遂行中夜次小柏〉〔註39〕一詩中，便可窺得陸游獲報王炎內調立即「急
服單裝破夜行」，進而由「渭水函關元不遠，著鞭無日涕空橫」，體會
詩人的憂國之誠。再如從〈觀長安城圖〉〔註40〕、〈萬里橋江上習射〉
〔註41〕，可以觀察到陸游即使不受重用，依然勤讀苦練，希望有天能
呼應三秦父老的期盼。透過這類詩作我們能夠加深對陸游的認識，確
切把握其詩的精神內涵。陸游經過前線戰事的歷練，一改前期模擬舊
習，轉以抗戰救國為其詩歌的主調。後世「愛國詩人」之美譽可說是
發軔於此。

三、試院入闈

　　陸游出仕首重能夠實現中興理想：驅逐敵寇、恢復中原，但因為
主戰立場而屢遭打壓，壯志消磨下繼續浮沉宦海只為謀求溫飽，因
此官場上的複雜人事、瑣碎公文，無疑是種精神折磨。乾道七年四
月夔州試士，陸游為監試官，封閉在試院月餘不得返家，心中相當
苦悶。

> 病思蕭條掩綠罇，閑坊寂歷鎖朱門。
> 故人別久難尋夢，遠客愁多易斷魂。
> 漫漫晚花吹滾岸，離離春草上宮垣。
> 此生飄泊何時已，家在山陰水際村。〔註42〕

孤身處在門禁森嚴的試院官舍，每日處理枯燥乏味的試務，令陸游思
鄉之情更加殷切，他自問漂泊不定的生活何時終了？夢魂飄向遠在群
山之外的山陰。拆號日確定，困居闈場的日子即將解脫，陸游欣喜中
不無感慨：

> 小雨如絲落復收，悄無人語但鳴鳩。
> 挽鬚預想諸兒喜，倒指猶為五日留。

〔註39〕陸游：《詩稿校注》，冊一，卷三〈嘉川鋪得檄遂行中夜次小柏〉，頁
　　　　254。
〔註40〕陸游：《詩稿校注》，冊一，卷五〈觀長安城圖〉，頁449。
〔註41〕陸游：《詩稿校注》，冊二，卷八〈萬里橋江上習射〉，頁623。
〔註42〕陸游：《詩稿校注》，冊一，卷二〈試院春晚〉，頁187。

> 滿案堆書惟引睡，侵天圍棘不遮愁。
>
> 爲農父子長相守，誤計隨人學宦游。〔註43〕

離開試院只剩五日，陸游這位慈父開始想像返家時兒女們雀喜的模樣，但轉頭望見滿桌待辦的文牒、高聳遮天的圍籬，陸游反倒羨慕起農家父子的天倫之樂，頓興辭官務農之念。時逢炎夏，「萬瓦鱗鱗若火龍，日車不動汗珠融」，〔註44〕〈陸游身處門禁森嚴的考場，更覺苦熱難耐。好不容易熬到拆號前一天，陸游喜而有作：

> 飄零隨處是生涯，斷梗飛蓬但可嗟。
>
> 稚子歡迎先入夢，從兵結束待還家。
>
> 食眠屢失身多病，憂愧相乘髮易華。
>
> 隔日寄聲爲薄具，石榴應有未開花。〔註45〕

卸任監試官，對陸游而言就像是種解脫。爲國選才意義重大，爲何陸游如此排斥？這並非僅是職務繁雜，詩中未明言處更存在另一層深意。他在〈答王樵秀才書〉提及試院見聞：

> 某與諸試官皆不相識，惴惴恐其以侵官犯律令見詬。自命題至揭榜，未嘗敢一語及之。不但不與也，間偶見程文一二可愛者，往往遭塗抹疵詆，令人氣湧如山。然歸臥室中，才能向壁歎息。蓋再三熟計，雖復強聒，彼護短者決不可回，但取詬耳；若可回，雖詬固不避也。〔註46〕

科舉考試本來是秉持公平無私的原則爲朝廷選取優秀的官員，但陸游試院所見並非如此，官員結黨營私、試卷遭塗抹詆毀，他滿腔憤慨卻無能爲力。陸游以監試官的角度描述闈場生活，雖未對試場弊端作直接抨擊，但亦表明他寧願辭官也不願同流合污的堅定立場。

〔註43〕陸游：《詩稿校注》，冊一，卷二〈定拆號日喜而有作〉，頁191。

〔註44〕陸游：《詩稿校注》，冊一，卷二〈苦熱〉，頁192。

〔註45〕陸游：《詩稿校注》，冊一，卷二〈拆號前一日作〉，頁193。

〔註46〕陸游：《陸放翁全集》，上冊，《渭南文集》，卷十三〈答王樵秀才書〉（臺北市：世界書局，1963年4月），頁75。

四、奉旨謝恩

　　陸游接獲詔書有感而作的詩歌不多，入蜀期間只有二首，皆是七律。數量雖少，但朝廷詔令直接影響官員獎懲調動，因此對研究詩人生平經歷極具意義。

　　淳熙三年，陸游時為朝奉郎成都府路安撫司參議官，〔註47〕幕府文檄繁重因而積勞成疾，只好解職閒居。這年秋天陸游奉詔主管台州崇道觀，遂賦詩謝恩：

　　　少年曾綴紫宸班，晚落危途九折艱。
　　　罪大初聞收郡印，恩寬俄許領家山。
　　　羈鴻但自思煙渚，病驥寧容著帝閑。
　　　回首觚稜渺何處，從今常寄夢魂間。〔註48〕

宋代禮遇文臣，設置祠祿之官的閒職，以供官員退休養老所用。這本是朝廷美意，但陸游先遭罷郡而後奉祠，朝廷此番調度實為投閒置散之舉。陸游詩題雖言「蒙恩」，內心卻洞如觀火，他以羈鴻病驥自喻，對功名絕念，只願返鄉歸隱。但遙想帝闕，仍為此後無法再為國盡忠而悵然不已。

　　淳熙四年十月，陸游接獲八月書報，再奉知敘州命。賦閒之後重新任官，本該可喜。但陸游詩中卻不見喜悅之情：

　　　鳳城書到錦江邊，故里歸期愈渺然。
　　　掌上山川初入夢，壺中日月尚經年。
　　　方輪落落難推轂，倦馬駸駸怕著鞭。
　　　未佩魚符無吏責，看花且作拾遺顛。〔註49〕

陸游首聯清楚表示：接到來自京城的派令，因歸鄉計畫又要延遲而感惆悵。頸聯再用方輪推轂、倦馬著鞭比喻久客他鄉的寂寞疲憊。陸游思鄉之情雖真，但主要是此時已看破官場。朝廷主和氛圍不變，即使

〔註47〕歐小牧：《陸游年譜》（臺北市：木鐸出版社，1982年5月），頁142。
〔註48〕陸游：《詩稿校注》，冊二，卷七〈蒙恩奉祠桐柏〉，頁608。
〔註49〕陸游：《詩稿校注》，冊二，卷九〈得都下八月書報蒙恩牧敘州〉，頁716。

再度出仕也恐無建樹，知敘州的派令味同雞肋。陸游稍後所作〈歎息〉即表明他的志向：「安得龍媒八千騎，要令窮虜畏飛騰。」〔註50〕由此可見，陸游不圖一己之權勢富貴，若無法實現政治理想，他寧願絕跡仕宦、躬耕田園。

五、視察民生

乾道八年陸游赴南鄭經梁山軍，見當地政通人和，曾題詩讚揚並表述其政治思想：「峽中地褊常貧苦，政令愈簡民愈淳。」〔註51〕陸游於蜀中任職亦秉持著「本來無事只畏擾，擾者才吏非庸人」〔註52〕原則，體恤百姓勞動之苦，不好大喜功、濫用民力。他在知嘉州任內謙稱：「絲毫美政何曾有，惟把豐年贈漢嘉。」〔註53〕真正體現「毋擾而民自豐」的政治哲學。陸游尤其關心與民生息息相關的農事，在夔州曾撰文勉勵農民要「恭承天地惠澤，毋為惰遊，毋怠東作，毋失收斂，毋嫚蓋藏，勤以殖產，儉以足用」。〔註54〕

陸游勤政愛民的思想多表現於奏述、祝禱類散文，但蜀中七律亦有表現。乾道九年九月陸游見天氣放晴，喜而有作：

> 西風吹雨冷淒淒，道上行人白晝迷。
> 聊抉重雲取朝日，未容嘉穀臥秋泥。
> 年豐郡府疏文檄，蠻遁邊亭息鼓鼙。
> 寄語農家莫遊惰，冬閒正要飽鉏犁。〔註55〕

秋末稻穀即將收割卻遇連日陰雨，此時天氣突然轉晴，陸游心情也隨農民雨過天青。但在欣喜中陸游亦不忘憂患意識，呼籲百姓豐歉無

〔註50〕陸游：《詩稿校注》，冊二，卷九〈歎息〉，頁734。
〔註51〕陸游：《詩稿校注》，冊一，卷三〈題梁山軍瑞豐亭〉，頁215。
〔註52〕陸游：《詩稿校注》，冊一，卷三〈題梁山軍瑞豐亭〉，頁215。
〔註53〕陸游：《詩稿校注》，冊一，卷四〈癸巳夏旁郡多苦旱惟漢嘉數得雨然未足也立秋夜三鼓雨至明日晴後未止高下沾足喜而有賦〉其二，頁319。
〔註54〕陸游：《陸放翁全集》，上冊，《渭南文集》，卷〈夔州勸農文〉（臺北市：世界書局，1963年4月），頁148。
〔註55〕陸游：《詩稿校注》，冊一，卷四〈喜晴〉，頁351。

常，要趁農閒時期整治田地，爲來年農事提早作準備。

　　陸游體恤百姓、輕賦寬令，表面上「無爲而治」，但實則無時不刻關心民生需求，他除了留心氣候變化對農事所產生的影響，及時給予農民協助指導，更注重水利設施的興修。乾道九年十月陸游出嘉州城視察呂公堤的修建工程，有感而作：

> 翠靄橫山澹日升，孤亭聊借曲欄憑。
> 霜威漸重江初縮，農事方休役可興。
> 重阜護城高歷歷，千夫在野築登登。
> 寓公僅躡前人跡，伐石西山恨未能。〔註56〕

由此詩可窺得陸游經世濟民的管理智慧，他選在初冬時節興役築堤有兩層考量：一是冬季河川進入乾涸期，降低施工難度；二則冬季休耕，此時徵用民力不會妨害農作，造成百姓負擔。陸游詩末並註：「西州築堤，織竹貯江石，不三年輒壞。意謂如吳中取大石甃成，則可支久，異日當有辦此者。」〔註57〕對於工程的改進，提出具體有效的辦法。陸游將修堤心得以詩記之，當是想藉由詩歌傳播力量，提示後繼、嘉惠百姓。

　　陸游後來因臣僚言其「代理知嘉州時，燕飲頹放」而遭免官，到底真是耽迷酒鄉、怠慢公事？還是因矢志恢復、牴觸權貴？這兩首七律雖然數量不多，但正好是嘉州任內所作，可以做爲研究討論的佐證。

　　陸游官宦主題七律包含有羈旅行役、軍事相關、試院入闈、奉旨謝恩、視察民生等五類。除事涉四川宣撫使王炎部分，因政治敏感而付之闕如，其餘蜀中任官的重大事件皆存詩記錄。誠如詩人自我剖析：「浮沉不是忘經世，後有仁人識此心。」〔註58〕這些紀錄從官心路歷程的詩作，無疑是探究其人其詩的珍貴資料。

〔註56〕陸游：《詩稿校注》，冊一，卷四〈出城至呂公亭按視修堤〉，頁355。
〔註57〕陸游：《詩稿校注》，冊一，卷四〈出城至呂公亭按視修堤〉，頁355。
〔註58〕陸游：《詩稿校注》，冊二，卷七〈書歎〉，頁560。

第二節 生活主題

陸游是中國歷史上最多產的詩人，一生勤於創作，流傳至今的詩將近有萬首之多。〔註59〕陸游七十八歲時賦詩自述：「脫巾莫歎髮成絲，六十年間萬首詩。」〔註60〕詩人享年八十六歲，再考量刪稿與散逸等因素，生涯實際創作遠不止於此。安磐《頤山詩話》贊曰：

> 古今詩人勤程課者，無如放翁，故其詩曰：「六十年來萬首詩。」以日計之，日課一詩，須二十六年，方能辦此。況翁年垂九十，猶吟詠不已，二十餘年間〔註61〕，所得又不知其凡幾？可謂勤矣。今世所傳，蓋澗谷、須溪所選者，殆未及十之一耳！惜不見其全也。〔註62〕

安磐認為陸詩量豐質精，關鍵在於陸游日課至勤。劉克莊也有相同的看法：「陸之日課，尤勤於梅（聖俞）。二公豈貪多哉？藝之熟者必精，理勢然也。」〔註63〕如果天生秉性為刀刃，後天勤奮就如磨刀石，陸游曾作詩表示：「吾詩鬱不發，孤寂奈愁何！偶爾得一語，快如疏九河。」〔註64〕陸游從現實生活中汲取靈感，創作大量以生活為主題的律詩。

陸游以日常生活為題材的七律，大致可分為二類。第一類以時間

〔註59〕據袁行霈於《中國文學史》所言有九千四百多首；李致洙《陸游詩研究》則認為有九千二百多首。《中國文學史》，下冊（臺北市：五南圖書出版股份有限公司，2011 年 3 月），頁 117。《陸游詩研究》（文史哲出版社，1991 年 9 月），頁 79。

〔註60〕陸游：《詩稿校注》，冊，卷四十九〈小飲梅花下作〉，頁。

〔註61〕陸游自注：「予自年十七、八學作詩，今六十年，得萬篇。」安磐所言：「況翁年垂九十，猶吟詠不已，二十餘年間，所得又不知其凡幾？」六十年者，當指十七、八歲作詩至當時共六十年，而非六十歲；因此由此至終年八十六歲，約為八年，非安磐所言二十餘年。

〔註62〕安磐：《頤山詩話》。轉引自孔凡禮、齊治平編：《陸游資料彙編》（北京市：中華書局，2006 年 8 月），頁 126。

〔註63〕劉克莊：《後村先生大全集》，卷九十九，〈跋仲弟詩〉。轉引自孔凡禮、齊治平編：《陸游資料彙編》（北京市：中華書局，2006 年 8 月），頁 46。

〔註64〕陸游：《詩稿校注》，冊八，卷八十一〈數日不作詩〉，頁 4373。

為共同特徵，包含有季節、氣候、節氣、節日、時辰等；第二類則包含各類日常活動，比如家居、睡夢、飲酒、讀書、騎馬、狩獵等等。茲分別討論如下：

一、歲時節令

陸游詩題提及時間的七律有：〈初夏新晴〉、〔註65〕〈初冬野興〉、〔註66〕〈冬日〉、〔註67〕〈秋思〉、〔註68〕〈秋興〉、〔註69〕〈秋色〉、〔註70〕〈秋聲〉、〔註71〕〈春晴〉、〔註72〕〈春晚書懷〉、〔註73〕〈初春遣興三首始於志退休而終於惓惓許國之忠亦臣子大義也〉三首、〔註74〕〈寒食〉、〔註75〕〈社日〉、〔註76〕〈乙未元日〉、〔註77〕〈伏日獨遊城西〉、〔註78〕〈三月十六日作〉、〔註79〕〈冬至〉〔註80〕等等。

歷代詩論者對陸詩有「命題欠煉」的批評，李致洙曾特闢專節討論，〔註81〕並造表列出詩題重複或過長的作品。陸詩命題欠煉的現

〔註65〕陸游：《詩稿校注》，冊一，卷二〈初夏新晴〉，頁 191。
〔註66〕陸游：《詩稿校注》，冊一，卷二〈初冬野興〉，頁 207。
〔註67〕陸游：《詩稿校注》，冊一，卷四〈冬日〉，頁 384。
〔註68〕陸游：《詩稿校注》，冊一，卷五〈秋思〉，頁 440。
〔註69〕陸游：《詩稿校注》，冊一，卷五〈秋興〉，頁 448。
〔註70〕陸游：《詩稿校注》，冊一，卷五〈秋色〉，頁 448。
〔註71〕陸游：《詩稿校注》，冊一，卷五〈秋聲〉，頁 449。
〔註72〕陸游：《詩稿校注》，冊二，卷六〈春晴〉，頁 543。
〔註73〕陸游：《詩稿校注》，冊二，卷七〈春晚書懷〉，頁 550。
〔註74〕陸游：《詩稿校注》，冊二，卷九〈初春遣興三首始於志退休而終於惓惓許國之忠亦臣子大義也〉，頁 759。
〔註75〕陸游：《詩稿校注》，冊一，卷二〈寒食〉，頁 185。
〔註76〕陸游：《詩稿校注》，冊一，卷四〈社日〉，頁 338。
〔註77〕陸游：《詩稿校注》，冊二，卷六〈乙未元日〉，頁 511。
〔註78〕陸游：《詩稿校注》，冊二，卷六〈伏日獨遊城西〉，頁 522。
〔註79〕陸游：《詩稿校注》，冊二，卷七〈三月十六日作〉，頁 564。
〔註80〕陸游：《詩稿校注》，冊二，卷九〈冬至〉，頁 735。
〔註81〕李致洙：《陸游詩研究》第七章，第五節（臺北市：文史哲出版社，1991 年 9 月），頁 349。

象，在抒情詠懷的作品特別明顯。陸游曾言：

> 唐人詩中有曰無題者，率杯酒狎邪之語，以其不可指言，
> 故謂之無題，非真無題也。近歲呂居仁、陳去非亦有無題
> 者，乃與唐人不類，或真亡其題，或有所避，其實失於不
> 深考耳。〔註82〕

鄭燮對此亦有論述：

> 作詩非難，命題為難，題高則詩高，題矮則詩矮，不可不
> 慎也。少陵詩高絕千古，自不必言；即其命題，已早據百
> 尺樓上矣。……放翁詩則又不然，詩最多，題最少，不過
> 山居村居，春日秋日，即事遣興而已。豈放翁為詩與少陵
> 有二道哉？……宋自紹興以來，主和議，增歲幣，送尊號，
> 處卑朝，括民膏，戮大將，無惡不作，無陋不為，百姓莫
> 感言喘，放翁惡得形諸篇翰以自取戻乎？〔註83〕

如此觀之，「或真亡其題，或有所避」，命題欠煉的現象並非陸游輕
忽，而隱然有李商隱寫無題之意。陸游同題詩有〈秋興〉56 首、〈秋
思〉54 首、〈秋懷〉23 首、〈夏日〉31 首、〈初夏〉22 首、〈晨起〉30
首、〈夜坐〉26 首、〈雨夜〉22 首、〈記夢〉22 首、〈枕上〉21 首、〈對
酒〉20 首等等。〔註84〕這類詩主要以天氣狀況與個人活動組合成詩
題，重複性高、題意相仿，從詩題中難以窺得其中旨趣。乾道七年正
月陸游於夔州通判任上作〈雪晴〉：

> 臘盡春生白帝城，俸錢雖薄勝躬耕。
> 眼前但恨親朋少，身外元知得喪輕。
> 日映滿窗松竹影，雪消並舍鳥烏聲。
> 老來莫道風情減，憶向煙蕪信馬行。〔註85〕

〔註82〕陸游：《老學庵筆記》卷八（北京市：中華書局，1985 年），頁 78。
〔註83〕鄭燮：《板橋集》，〈范縣署中寄舍弟墨第五書〉。轉引自孔凡禮、齊
　　　治平編：《陸游資料彙編》（北京市：中華書局，2006 年 8 月），頁
　　　207。
〔註84〕李致洙：《陸游詩研究》第七章，第五節（臺北市：文史哲出版社，
　　　1991 年 9 月），頁 349。
〔註85〕陸游：《詩稿校注》，冊一，卷二〈試院春晚〉，頁 179。

這首詩雖名〈雪晴〉，但詩中除描寫大雪初晴、臘盡春生的喜悅外，
雪景初融的白帝城春色，更勾引出「眼前但恨親朋少，身外元知得喪
輕」之寂寞與感慨。同年夔州試院所作的〈晚晴書事〉更是如此：

> 魚復城邊夕照紅，物華偏解惱衰翁。
> 巴鶯有恨啼芳樹，野水無情入故宮。
> 許國漸疏悲壯志，讀書多忘愧新功。
> 因君共語增惆悵，京洛交游欲半空。〔註86〕

初夏晴朗的黃昏，漢代舊縣魚復城邊的夕陽格外明豔。如此美景卻無
法解悶排憂，「巴鶯有恨啼芳樹，野水無情入故宮」的淒迷景象，反
而勾起詩人內心愁緒。隨著時光流逝，報國志願不見實現反而趨向渺
茫；他所精研的文韜武略，尚不得發揮已開始衰老退忘。此詩真正惆
悵處還在於擔任監試官之苦：

> 貢舉之法，擇進士入官者為考試官。官以考試名，當日夜
> 專心致志以去取士，不可兼蒞他事。則又為設一官，謂之
> 監試。監試廳官不復擇，蓋夫人而可為也。甚至法吏流外，
> 平日不與清流齒者，亦得為之。故又設法曰：「監試毋輒與
> 考校。」則所以待監試可知矣。……非獨畏監試事煩，實
> 亦羞為之。〔註87〕

紹興二十四年，陸游赴禮部參加殿試，其才學見識本當位居前列，卻
因得罪秦檜強遭黜落。因此學力足以傲視群倫的陸游，反而屈居下
僚，擔任「夫人而可為也」的監試官，與「法吏流外」之徒為伍，其
屈辱可想而知。更讓他義憤填膺的是：目睹考試官塗抹見識卓越的文
章、打壓秉性忠良的人才，自己卻人微言輕、無能為力。〈晚晴書事〉
雖以夕照為題，實際卻蘊藏沉鬱輪困的悲歡。

　　陸游以詩為日課，對於時間的流逝變化相當敏銳。四季的遞嬗、
節日的來臨、時辰的推移往往引起詩人內心的波動。陸游以時為題的

〔註86〕陸游：《詩稿校注》，冊一，卷二〈試院春晚〉，頁185。
〔註87〕陸游：《陸放翁全集》，上冊，《渭南文集》，卷十三〈答王樵秀才書〉
　　　　（臺北市：世界書局，1963年4月），頁75。

詩可觀察出兩個趨向，首先是因節日有感所作者，多勾起陸游爲宦在外的鄉愁。比如〈天中節前三日大聖慈寺華嚴閣燃燈甚盛遊人過於元夕〉〔註88〕、〈丁酉上元〉其二〔註89〕等，皆是在歡樂的節慶中思念起遙遠的家鄉。當下所處的環境越是熱鬧，內心的感受就愈加寂寞；每遇元日、人日、寒食、社日等重要祭祀日，陸游往往有感而作。乾道九年秋社日所作〈社日〉一首就深刻表露思鄉之殷切：

> 百穀登場酒滿卮，神林簫鼓晚清悲。
> 蟬依疏柳長言處，燕委空巢大去時。
> 幼學已忘那用忌，微聾自樂不須醫。
> 傷心故里雞豚集，父老逢迎正見思。〔註90〕

《康熙會稽縣志・風俗志》記載：「春社，鄉有社祭，祭畢則燕，其物以祭社之餘。序齒列坐，雖貴顯人不先杖者。」〔註91〕社日爲祭祀社神的日子，社神是守護土地的神靈。在這一天宗親氏族齊聚，宰牲祭祀後同飲享胙、聯繫感情。陸游回憶起家鄉社日祭典的歡愉溫情，懷念童時社日得免習業的鄉俗，但如今身在重山遠隔的異鄉，爲無法回應家鄉親友的思念而傷感。

以時爲題之詩還有另一特徵：每逢秋冬兩季，陸游復興中原之志總是格外熾熱。中國古代將四時分歸陰陽，春夏爲陽、秋冬爲陰；陽主生育，陰主肅殺。其中秋氣屬金，掌管刑罰、征伐，因此萬物蕭瑟的秋景特別容易激發陸游北伐中原的戰鬥意志，淳熙元年及四年所作的兩首七古〈秋聲〉〔註92〕與〈秋興〉〔註93〕就痛快淋漓地表露出「壯

〔註88〕陸游：《詩稿校注》，冊二，卷六〈天中節前三日大聖慈寺華嚴閣燃燈甚盛遊人過於元夕〉，頁514。

〔註89〕陸游：《詩稿校注》，冊二，卷八〈丁酉上元〉其二，頁636。

〔註90〕陸游：《詩稿校注》，冊一，卷四〈社日〉，頁338。

〔註91〕《康熙會稽縣志》，卷七，〈風俗志〉，引自《詩稿校注》，冊一，卷四〈社日〉，頁338。

〔註92〕陸游：《詩稿校注》，冊一，卷五〈秋聲〉「人言悲秋難爲情，我喜枕上聞秋聲。快鷹下韝爪觜健，壯士撫劍精神生。我亦奮迅起衰病，唾手便有擒胡興。弦開雁落詩亦成，筆力未饒弓力勁。五原草枯苜蓿空，青海蕭蕭風卷蓬，草罷捷書重上馬，卻從鑾駕下遼東。」，頁422。

「士撫劍精神生」的豪情與「且發寶雞暮長安」的壯志。陸游抗金意識同樣表現在七律上，但卻呈現不同風格情調。前述七言長詩表現出詩人意興遄飛、昂揚進取的戰鬥精神，七律則反映出陸游眼見朝中掌權者傾向議和的鬱悶憤慨。淳熙元年於所作〈秋思〉：

> 烈日炎天欲不禁，喜逢秋色到園林。
> 雲陰映日初蕭瑟，露氣侵簾已峭深。
> 衰髮凋零隨槁葉，苦吟淒斷雜疏碪。
> 鴈來不得中原信，撫劍何人識壯心！〔註94〕

秋季送走惱人暑氣，陸游庭園乘涼，心情應是閒適愉悅。但蕭瑟的秋景卻令陸游掛念起淪陷區域的同胞，寶劍空懸正象徵著陸游報國無門的遺憾。同年所作〈秋聲〉亦書此憾：

> 蕭騷拂樹過中庭，何處人間有此聲？
> 漲水雨餘晨放閘，騎兵戰罷夜還營。
> 閒憑曲几聽雖久，強撫哀弦寫不成。
> 暑退涼生君勿喜，一年光景又崢嶸。〔註95〕

秋意蕭條、金氣凜冽，淒切的秋聲「初淅瀝以蕭颯，忽奔騰而砰湃」，遂引發北宋歐陽脩對世事人生的感歎；然而聽在身處國家分裂的陸游耳裡，天地間肅殺之氣如同金戈鐵馬之奔騰。秋主兵象，古代征伐多選秋季，每逢秋季陸游就特別關注前線動靜，但朝廷消極的抗金心態卻每每讓他期待落空，只能徒然嗟嘆「大散關頭又一秋」、〔註96〕「一年光景又崢嶸」。當冬季來臨、年關將近，陸游對整年作為的省思，同樣與復國大業緊緊聯繫。

〔註93〕陸游：《詩稿校注》，冊二，卷九〈秋興〉「成都城中秋夜長，燈籠蠟紙明空堂。高梧月白繞飛鵲，衰草露濕啼寒螿。堂上書生讀書罷，欲眠未眠偏斷腸。起行百匝幾嘆息，一夕綠髮成秋霜。中原日月用胡曆，幽州老酋著柘黃。滎河溫洛底處所，可使長作旃裘鄉。百金戰袍雕鶻盤，三尺劍鋒霜雪寒。一朝出塞君試看，旦發寶雞暮長安。」，頁698。
〔註94〕陸游：《詩稿校注》，冊一，卷五〈秋思〉，頁440。
〔註95〕陸游：《詩稿校注》，冊一，卷五〈秋聲〉，頁449。
〔註96〕陸游：《詩稿校注》，冊一，卷三〈歸次漢中境上〉，頁255。

關北關南霜露寒，瀼東瀼西山谷盤。
簟紋細細吹殘水，黿背時時出小灘。
衰髮病來無復綠，寸心老去尚如丹。
逆胡未滅時多事，卻爲無才得少安。〔註97〕

歲晚城隅車馬稀，偷閑聊得掩荊扉。
征蓬滿野風霜苦，多稼連雲雁鶩肥。
報國有心空自信，結茅無地竟安歸？
浣花道上人誰識，華表千年老令威。〔註98〕

征塵十載暗戎衣，虛負名山采藥期。
少日覆瓿曾草檄，即今橫槊尚能詩。
昏昏殺氣秋登隴，颯颯飛霜夜出師。
曾有英豪能共此，鏡中未用嘆吾衰。〔註99〕

上列三首依照時間先後排列，〈初冬野興〉寫於南鄭從戎之前，後兩
首則在調離前線之後。經歷過戰場的磨練，陸游心志愈堅、膽色愈壯，
從「逆胡未滅時多事，卻爲無才得少安」的自謙自抑之辭蛻變爲「報
國有心空自信」、「曾有英豪能共此」的戰士氣概。南鄭抗金戰事的洗
禮，開拓陸游的胸襟視野，以「秋」、「冬」、「歲暮」、「書事」、「書憤」、
「感懷」等爲關鍵詞語所組成詩題，大多由此開始出現。

二、日常活動

　　陸游以日常生活爲題材的七律，除上述「歲時節令」，另一類則
是以個人活動爲內容。這些創作的時間點分布在南鄭時期以外的蜀中
生活。南鄭位處抗金戰事前線，是陸游此生中最精采難忘的經歷，除
此之外游宦夔州、成都、嘉州、蜀州等地，皆官卑職微無力施展抱負，
只爲養家糊口而不得不然。離鄉背井的陸游，每日爲官場瑣事勞形傷
神，他只能從詩文中尋求療慰。以下分家居、睡夢、飲酒、騎馬與狩

〔註97〕陸游：《詩稿校注》，冊一，卷二〈初冬野興〉，頁207。
〔註98〕陸游：《詩稿校注》，冊二，卷八〈歲晚〉，頁617。
〔註99〕陸游：《詩稿校注》，冊二，卷八〈歲暮感懷〉，頁621。

獵來討論：

（一）家居

陸游居家閒適的作品，主要寄寓對生命的體悟，或表達思鄉情懷。因為靈感來自對周遭事物的靜觀，少有劇烈的情感波折，創作傾向融情於景、風格平易自然。以下列舉數首為証：

> 借得茅齋近筰橋，羈懷病思兩無聊。
> 春從豆蔻梢頭老，日向楱蒱齒上消。
> 叢竹曉兼風力橫，高梧夜挾雨聲驕。
> 書生莫倚身常健，未畫凌煙鬢已凋。〔註100〕

> 歷盡人間行路難，老來要覓數年閑。
> 供家米少因添鶴，買宅錢多為見山。
> 池面紋生風細細，花根土潤雨斑斑。
> 借春乞火依鄰里，剩釀村醪約往還。〔註101〕

> 南浮七澤弔沉湘，西泝三巴掠夜郎。
> 自信前緣與人薄，每求寬地寄吾狂。
> 雪山水作中泠味，蒙頂茶如正焙香。
> 儻有把茅端可老，不須辛苦念還鄉。〔註102〕

淳熙三年，朝廷以「燕飲頹放」為由罷知嘉州命。陸游此後對功名息念，退隱之心更加明確。〈寓舍書懷〉、〈卜居〉二首等詩，平淡中可見陸游在逆境中如何調適心情。由「書生莫倚身常健，未畫凌煙鬢已凋」兩句，可知陸游漸從建功立業的夢想中醒悟；「歷盡人間行路難，老來要覓數年閑」則明確表達其人生目標的轉折；人近暮年卻不見歸鄉之期，陸游已做好終老劍南的心理準備，「儻有把茅端可老，不須辛苦念還鄉」等句，可見放翁的豁達灑脫。

這類詩歌風格清新雋永，即使表達激越的愛國情感，相對也較溫

〔註100〕陸游：《詩稿校注》，冊二，卷六〈寓舍書懷〉，頁523。
〔註101〕陸游：《詩稿校注》，冊二，卷七〈卜居〉其一，頁558。
〔註102〕陸游：《詩稿校注》，冊二，卷七〈卜居〉其二，頁558。

和蘊藉，如乾道九年所寫〈獨坐〉：

> 巾帽欹傾短髮稀，青燈照影夜相依。
> 窮邊草木春遲到，故國湖山夢自歸。
> 茶鼎松風吹謖謖，香奩雲縷散霏霏。
> 羸驂敢復和鑾望，只願連山苜蓿肥。〔註103〕

此詩雖流露出政治失意的落寞感，但在青燈照影、茶鼎松風中，陸游
慣獨處靜，詩末「羸驂敢復和鑾望，只願連山苜蓿肥」句，更表明用
行舍藏的處世哲學。

（二）睡夢

陸游詩中有不少以夢境與睡眠為主要內容。古諺有云：「日有所
思，夜有所夢。」中國自古便將夢境視為一種精神現象而加以研究把
握，在詩歌的世界中，「夢」的運用約有二類：一類是採取夢境本質
的虛幻義，藉以抒發「人生如夢」的慨歎，並非真夢；另一類則是記
述夢境的內容的紀夢詩。陸游的夢詩多屬於後者，紀夢詩約有一百五
十七首，〔註104〕依照內容分為平戎、遠遊、方外、自適、倫情、故
鄉等六類。然而蜀中時期以七律體裁而作的紀夢詩僅有兩首：

> 少年學劍白猿翁，曾破浮生十歲功。
> 玉具拄頤誰復許，蒯緱彈鋏老猶窮。
> 床頭忽覺蛟龍吼，天上方驚牛斗空。
> 此夢怪奇君記取，佩刀猶得世三公。〔註105〕

> 晝檐急雨傾高秋，夜投丈室燈幽幽。
> 耆年擁毳雪滿頭，拂拭床敷邀我留。
> 雛猊戲擲香出喉，蓬蓬結成蒼玉球。
> 螢童揭簾侍者憂，觸散香煙當罰油。〔註106〕

〔註103〕陸游：《詩稿校注》，冊一，卷四〈獨坐〉，頁387。
〔註104〕李致洙：《陸游詩研究》（臺北市：文史哲出版社，1991年9月），
　　　　頁176。
〔註105〕陸游：《詩稿校注》，冊二，卷六〈甲午十一月十三夜夢右臂踴出一
　　　　小劍長八九寸有光既覺猶微痛也〉，頁503。
〔註106〕陸游：《詩稿校注》，冊二，卷八〈九月十八夜夢避雨叩一僧院有老

歷來研究陸游紀夢詩者，多主張陸游非眞有此夢境，而是托夢抒情寓志之作。趙翼認爲：「人生安得如許夢，此必有詩無題，遂託之於夢耳。」〔註 107〕參考陸游「或眞亡其題，或有所避」之無題詩論點，有些紀夢詩的確可由此探析。但上舉二首卻非屬托夢寓志，一則陸游在詩題中標註作夢時間並簡述夢境內容，若爲托夢所作，毋須如此編造；二則詩中所描述情景未見明顯的思想旨趣，其他紀夢詩或平戎、或遠遊等主旨明確，兩相比較顯然不同。雖然由這兩首紀夢七律無法窺得陸游紀夢詩的一隅，但卻能夠觀察出陸游對夢境內容的重視態度，他將夢境的精神活動視爲現實生活的一部分，並確實留下紀錄。

　　蜀中七律中以睡眠爲題之作數量比紀夢詩更多。此類作品主要描寫睡起所見情景與身心狀態，以下列舉二首：

> 深閉重門謝簿書，日長添得睡工夫。
> 水紋竹簟涼如洗，雲碧紗幮薄欲無。
> 半吐山榴看著子，新來梁燕見將雛。
> 夢回茗碗聊須把，自掃桐陰置瓦爐。〔註 108〕

> 磔磔寒禽無定棲，纖纖小雨欲成泥。
> 松鳴湯鼎茶初熟，雪積爐灰火漸低。
> 一氣推移均野馬，百年蒙覆等醯雞。
> 青山黃葉蘭亭路，憶喚鄰翁共架犁。〔註 109〕

夢境所見是潛意識反射，醒後所見即爲現實。既是現實爲何不直書其景？而要特別強調「睡起」這樣的身心狀態呢？這可以從陸游的自我期許來理解，在此舉〈午寢〉一首以資說明：

> 眼澀矇矓不自支，欠伸常恨到床遲。

宿年八十許邀留甚勤若舊相識者夢中爲賦此詩〉，頁 696。

〔註 107〕趙翼：《甌北詩話》，卷六。轉引自孔凡禮、齊治平編：《陸游資料彙編》（北京市：中華書局，2006 年 8 月），頁 276。
〔註 108〕陸游：《詩稿校注》，冊一，卷二〈睡起〉，頁 192。
〔註 109〕陸游：《詩稿校注》，冊一，卷四〈雨中睡起〉，頁 384。

> 庭花著雨晴方見，野客敲門去始知。
>
> 灰冷香煙無復在，湯成茶碗徑須持。
>
> 頹然卻自嫌疏放，旋了生涯一首詩。〔註110〕

此詩寫於淳熙二年，陸游雖已年過半百，但離「南山射虎」的從戎時期不過三年，壯志未酬的落寞才是「眼澀朦朧不自支」的主因。如此觀來「欠伸常恨到床遲」豈真是陸游嗜睡？實是藉由睡眠暫時忘卻現實的愁悶，如此避世的心態醒後自然格外惆悵。另一首〈午寢〉也是如此：

> 酒力醺然入四支，華胥稅駕不應遲。
>
> 殘年已覺衰難強，萬事無如睡不知。
>
> 幸有琴書供枕藉，安能冠帶更支持。
>
> 紅爐過盡灰如雪，獨守青燈坐晝詩。〔註111〕

「萬事無如睡不知」陸游一方面藉睡忘憂，一方面卻欲振乏力，於是將內心的矛盾糾結反映在此類作品。

（三）飲酒

　　飲酒詩是陸游七律一個重要主題，量多質精、含蘊豐富。飲酒詩可依作者情思大致分為飲酒作樂或借酒澆愁兩種。若要深入其精神世界，唯有探究詩人為何而樂？為何而憂？

　　陸游為何借酒排憂？從其經歷即可找到原由：一是離鄉背井之苦；二是仕途不遇之嘆；三是憂國憂時之思。其中又以後者為主因，只要實現復國理想，他不計個人得失榮辱。陸游曾向好友范成大表明心跡：「平生嗜酒不為味，聊欲醉中遣萬事。酒醒客散獨悽然，枕上屢揮憂國淚。」〔註112〕因為洞悉朝中局勢卻無力改變，陸游只有遁入酒鄉、暫忘現實。

　　飲酒不但能麻痺憂愁，還能激起熱血，陸游飲酒詩中有不少慷慨激昂之作，在此列舉三首：

〔註110〕陸游：《詩稿校注》，冊二，卷六〈午寢〉，頁531。
〔註111〕陸游：《詩稿校注》，冊二，卷六〈明日午睡至暮復次前韻〉，頁532。
〔註112〕陸游：《詩稿校注》，冊二，卷八〈送范舍人還朝〉，頁651。

引劍酣歌亦壯哉，要君共覆手中杯。
秋鴻陣密橫江去，暮角聲酣戰雨來。
莫恨皇天無老眼，請看白骨有青苔。
中年倍覺流光速，行矣西郊又見梅。〔註113〕

閒處天教著放翁，草廬高臥筰橋東。
數莖白髮悲秋後，一醆青燈病酒中。
李廣射歸關月墮，劉琨嘯罷塞雲空。
古人意氣憑君看，不待功成固已雄。〔註114〕

悲歌流涕遣誰聽？酒隱人間已半生。
但恨見疑非節俠，豈忘小忍就功名。
江湖舟楫行安往，燕趙風塵久未平。
飲罷別君攜劍起，試橫雲海羂長鯨。〔註115〕

第一首〈夜飲〉詩中，陸游酒逢知己、擊劍高歌。詩中雖未明示友人
為誰，但從「秋鴻」、「暮角」、「戰雨」所勾勒的肅殺氣氛中，當可推
知亦是一位志在沙場的豪傑之士，因此格外能夠體會陸游壯志未酬之
苦。第二首陸游賦閒高臥、獨酌無伴，於是舉杯向李廣、劉琨二位歷
史人物致敬，提出「不待功成固已雄」的主張，讚揚古代豪傑昂揚不
屈的戰鬥精神。第三首〈野外劇飲示坐中〉，陸游酒後吐露衷曲，借
由詩歌的感染力傳達內心的愛國激情，喚醒在坐眾人的愛國意識。以
上三首個人色彩鮮明，愛國詩人的形象清晰可見。

陸游飲酒詩有時也流露出「人生苦短，及時行樂」的消極思想，
比如：「莫惜傾家供作樂，古人白骨有蒼苔」〔註116〕、「綠尊有味能
消日，白髮無情不貸人」〔註117〕、「悠然自適君知否，身與浮名若個
親？」〔註118〕等等。但陸游「飲酒作樂」，並非真正耽溺酒鄉，而是

〔註113〕 陸游：《詩稿校注》，冊二，卷九〈夜飲〉，頁699。
〔註114〕 陸游：《詩稿校注》，冊二，卷九〈病酒述懷〉，頁703。
〔註115〕 陸游：《詩稿校注》，冊二，卷七〈野外劇飲示坐中〉，頁597。
〔註116〕 陸游：《詩稿校注》，冊一，卷四〈醉鄉〉，頁332。
〔註117〕 陸游：《詩稿校注》，冊二，卷六〈對酒〉，頁533。
〔註118〕 陸游：《詩稿校注》，冊二，卷八〈醉題〉，頁631。

因為報國無門，只好藉由飲酒排解心中積鬱。因此其飲酒詩有時情調消沉卻不顯頹廢，展現出落拓不羈的名士風采，比如榮州所作：

> 梅花又發鬼門關，坐覺春風萬里寬。
>
> 荔子陰中時縱酒，竹枝聲裡強追歡。
>
> 丁年漢使殊方老，子夜吳歌昨夢殘。
>
> 白帝夜郎俱不惡，兩公補處得憑欄。〔註119〕

陸游輾轉漂泊至亂山圍繞、荒涼偏僻的榮州，卻能欣然自樂，甚至以自己重蹈李、杜行程而自豪。其他如「散人亦未全無事，枕藉琴書滿一床」〔註120〕、「一樽強醉南樓月，感慨長吟恐過悲」〔註121〕等亦可見陸游豪放豁達的性情。

（四）騎馬

陸游蜀中詩歌有不少成於馬上，一方面由於這八年調動頻繁，常得隨派令徙轉；一方面則因為陸游閒暇時也喜歡騎馬漫遊。前者已在第一節「官宦題材」討論過，在此僅探討日常生活中騎馬所作。

陸游素來喜愛拜訪名山古剎，即使不得數日空閒遠赴名勝，也常利用晨昏時刻騎馬漫遊市郊。馬背上的高度與機動性帶來遼闊的視野，所見景緻迴異於平常步行，更容易觸動詩人的情感思維。以下試舉二首：

> 曉從北郭過西城，十里沙堤似席平。
>
> 澹日向人供帽影，微風傍馬助鞭聲。
>
> 歡情寂寂隨年減，俗事紛紛逐日生。
>
> 到處每求佳水竹，晚途牢落念歸耕。〔註122〕
>
> 城南城北縱遊韁，盡日閒行看似忙。

〔註119〕 陸游：《詩稿校注》，冊二，卷六〈高齋小飲戲作〉，頁508。
〔註120〕 陸游：《詩稿校注》，冊二，卷七〈久旱忽大雨涼甚小飲醉眠覺而有作〉，頁591。
〔註121〕 陸游：《詩稿校注》，冊二，卷七〈月下醉題〉，頁597。
〔註122〕 陸游：《詩稿校注》，冊二，卷七〈出朝天門繚長堤至劉侍郎廟由小西門歸〉，頁551。

　　刺水離離葛葉短，連村漠漠豆花香。

　　夕陽有信催殘角，春草無情上繚墙。

　　我亦人間倦遊者，長吟聊復愴興亡。〔註123〕

這兩首詩皆寫在成都，第一首寫在清晨，陸游沿劉公堤信馬馳騁，享受晨曦照耀、清風拂面的舒暢。第二首則在黃昏，陸游在馬背上欣賞鄉間日落的景象。從所述「城南城北紫遊韁，盡日閑行看似忙」二句，可知陸游習於騎馬。對他而言，騎馬與飲酒、作夢一樣，皆是抒解精神壓力的管道。坐在馬背上，一方面讓他感覺離故鄉近些；另一方面也興起他的壯志豪情。比如〈暮歸馬上作〉：

　　石筍街頭日落時，銅壺閣上角聲悲。

　　不辭與世終難合，惟恨無人粗見知。

　　寶馬俊游春浩蕩，江樓豪飲夜淋漓。

　　醉來剩欲吟梁父，千古隆中可與期。〔註124〕

此詩陸游既讚揚諸葛武侯的忠義，也感慨自己一心為國卻與世難合。馬匹是古代戰爭的重要工具，騎射是將士必備的技藝。陸游雖遠離戰場，但卻不敢荒廢騎術，即使氣力日衰，「猶擬中原看太平」。〔註125〕他以身作則，呼告貴族少年：「妓圍不似獵圍豪」。〔註126〕鼓勵他們從軍報國，別耽溺享樂。

（五）狩獵

　　狩獵在古代不僅是種經濟活動，也是重要的軍事訓練。陸游雖已離開前線，但仍維持騎射不輟，曾於淳熙四年九月自成都前往漢州，田獵於新都、彌牟之間。狩獵雖非陸游生活的主要部分，但因與軍事相關，特別容易喚醒陸游的戰鬥精神，此類七律有〈獵罷夜飲示獨孤生〉三首：

　　客途孤憤只君知，不作兒曹怨別離。

〔註123〕陸游：《詩稿校注》，冊二，卷七〈馬上偶成〉，頁547。

〔註124〕陸游：《詩稿校注》，冊二，卷六〈暮歸馬上作〉，頁476。

〔註125〕陸游：《詩稿校注》，冊二，卷六〈城東馬上作〉其一，頁635。

〔註126〕陸游：《詩稿校注》，冊二，卷六〈城東馬上作〉其二，頁635。

報國雖思包馬革，愛身未忍價羊皮。
呼鷹小獵新霜後，彈劍長歌夜雨時。
感慨卻愁傷壯志，倒瓶濁酒洗餘悲。〔註127〕

關輔何時一戰收，蜀郊且復獵清秋。
洗空狡穴銀頭鶻，突過重城玉腕騮。
賊勢已衰眞大慶，士心未振尚私憂。
一樽共講平戎策，勿爲飛鳶念少游。〔註128〕

白袍如雪寶刀橫，醉上銀鞍身更輕。
帖草角鷹掀兔窟，憑風羽箭作鴟鳴。
關河可使成南北？豪傑誰堪共死生。
欲疏萬言投魏闕，燈前攬筆涕先傾。〔註129〕

自調離興元府，陸游時時緬懷南鄭的從軍歲月，這一回張弓簇箭、躍
馬揚鞭，更是激起當年的滿腔熱血。狩獵後，他心情澎湃激昂、遲遲
未能平復，於是賦詩寄贈獨孤策。獨孤策生平未詳，據陸游所言：
「獨孤生策，字景略，河中人。工文善射，喜擊劍，一世奇士也。」
〔註130〕也只有如此豪傑之士，才能眞正體會陸游內心的沉痛悲鬱。
在第一首詩中，陸游表現出無懼爲國捐軀的堅強意志；第二首則回歸
理性，愼察敵我、提出警語；第三首再向天下英豪發出呼告：戮力齊
心、同生共死。這三首聯章詩主旨明確，首尾貫通、氣勢流暢，將愛
國豪情展現的淋漓盡致。

　　宋詩繼承唐詩而力求創意造語，以期終成一家。其中一項發展就
是從生活中的尋常事物中發覺妙趣哲理，因此柴、米、油、鹽、筆、
墨、紙、硯等都能成爲詩歌吟詠的主體，北宋大家黃庭堅就常在生活
用品中探求人文意蘊，寫下許多關於茶酒食品、文具器物等的詩作。

〔註127〕陸游：《詩稿校注》，冊二，卷八〈獵罷夜飲示獨孤生〉，頁693。
〔註128〕陸游：《詩稿校注》，冊二，卷八〈獵罷夜飲示獨孤生〉，頁693。
〔註129〕陸游：《詩稿校注》，冊二，卷八〈獵罷夜飲示獨孤生〉，頁693。
〔註130〕陸游：《詩稿校注》，冊三，卷十四〈獨孤生策，字景略，河中人。
　　　　工文善射，喜擊劍，一世奇士也。有自峽中來者，言其死于忠涪間。
　　　　感涕賦詩。〉，頁1121。

〔註131〕陸游則非如此，其生活詩主體在於作者本身，日常所接觸到的人、事、物只是引發他內心感懷的「興象」。這類詩作具有明顯的記事性，創作的時間地點、作者的外在活動、所接觸的事物以及此刻的心理狀態等，多可以在詩中找到線索。

綜觀陸游以日常生活為題材的七律，具有兩項鮮明的特徵：一是以詩為記，詩題與內容大量出現季節、日期、時間、氣候、地點、活動、身心狀態等訊息。這些作品依照時間排列，可以幫助研究者近距離觀察陸游生活，更可以此為基礎進而探究他內在的幽微情思。二是生活主題與愛國思想的聯繫，陸游心繫中原，每飯不忘國難。正如《唐宋詩醇》所論：「其感激悲憤、忠君愛國之誠，一寓於詩，酒酣耳熟，跌宕淋漓。至於漁舟樵徑，茶碗爐熏，或雨或晴，一草一木，莫不著為歌詠，以寄其意。」〔註132〕日常生活的尋常情景亦能觸發陸游黍麥之思，由此知其報國之誠並非短暫激情，而是融入生活成為個體生命的一部分。

第三節　寫景主題

袁行霈以為：「山水詩的產生，標誌著人對自然美的認識加深了。大自然已經從作為陪襯的生活環境或作為比興的媒介物變成具有獨立美學價值的欣賞對象。」〔註133〕山水詩自南朝興起，經唐宋兩代發展，以大自然為歌詠對象早已成為中國詩歌傳統的重要區塊。《論語》「用之則行，捨之則藏」的處世哲學對中國士大夫影響深遠，歷

〔註131〕　〈雙井茶送子瞻〉、〈謝公擇舅分賜茶〉、〈謝景叔惠冬筍雍酥水梨三物〉、〈戲答晁深道乞消梅〉、〈戲詠猩猩毛筆〉、〈以團茶洮州綠石研贈無咎文潛〉、〈有惠江南帳中香者戲答六言〉、〈次韻錢穆父贈松扇〉、〈被褐懷珠玉〉等等。

〔註132〕　愛新覺羅弘曆等：《唐宋詩醇》，卷四二，轉引自孔凡禮、齊治平編：《陸游資料彙編》（北京市：中華書局，2006年8月），頁215。

〔註133〕　袁行霈：《中國詩歌藝術研究》，〈中國山水詩的藝術脈絡〉（北京市：北京大學出版社，1996年6月），頁362。

代文人無不在追求功名與歸隱山林間尋求一個平衡點，陸游亦是如此。他離鄉背井遠遊川蜀，八年內調任頻繁，這期間得暇便遊覽各地名山勝景。陸游一方面「萬里只作遊山看」，〔註134〕從自然之美獲得慰藉；另一方面秉持「揮毫當得江山助」〔註135〕的信念，從山光水色中尋找靈感。

陸游豪放灑脫的性格亦影響其對自然景物的描繪。山河大地雖客觀存在於自然界，但看在詩人眼底，卻隨天性稟氣、人生經歷、情緒狀態等因素的個人差異而引起全然不同的感受。經由裁剪、描摹、再造等藝術創作過程後所呈現的自然意象，既是實際景物的客觀擬真，也是詩人精神氣貌的主觀投射。乾道六年陸游赴夔州道經夷陵縣寫下〈蝦蟆碚〉：

> 不肯爬沙桂樹邊，朵頤千古向巖前。
> 巴東峽裡最初峽，天下泉中第四泉。
> 齧雪飲冰疑換骨，掬珠弄玉可忘年。
> 清遊自笑何曾足，疊鼓鼕鼕又解船。〔註136〕

此詩雖是在羈旅行役間所作，卻不見千里奔波的苦悶疲憊。神似蝦蟆的巨巖蹲伏山麓，對著長江口懸飛泉，如此的自然奇景令陸游讚嘆造物者的奧妙，更聯想起傳說中的月宮玉蟾。在陸游的主觀想像中：仙獸雖謫落凡間化為石像，但不以「齧雪飲冰」為苦，終年「掬珠弄玉」、自適自樂，高潔的姿態令陸游悠然神往，亦是其精神人格的寫照。在審美的愉悅下，陸游頓時笑忘世俗的紛擾，直把行役作清遊。王曉雯以為：「在這些山水紀遊的詩作裡，幾乎不見單純摹景寫物的作品，詩人一方面在山林泉水中寄寓著壯志情懷或失落傷感，另一方面也企圖在自然環境裡尋求慰藉與超脫世俗。」〔註137〕陸游的山水

〔註134〕陸游：《詩稿校注》，冊一，卷三〈飯三折鋪鋪在亂山中〉，頁 211。
〔註135〕陸游：《詩稿校注》，冊，卷六十〈予使江西時以詩投政府丐湖湘一麾會召還不果偶讀舊稿有感〉，頁。
〔註136〕陸游：《詩稿校注》，冊一，卷二〈蝦蟆碚〉，頁 164。
〔註137〕王曉雯：《陸游蜀中詩歌研究》（臺北縣：花木蘭出版社，2008 年 9

詩抒情性質濃厚，在描繪自然景物的同時，也常將自我融入成為風景繪卷的一部分，此當為王國維所主張的「有我之境。」〔註138〕陸游以我觀物，詩中所經營的自然意象，皆飽含詩人的主觀情緒，讀者透過詩人的有情之眼，所見者已非景物的客觀原貌，而是經由情感再造的山水意象，因此陸游的山水詩往往具有強烈個人色彩。以下舉三首為証：

> 野水交流自滿畦，芳池新漲恰平堤。
> 花藏密葉多時在，鶯占高枝盡日啼。
> 繡袂寶裙催結束，金尊翠杓共提攜。
> 白頭自喜能狂在，笑裛蠻牋落醉題。〔註139〕

> 木缺橋橫一徑微，斷煙殘靄晚霏霏。
> 十年倦客明雙眼，五月遊人換夾衣。
> 翠峽束成寒練靜，蒼崖濺落素鮫飛。
> 爾來自笑癡頑甚，著處吟哦不記歸。〔註140〕

> 插棘編籬謹護持，養成寒碧映淪漪。
> 清風掠地秋先到，赤日行天午不知。
> 解籜時聞聲簌簌，放梢初見葉離離。
> 官閑我欲頻來此，枕簟仍教到處隨。〔註141〕

「野水交流自滿畦，芳池新漲恰平堤」兩句，「自」、「恰」二虛字巧用擬人，將夏季水源豐沛的自然現象描寫得生機盎然；「翠峽束成寒練靜，蒼崖濺落素鮫飛」二句，前者為遠景的靜態摹寫，後者為近景的動態摹寫，先遠而近、由靜而動刻畫出幽谷飛瀑的躍動感；〈東湖

月〉，頁104。

〔註138〕王國維：《校注人間詞話》（臺北縣：頂淵文化事業公司，2007年8月），頁1。「有有我之境，有無我之境。……有我之境，以我觀物，故物皆著我之色彩。無我之境，以物觀物，故不知何者為我，何者為物。」

〔註139〕陸游：《詩稿校注》，冊一，卷五〈雨後集湖上〉，頁402。

〔註140〕陸游：《詩稿校注》，冊一，卷五〈桃源〉，頁408。

〔註141〕陸游：《詩稿校注》，冊一，卷五〈東湖新竹〉，頁409。

新竹〉一首則善用感官摹寫，以「寒碧映淪漪」描寫湖畔竹影的清幽脫俗，由簌簌聲響來體會綠竹的解籜生長，「清風掠地秋先到，赤日行天午不知」二句將讀者引領至竹藪深處，親身感受竹林間暑氣全消的沁心涼爽。陸游摹景寫物手法靈動，也時常把自我形象置入其詩中意象。上列三首尾聯皆可見陸游的自我素描：「白頭自喜能狂在，笑裛鬟殘落醉題」、「爾來自笑癡頑甚，著處吟哦不記歸」、「官閒我欲頻來此，枕簟仍教到處隨」，這些自述不僅描寫外在動態，更重要的是蘊含情志神韻，往往是全詩畫龍點睛的關鍵，人雖然僅是自然景致的極小部分，卻是鮮明的獨立存在。以此爲中心發散，詩中意象才能從客觀現實中抽離，轉變成詩人眼中的有情天地。乾道七年於夔州白鹽崖所作的〈醉中到白崖而歸〉更將放翁山水詩的獨特魅力發揮地淋漓盡致：

> 醉眼朦朧萬事空，今年痛飲瀼西東。
> 偶呼快馬迎新月，卻上輕輿御晚風。
> 行路八千常是客，丈夫五十未稱翁。
> 亂山缺處如橫線，遙指孤城翠靄中。〔註142〕

首聯陸游便直敘當下身心狀態：幾杯濁酒下肚，頓時忘卻世俗紛擾。頷聯採流水對形式，「快馬迎新月」、「輕輿御晚風」加速詩人醉中吟遊的快意；頸聯又從風景拉回陸游自身的感慨，「行路八千常是客」的羈愁讓節奏稍頓，但下句「丈夫五十未稱翁」的達觀讓整首詩所要抒發的快感從酣飲宴遊的外在因素提升到人生哲學的精神層次。

　　本詩寫景全由陸游的動態中延伸，醉眼看去天地就像一幅寫意的潑墨山水。誠如王國維「有我」之論，陸游這類山水詩特別具有浪漫色彩，給予讀者類似「宏壯」的感受。比如「茶竈遠從林下見，釣筒常向月中收」〔註143〕、「半醉微吟不怕寒，江邊一笑覺天寬」〔註144〕、

〔註142〕陸游：《詩稿校注》，冊一，卷二〈醉中到白崖而歸〉，頁209。
〔註143〕陸游：《詩稿校注》，冊一，卷五〈夏日湖上〉，頁414。

「疾步登城殊未衰，欣然一笑擲笻枝」〔註145〕、「高吟醉舞忘歸去，乞與丹青畫怪奇」〔註146〕等等，這類山水詩個人風格強烈，若以圖畫譬喻，既是山水畫也是陸游的肖像畫，讀者易受詩人主觀視野影響，因此特別具有感染力。

　　呂輝將陸游的七律山水詩依照選材分為自然景觀與人文景觀，並認為陸游偏愛人文景觀，因為其身上積聚深厚的傳統文化內涵。〔註147〕筆者認為山水詩是以大範圍自然景觀作為摹寫歌詠的對象，寬廣視野所帶給詩人的是全面性的直觀感受，少會預設立場先存有自然與人文之別。因此並非陸游對人文景觀的喜愛勝過自然，而是人文景觀的建設乃依據自然地貌所產生，在名山勝水間築亭臺樓閣，在洞天福地處建道院寺廟，人文景觀往往成為遊賞山水的樞紐地帶，再經過歲月的洗禮，漸漸發展成當地景觀的歷史文化。

　　因此山水詩的創作，若所描寫的自然景觀中包含特殊的人文建築，往往在詩中發生關鍵影響。陸游山水詩也是如此，其受人文景觀影響大致有三趨向：

一、遇樓臺亭閣抒登臨之感

　　《文心雕龍》云：「原夫登高之旨，睹物興情。」〔註148〕這類登高遠眺、即景抒情的作品從先秦時期就開始發展。由高處極目四望，所見景物與平地時相比，其相異之處並非種類的不同，而是視野、規模與格局的擴大。

〔註144〕陸游：《詩稿校注》，冊二，卷九〈一笑〉，頁732。
〔註145〕陸游：《詩稿校注》，冊二，卷八〈暇日行城上同行追不能及〉，頁672。
〔註146〕陸游：《詩稿校注》，冊二，卷八〈暇日行城上同行追不能及〉，頁672。
〔註147〕呂輝：《陸游七言律詩研究》，陝西師範大學中國古代文學所博士論文，2008年，頁8。
〔註148〕劉勰著，周振甫注：《文心雕龍注釋》（臺北市：里仁書局，1998年9月），頁138。

　　突破平面限制，詩人以開闊宏觀的視覺空間重新檢視原本熟悉的
事物，疊嶂翠巒、錦川繡水、城垣碉樓、農村瓦舍種種景象攝入眼底，
視覺感受的開展自然引發心志情思的活躍激盪。王隆升解釋：「詩人
在登臨之際揭示了一種親密和諧的物我關係，讓物色山水的地位和詩
人自己境遇心緒的地位得到圓融調和，使得外視的遠界和內在的思慮
成爲登臨詩的共有主幹。」〔註149〕

　　陸游離開故鄉山陰宦游蜀地，八年間始終懷抱鄉愁抑鬱難解。
登高望遠雖能夠超越平地樹林屋舍的視野羈絆，但還是有目力所無
法突破的極限。唐代崔顥登黃鶴樓眺望漢陽日落，留下「日暮鄉關
何處是？烟波江上使人愁」的感慨。陸游在蜀地登臨東望，由所見而
思不見，鄉愁隨之氾濫。乾道六年十月陸游初到夔州，便寫下〈登江
樓〉：

> 已過瞿唐更少留，小船聊繫古夔州。
> 簿書未破三年夢，杖屨先尋百尺樓。
> 日暮雪雲迷峽口，歲窮畬火照關頭。
> 野人不解微官縛，尊酒應來此散愁。〔註150〕

陸游因現實考量，千里入蜀只爲屈就一個通判小官，滿懷壯志卻毫無
施展的可能，「小船聊繫古夔州」正是他無奈的寫照。夔州任期才開
始，陸游已經鬱鬱寡歡，只好扶杖登樓飲酒，遙望關峽以解鄉愁。
隔年九月所作〈九月三十日登城門東望凄然有感〉羈旅愈久，感慨
愈深：

> 減盡腰圍白盡頭，經年作客向夔州。
> 流離去國歸無日，瘴癘侵人病過秋。
> 菊蕊殘時初把酒，雁行橫處更登樓。
> 蜀江朝暮東南注，我獨胡爲淹此留？〔註151〕

〔註149〕王隆升：《唐代登臨詩研究》（臺北市：文津出版社，1998年4月），
　　　　頁334。
〔註150〕陸游：《詩稿校注》，冊一，卷二〈登江樓〉，頁178。
〔註151〕陸游：《詩稿校注》，冊一，卷二〈九月三十日登城門東望凄然有感〉，

「山川信美吾廬遠，天地無情客鬢衰」〔註 152〕，自重陽以後，陸游
思鄉情懷隨秋意越顯濃烈。旅居夔州將近週年，這日陸游登高遠眺山
陰所在的東方，掠過天際的歸雁、滾滾東去的蜀江，觸目所見無不勾
引起詩人的羈愁，陸游凝聚心中的千萬感慨，詩末發爲既對天地亦對
自我的悵然歎問：「我獨胡爲淹此留？」

　　陸游因登高望遠而引起蓴鱸之思的作品不少，其他還有：「人與
江山均是夢，心非風月尚誰知。舊交幾歲音塵隔，三撫闌干有所思。」
〔註 153〕、「平羌江水接天流，涼入簾櫳已似秋。喚作主人元是客，知非
吾土強登樓。」〔註 154〕、「蒼天可恃何曾老，白髮緣愁卻未公。俗態十
年看爛熟，不如留眼送歸鴻。」〔註 155〕「瘴霧不開連六詔，俚歌相答
帶三巴。故鄉可望應添淚，莫恨雲山萬疊遮。」〔註 156〕等等。

　　「欲窮千里目，更上一層樓。」登高望遠不但容易引起異鄉遊子
的愁思，也常喚起有爲者的壯志豪情。站在地理置高點極目遠眺，遼
闊景觀所帶來的視覺印象，足以衝擊舊有思維，開拓人生新局。蘇珊
玉老師指出：

> 就登望意識的審美內涵而言，登高遠眺，自然會有「胸懷
> 攬轡澄清志」的豪邁感興。此舉之下，有幾種審美心理產
> 生：一爲「會當凌絕頂，一覽眾山小」（杜甫〈望嶽〉）不
> 甘雌伏的胸懷；二爲「不畏浮雲遮望眼，自緣身在最高層」
> （王安石〈登北高峰塔〉）的自負眼光，與君臨天下之氣魄；
> 三也可以是「棄我去者，昨日之日不可留；亂我心者，今
> 日之日多煩憂。長風萬里送秋雁，對此可以酣高樓」（李白
> 〈宣州謝朓樓餞別校書叔雲〉）的自我抒懣形象。〔註 157〕

頁 206。
〔註 152〕陸游：《詩稿校注》，冊一，卷二〈夔州重陽〉，頁 201。
〔註 153〕陸游：《詩稿校注》，冊一，卷三〈望雲樓晚興〉，頁 306。
〔註 154〕陸游：《詩稿校注》，冊一，卷三〈登荔枝樓〉，頁 309。
〔註 155〕陸游：《詩稿校注》，冊二，卷六〈西樓夕望〉，頁 501。
〔註 156〕陸游：《詩稿校注》，冊二，卷六〈晚登橫溪閣〉，頁 505。
〔註 157〕蘇珊玉：《人間詞話之審美觀》（臺北市：里仁書局，2009 年 9 月），

以上三種情境的差異性就在於現實與理想的契合度，基本上作者皆在
遼闊的山川景物中寄寓人生的遠大理想。「北伐中原，抗金復國」是
陸游的矢志夙願，亦是其生命的最高理想，每回登高遠眺大好山河，
豪興遄飛之際多言恢復大志。乾道八年登慧照寺小閣而作：

　　少年富貴已悠悠，老大功名定有不？
　　歲月消磨閱亭傳，山川遼邈弊衣裳。
　　殺身有地初非惜，報國無時未免愁。
　　局促每思舒望眼，雖非吾土強登樓。〔註158〕

「少年富貴已悠悠，老大功名定有不？」陸游出仕為宦視富貴如浮
雲，但求為國盡忠。官場上的境遇卻事與願違。「歲月消磨閱亭傳，
山川遼邈弊衣裳」，頷聯承接首聯的問句，歲月消磨、山川勞頓，以
時空的蒼茫感作為無言的答覆。頸聯「殺身有地初非惜，報國無時未
免愁」先揚後挫，直接吐露欲報無門的憤懣。尾聯「局促每思舒望眼，
雖非吾土強登樓」，清楚表明詩人思維活動與登臨歷程的內外聯繫。
每當陸游憂國情懷沉鬱難解，常藉由登高望遠的遼闊景緻尋求心境的
調適或超越，乾道九年登嘉州望雲樓作詩二首：

　　一出修門又十年，輩流多已珥金蟬。
　　衰如蠹葉秋先覺，愁似鰥魚夜不眠。
　　輦路疏槐迎駕處，苑城殘日泛湖天。
　　君恩未報身今老，徙倚危樓一泫然。〔註159〕

　　晚來煙雨暗江干，烽火遙傳畫角殘。
　　看鏡功名空自許，上樓懷抱若為寬。
　　青楓搖落新秋令，白髮淒涼舊史官。
　　飽見少年輕宿士，可憐隨處強追歡。〔註160〕

隆興元年陸游與張燾議論龍大淵、曾覿結黨營私，因而觸怒孝宗被謫

　　　　頁284。
〔註158〕陸游：《詩稿校注》，冊一，卷三〈登慧照寺小閣〉，頁224。
〔註159〕陸游：《詩稿校注》，冊一，卷四〈晚登望雲〉其一，頁319。
〔註160〕陸游：《詩稿校注》，冊一，卷四〈晚登望雲〉其二，頁320。

離京城，十年匆匆而過，眼看年歲越老，報國理想越是絕望。陸游在〈晚登望雲〉二詩同時抒發憂國情懷與身世感觸，「青楓搖落新秋令，白髮淒涼舊史官」在追昔撫今的過程中，既感慨仕途上的飄搖，更心繫盡忠報國的宏願。陸游採取同題聯章的形式，擴大律詩容量以求抒發內心的澎湃情感。

陸游足跡遍布各地，他登古咸陽門，遙望「一點烽傳散關信，兩行雁帶杜陵秋」，〔註161〕與「山河興廢供搔首，身世安危人倚樓」〔註162〕之感；登劍南西川門，憑高萬里望吳京，一方面感歎「故人不見暮雲合，客子欲歸春水生」，〔註163〕一方面呼籲朝中大臣「諸公勉畫平戎策，投老深思看太平。」〔註164〕陸游身在江海而心馳魏闕，即使被朝廷遺棄在野，還是始終心繫朝政。

二、遊道院寺廟起出塵之思

陸游終其一生的最大心願就是爲國盡忠，昂揚不屈的戰鬥意志與憂國憂民的愛國情懷是其詩歌精神的骨幹。「達則兼善天下，窮則獨善其身」，如同歷史上其他懷才不遇的儒者，陸游的經世理想一再受到政治打壓，入蜀後更是屢遭貶抑，沉鬱憤悶的心情只好藉由佛道思想尋求舒緩慰藉。在遨遊名山大澤之際，特別喜好探訪幽靜的僧院寺廟，以求暫忘世俗、洗滌塵心。乾道九年陸游攝知嘉州事，利用公餘閒暇造訪嘉定府南山的凌雲寺：

> 出郭幽尋一笑新，徑呼艇子截煙津。
> 不辭疾步登重閣，聊欲今生識偉人。
> 泉鏡正涵螺髻綠，浪花不犯寶趺塵。
> 始知神力無窮盡，丈六黃金果小身。〔註165〕

〔註161〕陸游：《詩稿校注》，冊二，卷八〈秋晚登城北門〉，頁696。
〔註162〕陸游：《詩稿校注》，冊二，卷八〈秋晚登城北門〉，頁696。
〔註163〕陸游：《詩稿校注》，冊二，卷八〈登劍南西川門感懷〉，頁644。
〔註164〕陸游：《詩稿校注》，冊二，卷八〈登劍南西川門感懷〉，頁644。
〔註165〕陸游：《詩稿校注》，冊一，卷四〈謁凌雲大像〉，頁313。

陸游「不辭疾步登重閣」，就為參拜凌雲寺這尊開鑿山壁所建，高三百六十尺的彌勒佛像，詩末引述《觀無量佛經》為證，讚嘆凌雲大佛的神聖莊嚴。陸游也常遊訪城郊僧舍：

> 我是天公度外人，看山看水自由身。
> 蘚崖直上飛雙屐，雲洞前頭岸幅巾。
> 萬里欲呼牛渚月，一生不受庾公塵。
> 非無好客堪招喚，獨往飄然覺更真。〔註166〕

嘉定府城西的諸僧舍並非佛門勝地，陸游興致一來，飄然獨遊的風采媲美王子猷山陰夜雪的佳話。「蘚崖直上飛雙屐，雲洞前頭岸幅巾」句中所描述的自我形象隱隱然有飛仙之姿；頸聯則從萬里邀月的奇幻想像中進而表達不願忍受世俗塵埃的心跡。此詩雖是訪僧舍所作，卻充滿浪漫的遊仙情懷。類似的作品還有「一庵儻許西峰住，常就巢僊問養生。」〔註167〕、「閑倚松蘿論劍術，靜臨窗几勘丹經。嚴光本是逃名者，安用天文動客星。」〔註168〕、「欲求靈藥換凡骨，先挽天河洗俗情。」〔註169〕、「何因從此橫空去？笙鶴飄然過洛城。」〔註170〕等等。

　　僧舍道院的清幽靜謐令陸游萌生遠離塵囂的念頭，其詩歌除了表現出超脫人間的遊仙思想，也表達了歸隱山林的渴望。樂山縣東的西林院，也是陸游旅居嘉州時經常遊訪之地。

> 一邦盡對江邊像，試比西林總不如。
> 群玉蕭森開士宅，五雲飛動相君書。
> 磴危漸覺山爭出，屐響方驚閣半虛。
> 安得棄官長住此，一盃香飯薦珍蔬。〔註171〕

> 胸中荊棘費鉏耘，正藉幽尋暫解紛。

〔註166〕陸游：《詩稿校注》，冊一，卷四〈獨遊城西諸僧舍〉，頁315。
〔註167〕陸游：《詩稿校注》，冊二，卷八〈宿上清宮〉，頁646。
〔註168〕陸游：《詩稿校注》，冊二，卷七〈遊學射觀次壁間詩韻〉，頁603。
〔註169〕陸游：《詩稿校注》，冊二，卷八〈登上清小閣〉，頁647。
〔註170〕陸游：《詩稿校注》，冊二，卷八〈登上清小閣〉，頁647。
〔註171〕陸游：《詩稿校注》，冊一，卷四〈西林院〉，頁316。

　　不盡長江來畫玉，半空飛閣對凌雲。

　　昏昏橫靄憑軒見，沓沓疏鐘隔岸聞。

　　珍重山僧迎客意，螭盦一縷起微熏。〔註172〕

西林院與凌雲寺隔江對峙，院門恰正對凌雲大像是觀賞大佛臨江的最佳位置，院內精舍環境優美，寺廟匾額遒勁靈動爲唐相裴徹所題。陸游在此覓得心靈上的安頓，盼能辭官留居西林，過布衣蔬糲的儉樸生活。陸游在成都也常造訪寺院僧舍，留下多首詩作：

　　萬鯨傳響徹修廊，喚起衰翁曉夢長。

　　萬事可憐隨日出，一生常是伴人忙。

　　馳驅深厭交飛蓋，息偃何時靜炷香？

　　四到錦州身愈老，更堪重入少年場。〔註173〕

　　身墮黃塵每慨然，攜兒蕭散亦前緣。

　　聊憑方外巾盂淨，一洗人間七箸羶。

　　靜院春風傳浴鼓，畫廊晚雨濕茶煙。

　　潛光寮裡明窗下，借我消搖過十年。〔註174〕

　　筵雨雲低未放晴，閉門作病憶閒行。

　　攝衣丈室參耆宿，曳杖長廊喚弟兄。

　　飽飯即知吾事了，免官初覺此身輕。

　　歸來更欲誇妻子，學煮雲堂芋糝羹。〔註175〕

　　堂靜僧閑普請疏，爐紅氈暖放參餘。

　　蓮花池上容投社，椰子身中悔著書。

　　茶試趙坡如潑乳，芋來犀浦可專車。

　　放翁一飽眞無事，擬伴園頭日把鉏。〔註176〕

上舉〈客多福院晨起〉、〈飯昭覺寺抵暮乃歸〉、〈飯保福〉、〈晚過保福〉四首，由詩題即知陸游造訪寺廟並非僅止於進香參拜的短暫停留，常

〔註172〕陸游：《詩稿校注》，冊一，卷四〈雨中至西林寺〉，頁329。

〔註173〕陸游：《詩稿校注》，冊一，卷五〈客多福院晨起〉，頁466。

〔註174〕陸游：《詩稿校注》，冊二，卷七〈飯昭覺寺抵暮乃歸〉，頁555。

〔註175〕陸游：《詩稿校注》，冊二，卷七〈飯保福〉，頁575。

〔註176〕陸游：《詩稿校注》，冊二，卷八〈晚過保福〉，頁626。

是留宿精舍與僧眾一起齋居茹素。如果說「欲求靈藥換凡骨,先挽天河洗俗情」是效法郭璞、李白,以翩若驚鴻的遊仙之姿尋求超越,那「馳驅深厭交飛蓋,息偃何時靜炷香」就可視爲對功名前程的幡然悔悟。李致洙指出:

> 但他(陸游)中年入蜀後,才重新認識到陶潛。在成都,他雖然只做閑官,無法實現壯志,滿懷苦悶,但還說:「行遍天涯身尚健,卻嫌陶公愛吾廬」,對前途還持一點期待,對陶潛的「歸去來」取否定的立場。但是,五十二歲時,以「燕飲頹放」的理由被罷知嘉州之命,他才始發出「身臥極知皆夢事,世間隨處有危機。故山松菊今何似,晚矣淵明悟昨非」的感慨。〔註177〕

陸游懷抱壯志在宦海沉浮多年,眞正回歸田園勞動,大概從淳熙七年遭趙汝愚彈劾開始。但從蜀中時期所作〈客多福院晨起〉等等幾首,已可察覺陸游心態上的消解與轉變。

　　陸游年過半百,仕途艱險讓他認清個人力量無法扭轉朝廷苟且偏安的氛圍。既然投報無門,陸游也不再戀棧官職俸祿,渴望回歸「潛光寮裡明窗下」的耕讀生活。陸游鼓勵妻子「學煮雲堂芋糝羹」,自己也「擬伴園頭日把鉏」,釋道修者持齋蔬食的簡樸生活讓陸游重拾心靈的寧靜,更堅定日後辭官務農的心願。

　　宋代理學以儒爲本、博採釋道,三者兼修是整個時代的學術思潮。邱鳴皋指出:「在陸游思想上,儒與道釋恰似互爲盈虧的矛盾統一體,隨著政治氣候的變化和陸游的宦海沉浮,儒虧則道釋盈,儒盈則道釋虧,而其核心是儒,於釋於道,只是兼融,終不能取儒而代之。」〔註178〕因此陸游雖然在其詩歌中也表現出方外思想,但並非全盤接受釋道的虛無思想,而是排解憂國憤懣的替代之道。陸游遊青城山所

〔註177〕李致洙:《陸游詩研究》第二章,第五節(臺北市:文史哲出版社,1991年9月),頁36。

〔註178〕邱鳴皋:《陸游評傳》(南京市:南京大學出版社,2002年2月),頁273。

作〈題丈人觀道院壁〉：

> 斷香浮月磬聲殘，木影如龍布石壇。
>
> 偶駕青鸞塵世窄，閑吹玉笛洞天寒。
>
> 奇香滿院晨炊藥，異氣穿巖夜浴丹。
>
> 卻笑飛仙未忘俗，金貂猶著侍中冠。〔註179〕

前面三聯皆在描述、烘托感妙眞人范長生「偶駕青鸞，閑吹玉笛」的
奇逸神氣，尾聯筆鋒一轉卻道：「卻笑飛仙未忘俗，金貂猶著侍中冠」，
在幽默嘲解中實能反映出詩人擺盪在仕途進退的內心糾葛。

三、憑弔古蹟，追緬前人

楊萬里賦詩跋《劍南詩稿》：「今代詩人後陸雲，天將詩本借詩
人。重尋子美行程舊，盡拾靈均怨句新。鬼嘯犵啼巴峽雨，花紅玉白
劍南春。錦囊繙罷清風起，吹仄西窗月半輪。」〔註180〕陸游追隨詩
聖杜甫的腳步，從富庶的江南平原踏上崛崎險峻的蜀道。這或許可歸
咎於造化弄人，但秉性耿介的二位愛國詩人無法適應詭詐謟諛的政治
環境，雖令人歎惋卻也非意料之外。

陸游懷著滿腔鬱悶落落寡歡地踏上入蜀的旅程，沿途上有不少憑
弔詠懷的七律作品。乾道六年七月十七日來到太平州當塗縣，陸游前
往縣東十七里青山之北，憑弔李白墓：

> 飲似長鯨快吸川，思如渴驥勇奔泉。
>
> 客從縣令初何有，醉忤將軍亦偶然。
>
> 駿馬名姬如昨日，斷碑喬木不知年。
>
> 浮生今古同歸此，回首桓公亦故阡。〔註181〕

錢鍾書認爲宋代詩人學李白者以陸游最得其風采。〔註182〕陸游習劍

〔註179〕 陸游：《詩稿校注》，冊二，卷六〈題丈人觀道院壁〉，頁483。

〔註180〕 （宋）楊萬里：《誠齋集》卷二十〈跋陸務觀劍南詩稿二首〉。轉引
自孔凡禮、齊治平編：《陸游資料彙編》（北京市：中華書局，2006
年8月），頁18。

〔註181〕 陸游：《詩稿校注》，冊一，卷二〈弔李翰林墓〉，頁139。

〔註182〕 錢鍾書：《談藝錄》（臺北市：書林出版社，1988年6月），頁147。

嗜酒、煉丹求仙，性格豪邁瀟灑之處頗有太白遺風，當時即有「小太白」的美譽。〔註183〕

　　陸游入蜀途經當塗，特別繞往青山憑弔李白墓，緬懷詩仙「飲似長鯨快吸川，思如渴驥勇奔泉」的翩躚風采。值得關注的是此詩尾聯「浮生今古同歸此，回首桓公亦故阡」二句，提到另一位歷史人物東晉大司馬桓溫。固然如《入蜀記》所言：「桓溫墓亦在近郊，有石獸石馬，製作精妙。又有碑，悉刻當時車馬衣冠之類，極可觀。恨不一到也。」〔註184〕

　　陸游對於桓溫墓的石雕碑石深感興趣，但桓溫三次北伐的功業更令其景仰。詩仙李白的懷才不遇、桓溫北伐的未竟全功，二者皆觸動陸游內心的身世之感。同年八月十八日，陸游舟至黃州有作：

　　　　局促常悲類楚囚，遷流還歎學齊優。
　　　　江聲不盡英雄恨，天意無私草木秋。
　　　　萬里羈愁添白髮，一帆寒日過黃州。
　　　　君看赤壁終陳迹，生子何須似仲謀。〔註185〕

黃州，今為湖北省黃岡縣，境內有赤壁。長江沿岸有多處地名亦為赤壁。雖無法考證黃州赤壁磯是否為三國周瑜敗曹操之處，但陸游因地名而興起懷古幽情，抒發羈旅愁騷。

　　首聯陸游即以楚囚與齊優自比，感嘆踢蹈不安、遷徙流離的境遇；頷聯將個人的內在愁緒投射於山川景物，江濤秋聲聞之皆愁；頸聯續寫行役勞頓的愁苦，以「萬里」的蒼茫對比「一帆」的孤獨；尾聯翻用曹操「生子當如孫仲謀，劉景升兒子若豚犬耳。」之言，以倒反的語氣抒發有志難伸的愁苦鬱悶。

〔註183〕（明）毛晉：〈劍南詩稿跋〉：「孝宗一日御華文閣，問周公曰：『今代詩人，亦有如唐李太白者乎？』益公以放翁對，由是人竟呼為小太白。」轉引自孔凡禮、齊治平編：《陸游資料彙編》（北京市：中華書局，2006年8月），頁137。

〔註184〕陸游：《入蜀記》卷三（北京市：中華書局出版發行，1985年），頁21。

〔註185〕陸游：《詩稿校注》，冊一，卷二〈黃州〉，頁141。

　　方東樹評曰：「此非詠黃州也，胸中無限悽涼悲感，適於黃州發之。」〔註186〕陸游赴夔州道中憑弔古蹟所作的幾首詠懷七律，情調多屬如此。

　　　　百萬呼盧事已空，新寒擁褐一衰翁。
　　　　但悲鬢色成枯草，不恨生涯似斷蓬。
　　　　煙雨悽迷雲夢澤，山川蕭瑟武昌宮。
　　　　西遊處處堪流涕，撫枕悲歌興未窮。〔註187〕

　　　　遠接商周祚最長，北盟齊晉勢爭強。
　　　　章華歌舞終蕭瑟，雲夢風煙舊莽蒼。
　　　　草合故宮惟雁起，盜穿荒冢有狐藏。
　　　　離騷未盡靈均恨，志士千秋淚滿裳。〔註188〕

　　　　荊州十月早梅春，徂歲真同下阪輪。
　　　　天地何心窮壯士，江湖從古著羈臣。
　　　　淋漓痛飲長亭暮，慷慨悲歌白髮新。
　　　　欲弔章華無處問，廢城霜露濕荊榛。〔註189〕

　　　　塔子磯前艇子橫，一窗秋月為誰明？
　　　　青山不減年年恨，白髮無端日日生。
　　　　七澤蒼茫非故國，九歌哀怨有遺聲。
　　　　古來撥亂非無策，夜半潮平意未平。〔註190〕

　　　　真人翳鳳駕蛟龍，一念何曾與世同。
　　　　不為行雲求妙謗，那因治水欲論功。
　　　　翱翔想見虛無裏，毀譽誰知涸濁中。
　　　　讀盡舊碑成絕倒，書生惟慣詔王公。〔註191〕

〔註186〕（清）方東樹：《昭昧詹言》卷二十。引自孔凡禮、齊治平編《古典文學研究資料彙編·陸遊卷》北京，中華書局出版，1965年，頁337。
〔註187〕陸游：《詩稿校注》，冊一，卷二〈武昌感事〉，頁142。
〔註188〕陸游：《詩稿校注》，冊一，卷二〈哀郢〉其一，頁144。
〔註189〕陸游：《詩稿校注》，冊一，卷二〈哀郢〉其二，頁145。
〔註190〕陸游：《詩稿校注》，冊一，卷二〈塔子磯〉，頁148。
〔註191〕陸游：《詩稿校注》，冊一，卷二〈謁巫山廟兩廡碑版甚眾皆言神佐

拾遺白髮有誰憐，零落歌詩遍兩川。

人立飛樓今已矣，浪翻孤月尚依然。

升沉自古無窮事，愚智同歸有限年。

此意淒涼誰共語，夜闌鷗鷺起沙邊。〔註192〕

長江流域山川壯麗、風光明媚，自然景觀與古蹟歷史交相輝映，沿岸城鎮多有名人逸事、歷史陳跡，陸游一路尋訪前人行跡，寫下不少藉古悲今的七律作品。在武昌他遙想當年南朝宋武帝劉裕「百萬呼盧」的豪情；在江陵他借〈哀郢〉為題，憑弔愛國詩人屈原；在巫山神廟他讚揚大禹不計較個人得失，以天下蒼生為念的治水精神；在夔州白帝城他緬懷詩聖杜甫當年羈留四川、登樓賦詩的情景。

陸游因為主張抗金而屢遭當朝權貴打壓，在此憂憤的心情下踏上赴夔旅程。誠如詩中所言：「西遊處處堪流涕，撫枕悲歌興未窮」。分析上舉幾首作品提到的人物，陸游懷古長思的對象主要有兩種類型：一為才華洋溢卻不得施展的騷人墨客，比如屈原、李白、杜甫等，最能引起陸游「天地何心窮壯士，江湖從古著羈臣」的強烈共鳴；二為北伐抗敵的英雄將領，比如孫權、桓溫、劉裕等，他們在抵抗北方政權上皆取得重大勝利，激盪起陸游「古來撥亂非無策，夜半潮平意未平」的慨歎與惆悵。

值得注意的是，陸游這幾首詠懷古蹟之作皆採取杜甫所擅長的七律體裁，在種種主客觀條件配合之下，自然體現杜詩般的沉鬱頓挫。吳之振對「陸游學杜」的問題有精闢論述：「若放翁者，不寧皮骨，蓋得其心矣。所謂愛君憂國之誠，見乎辭者，每飯不忘。故其詩浩瀚崒崔，自有神合。」〔註193〕〈黃州〉、〈武昌感事〉、〈哀郢〉、〈夜登白帝城樓懷少陵先生〉等等幾首就是最好的例證。

禹開峽之功而詆宋玉高唐賦之妄予亦賦詩一首〉，頁175。

〔註192〕陸游：《詩稿校注》，冊一，卷二〈夜登白帝城樓懷少陵先生〉，頁195。

〔註193〕（清）吳之振：《宋詩鈔》卷六十四〈陸游劍南詩鈔〉（北京：中華書局，1996年2月），頁2。

　　陸游旅居蜀中八年間，調動頻繁、遷徙不定。就如同他平生最景
仰的杜甫「零落歌詩遍兩川」，陸游也常在詩中自述「殘年作客遍天
崖」〔註194〕，感嘆「等閑題遍蜀東西」〔註195〕。陸游前往南鄭行經
漢中金牛道，憑弔四十年前一場艱苦戰役：

> 乍換春衫一倍輕，況逢寒食十分晴。
> 鶯穿驛樹惺惚語，馬過溪橋躞蹀行。
> 畫柱彩繩喧笑樂，艷妝麗服角鮮明。
> 誰知此日金牛道，非復當時鐵馬聲。〔註196〕

紹興三年，金國將領撒離喝率兵攻陷興元府。陝西統制吳玠據守三泉
縣，並於潭毒山佈置防線與敵軍對峙，南宋官兵死守二個多月耗盡金
兵軍糧，最終贏得這場關鍵的抗戰勝利。陸游見金牛道「鶯穿驛樹惺
惚語，馬過溪橋躞蹀行」的明媚春景，卻反思「誰知此日金牛道，非
復當時鐵馬聲」，顯見其居安思危的深謀遠慮。輾轉漂泊的蜀中生活
開拓了陸游的胸襟視野，其詠懷古蹟之作內涵愈加豐富，除沉鬱頓挫
之外亦呈現多樣風格。除上舉〈金牛道中遇寒食〉寓意奇警，其他懷
古七律，風流俊爽如「宋公出牧曾題壁，錦段雖殘試剪裁」〔註197〕、
深婉悽涼如「穿殘已嘆金鳧盡，缺落空餘石馬雙」〔註198〕、豁達灑
脫如「謫仙未必無遺恨，老欠題詩到夜郎」〔註199〕、隨遇而安如「白
帝夜郎俱不惡，兩公補處得憑欄」〔註200〕等等，都展現陸游此類懷
古作品因景抒情、不拘一格的豐富思想內涵。

〔註194〕陸游：《詩稿校注》，冊一，卷三〈閬中作〉，頁248。

〔註195〕陸游：《詩稿校注》，冊二，卷六〈賴牟鎮早行〉，頁499。

〔註196〕陸游：《詩稿校注》，冊一，卷三〈金牛道中遇寒食〉，頁230。

〔註197〕陸游：《詩稿校注》，冊一，卷三〈羅江驛翠望亭讀宋景文公詩〉，
　　　　頁281。

〔註198〕陸游：《詩稿校注》，冊二，卷八〈後陵永慶院在大西門外不及一里
　　　　蓋王建墓也有二石幢時物又有太后墓琢石爲人馬甚偉〉，頁637。

〔註199〕陸游：《詩稿校注》，冊二，卷六〈昭德堂晚步〉，頁506。

〔註200〕陸游：《詩稿校注》，冊二，卷六〈高齋小飲戲作〉，頁508。

第四節　人事主題

　　陸游在蜀中所寫的應酬七律，依據人際活動性質可分爲寄贈、酬和、送別、尋訪、追思等。〔註201〕其中以寄贈、酬和數量較多，送別次之，尋訪與追思兩類數量較少，合計僅三首。

　　陸游詩中提及友人，可以確認身分者有章甫、葉安行、宇文子友、范西叔、范成大、呂商隱、師伯渾、王季夷、葉晦叔、何預、張績、芮曄、劉三戒、譚德稱、張庭堅等人，考察上述人物事略，與陸游齊名的范成大、擅長隸古的章冠之、議論忠鯁的張庭堅、研究春秋的呂商隱皆是品德高尚、學問出眾的英才俊傑；其餘如王伯高、趙教授、鄧公壽、范文淵、獨孤策、勤長老、釋則華、青羊宮道士等人雖生平事蹟未詳，但從陸游詩中所描述的「海內十年求識面，江邊一見即論心」〔註202〕、「簞瓢氣已壓膏梁，不傍朱門味更長」〔註203〕、「一樽

〔註201〕　寄贈有〈江夏與章冠之遇別後寄贈〉、〈過夷陵適值祈雪與葉使君清飲談括蒼舊游既行舟中雪作戲成長句奉寄〉、〈十二月十九日晚巫山送客歸回望西寺小閣縹緲可愛送與趙郭二教授同游抵夜乃還楚鄉偶得長句呈二君〉、〈寄鄧公壽〉、〈簡章德茂〉、〈簡南禪勤長老〉、〈初到蜀州寄成都諸友〉、〈自蜀州暫還成都奉簡諸公〉、〈離成都後卻寄公壽子友德稱〉、〈青城縣會飲何氏池亭贈譚德稱〉、〈簡譚德稱〉、〈青羊宮小飲贈道士〉、〈寄王季夷〉、〈予年十六始識葉晦叔於西湖上後二十七年晦叔之弟聲叔來爲臨邛守相遇於成都晦叔沒久矣訪其遺文略無在者乃賦此詩〉等十四首；酬和有〈次韻師伯渾見寄〉、〈何元立示九日詩臥病累日乃能次韻〉、〈次韻周輔霧中作〉、〈次韻師伯渾見寄〉、〈次韻范文淵〉、〈遊學射觀次壁間詩韻〉、〈和范待制月夜有感〉、〈和范待制秋興〉其一、二、三、〈和范待制秋日書懷二首游自七月病起疏食止酒故詩中及之〉其一、二、〈和范舍人書懷〉、〈和范舍人病後二詩末章兼呈張正字〉、〈次韻使君吏部見贈時欲游鶴山以雨止〉、〈次韻張季長正字梅花〉、〈次韻季長見示〉等十七首；送別有〈送芮國器司業〉、〈別王伯高〉、〈送劉戒之東歸〉、〈送范西叔赴召〉其一、二、〈送客至江上〉、〈送華師從劍州張秘書之招〉七首；尋訪有〈待青城道人不至〉、〈訪昭覺老〉二首；追思有〈追懷曾文清公呈趙教授趙近嘗示詩〉一首。

〔註202〕　陸游：《詩稿校注》，冊一，卷三〈寄鄧公壽〉，頁243。

〔註203〕　陸游：《詩稿校注》，冊二，卷七〈次韻范文淵〉，頁564。

共講平戎策，勿爲飛鳶念少游」〔註204〕、「青羊道士竹爲家，也種玄都觀裡花」〔註205〕等詩句可以推知，亦是嶔崎磊落的俊彥之士。正所謂：「物以類聚，人以群分。」透過觀察陸游交友情況，對詩人性情品格的了解也愈加深刻。以下分寄贈、酬和、送別、會客與尋訪、追思等五類討論：

一、寄贈

　　陸游擇友不以權勢富貴爲考量，無論是廟堂之上還是草莽之間，志趣相投者即傾心結納。比如乾道八年前往閬中，陸游邀鄧公壽同遊南池尋梅。

> 高標瑤樹與瓊林，靈府清寒出苦吟。
> 海內十年求識面，江邊一見即論心。
> 紛紛俗子常成市，亹亹微言孰賞音？
> 聞道南池梅最早，要君攜手試同尋。〔註206〕

「高標瑤樹與瓊林，靈府清寒出苦吟」，上句以瓊林玉樹描寫靜態形貌；下句以清寒苦吟捕捉動態特徵，首聯二句即傳神描繪鄧公壽的精神氣象。這樣的人物自然令陸游傾慕，「海內十年求識面」的悠長，對照「江邊一見即論心」的短暫，顯見兩人心契神合、相見恨晚的情誼。頸聯轉而發出「紛紛俗子常成市，亹亹微言孰賞音？」的感慨，抒發曲高和寡的遺憾。幸好還有鄧公壽這位知己能夠同遊共賞。陸游詩中不見歌功頌德的官場習氣，而是與知交好友的深情寄語，詩中常流露出對友人的殷切關懷。淳熙四年冬季，陸游久客成都懷念故鄉的同窗好友王季夷：

> 平生吾子最知心，巴隴飄零歲月侵。
> 萬里喜聞身尚健，五更惟有夢相尋。
> 插花意氣狂如昨，中酒情懷病至今。

〔註204〕陸游：《詩稿校注》，冊二，卷八〈獵罷夜飲示獨孤生〉，頁693。
〔註205〕陸游：《詩稿校注》，冊二，卷九〈青羊宮小飲贈道士〉，頁723。
〔註206〕陸游：《詩稿校注》，冊一，卷三〈寄鄧公壽〉，頁243。

> 共約暮年須強飯，天臺廬阜要登臨。〔註207〕

全詩四聯以今昔穿插的布局結構，首聯先寫兩人的友誼與王季夷遠赴巴隴探訪的情義。頷聯回到現在，表達得知友人健康的喜悅以及分隔兩地的遺憾。頸聯懷念起當年一起簪花飲酒的疏狂豪氣；尾聯再次回到現實，彼此勉勵注意身體健康，得以實踐同登天臺山、廬山的約定。其他如寫給章德茂的「篋裏約君同著句，不應輸與灞橋邊」〔註208〕，別贈王伯高的「香奩贈別非無意，共約跏趺看此心」〔註209〕等作品，皆表現出彷彿同窗夜語、抵足談心的誠摯溫情。

有些寄贈詩作則直接表現對友人的讚譽與歌詠，如淳熙五年懷念亡友葉黯所作〈予年十六始識葉晦叔於西湖上後二十七年晦叔之弟聲叔來爲臨邛守相遇於成都晦叔沒久矣訪其遺文略無在者乃賦此詩〉：

> 故人零落久山丘，誰記京華第一流。
> 曹霸揮毫空萬馬，庖丁投刃解千牛。
> 相逢夢境何勞記，追想清言未免愁。
> 雷電取將遺稿盡，他年虛有茂陵求。〔註210〕

首、頷二聯連續化用〈箜篌引〉、《世說新語》、〈丹青引贈曹將軍霸〉、《莊子・養生主》四篇文字，以示對葉黯人品風采的景仰與推崇。尾聯則引韓愈〈調張籍〉詩句及司馬相如的典故，表達對於無法保存葉黯遺稿的嘆惋。全詩用典密集，卻不顯堆砌繁複，皆能配合情感的表達，將緬懷故友之情表達得淋漓盡致。

二、酬和

陸游寄贈詩以友人爲主體，主要讚揚其品德行誼並歌詠友誼的眞

〔註207〕陸游：《詩稿校注》，冊二，卷九〈寄王季夷〉，頁756。

〔註208〕陸游：《詩稿校注》，冊一，卷三〈簡章德茂〉，頁244。

〔註209〕陸游：《詩稿校注》，冊一，卷二〈別王伯高〉，頁208。

〔註210〕陸游：《詩稿校注》，冊二，卷九〈予年十六始識葉晦叔於西湖上後二十七年晦叔之弟聲叔來爲臨邛守相遇於成都晦叔沒久矣訪其遺文略無在者乃賦此詩〉，頁761。

摯淳厚；酬和詩雖有類似旨趣之作，比如：「願約青神王夫子，來醉萬景作中秋」〔註211〕、「何郎戲寫菊花秋，落筆縱橫豈易酬」〔註212〕、「剩欲與君堅此約，他年八十鬢眉蒼」〔註213〕等等，但更常藉此詠懷，抒發內心情志，因此詩中多可窺見其鮮明的個人形象。陸游酬和詩具有濃厚的抒情色彩，因此有別一般社交之作，寄寓有深刻思想情感。比如〈次韻周輔霧中作〉一首：

> 一日籃輿十過溪，丹萸黃菊及佳時。
> 端居恐作他年恨，聯轡聊成此段奇。
> 側磴下臨重澗黑，亂雲高出一峰危。
> 何時關輔胡塵靜，大華山頭更卜期。〔註214〕

陸游與呂周輔同遊大邑縣境內的名山勝景。「一日籃輿十過溪，丹萸黃菊及佳時」，秋景宜人卻無法讓陸游忘懷國事，他站在石磴道旁下望深澗峻谷、遠眺亂雲危峰，憂慮起何日才能掃除敵寇、恢復中原。再如〈次韻季長見示〉：

> 倚遍南樓十二欄，長歌相屬寓悲歡。
> 空懷鐵馬橫戈意，未試冰河墮指寒。
> 成敗極知無定勢，是非元自要徐觀。
> 中原阻絕王師老，那敢山林一枕安。〔註215〕

陸游登廣都縣南樓，憑欄遠眺、長聲歌詠內心的積鬱悲憤。「空懷鐵馬橫戈意，未試冰河墮指寒」，他滿腔報國熱血，無懼北方酷寒。但這樣昂揚的鬥志卻因朝廷打壓而不得馳騁戰場，只能眼看北伐良機一再蹉跎，大好河山繼續淪陷敵方。陸游主戰並非只憑一時激憤，他冷靜地指出「成敗極知無定勢，是非元自要徐觀」，認為戰爭的成敗絕無萬全之策，但抵抗外侮、恢復山河的大義卻是民族興亡的根本。朝

〔註211〕陸游：《詩稿校注》，冊一，卷四〈次韻師伯渾見寄〉，頁335。
〔註212〕陸游：《詩稿校注》，冊一，卷四〈何元立示九日詩臥病累日乃能次韻〉，頁345。
〔註213〕陸游：《詩稿校注》，冊二，卷七〈次韻范文淵〉，頁565。
〔註214〕陸游：《詩稿校注》，冊一，卷五〈次韻周輔霧中作〉，頁459。
〔註215〕陸游：《詩稿校注》，冊二，卷九〈次韻季長見示〉，頁747。

廷不可因金國的威嚇而委屈求和，不顧三秦父老的殷切企盼。

　　摯友之間的詩歌酬和，對陸游而言是得以宣洩情緒的重要管道。在知交好友面前，毋須顧慮官場的爾虞我詐、世俗的忌恨紛擾，能夠讓詩人直抒胸臆、暢所欲言。這樣憂憤的情感在〈和范待制秋興〉三首表現得更為明顯：

> 策策桐飄已半空，啼螿漸覺近房櫳。
> 一生不作牛衣泣，萬事從渠馬耳風。
> 名姓已甘黃紙外，光陰全付綠尊中。
> 門前剝啄誰相覓，賀我今年號放翁。〔註216〕
>
> 睡臉餘痕印枕紋，秋衾微潤覆爐熏。
> 井桐搖落先霜盡，衣杵淒涼帶月聞。
> 佛屋紗燈明小像，經龕魚蠹蝕真文。
> 身如病驥惟思臥，誰許能空萬馬羣。〔註217〕
>
> 山澤沉冥氣尚豪，鬢絲未遽嘆蕭騷。
> 已忘海運鯤鵬化，那計風微燕雀高。
> 萬里客魂迷楚峽，五更歸夢隔胥濤。
> 故知有酒當勤醉，自古寧聞死可逃？〔註218〕

《宋史・陸游傳》記載：「范成大帥蜀，游為參議官，以文字交，不拘禮法，人譏其頹放，因自號放翁。」〔註219〕淳熙三年，陸游在仕途上再次遭逢重大的打擊，因其積極主戰惹惱權貴，以代知嘉州時「燕飲頹放」為由，罷除知嘉州任命。這次處分對於陸游而言無疑是個重挫，他效法柳永「奉旨填詞」的反抗精神，從此自號「放翁」。陸游滿懷憂憤難以宣洩，只有寄語詩歌向摯友范成大傾訴衷曲。〈和范待制秋興〉三首採取聯章詩的形式擴大七律的承載容量，藉此將逢憂遭

〔註216〕陸游：《詩稿校注》，冊二，卷七〈和范待制秋興〉，頁611。

〔註217〕陸游：《詩稿校注》，冊二，卷七〈和范待制秋興〉，頁611。

〔註218〕陸游：《詩稿校注》，冊二，卷七〈和范待制秋興〉，頁612。

〔註219〕（元）托克托等：《宋史・陸游傳》卷三九五。引自孔凡禮、齊治平編《古典文學研究資料彙編・陸遊卷》北京，中華書局出版，1965年，頁103。

讒的心境轉折完整呈現。

　　第一首詩中，陸游以「一生不作牛衣泣，萬事從渠馬耳風」，展現不畏貧困、無懼讒言的堅強信念；「名姓已甘黃紙外，光陰全付綠尊中」兩句則是宣告對功名的絕望；尾聯陸游更採取幽默自嘲的態度，祝賀自己「始號放翁」。放翁之名源自朝廷責難，詩人以賀代憂，表達對主政者尋隙打壓的無言抗議。相較於前首的豪放不羈，第二首詩中則吐露他遭逢政治打擊的真實感受，首、頷二聯皆藉由外在景象反映出內心的蕭瑟與寂寞，即使禮佛誦經也無法沉澱思慮，詩末「身如病驥惟思臥，誰許能空萬馬羣」的慨問，正是陸游空懷壯志卻不見伯樂的沉鬱吶喊。第三首詩風格從寂寞蕭索轉而清新俊逸，展現超然絕塵的遊仙風采。「已忘海運鯤鵬化，那計風微燕雀高」運用二典，陸游暫時放下憂心國事的重擔，從老莊思想中尋求心靈的消解。尾聯對酒當歌，將對生命易逝的感嘆化為激問。表面看似縱飲疏狂、落魄不羈，實為藉酒澆灌內心塊壘。陸游〈野外劇飲示坐中〉所言：「悲歌流涕遣誰聽？酒隱人間已半生。」〔註220〕即是「故知有酒當勤醉」的未盡之意。

　　酬和詩本為古代文人雅士吟詩作對、逞才使氣之作，陸游卻藉此抒發懷抱、表明心跡，有時展現「劍外老農亦吐氣，釀酒畦花常晏如」〔註221〕的嶙峋傲骨，有時表露「中原阻絕王師老，那敢山林一枕安」〔註222〕的憂患意識。因此其詩能夠突破酬唱贈答的侷限，蘊藏更為豐富深刻的人生意義。

三、送別

　　中國地域廣漠，在缺乏交通建設、通訊技術的古代，親友一別往往數載難逢，尤甚者從此音訊全無、天人永隔。因此古人特別重視離

〔註220〕陸游：《詩稿校注》，冊二，卷七〈野外劇飲示坐中〉，頁597。
〔註221〕陸游：《詩稿校注》，冊二，卷八〈和范舍人病後二詩末章兼呈張正字〉，頁641。
〔註222〕陸游：《詩稿校注》，冊二，卷九〈次韻季長見示〉，頁747。

別場合，臨別前的不捨之情常發爲詩歌，成爲古代詩人吟詠的重要主題。

陸游長年滯留蜀中，期間也曾經歷送別友人的場面，其七律中亦有以此爲題，描繪臨別光景、離情別緒的作品。乾道七年陸游於夔州作〈別王伯高〉：

> 冷落何人肯見尋，斷弦塵匣愧知音。
> 傾家釀酒猶嫌少，入海求詩未厭深。
> 薄宦簿書常袞袞，中年光景易駸駸。
> 香奩贈別非無意，共約跏趺看此心。〔註223〕

王伯高生平未詳，從成詩時間推測應爲夔州通判任內同事。陸游離鄉遠宦、意志消沉，由「冷落何人肯見尋，斷弦塵匣愧知音」所述，王伯高對陸游釋放的友誼可謂雪中送炭。陸游得此良伴可以一起飲酒賦詩，藉此排遣薄宦浮沉的紛紛擾擾。詩末不說離別之苦，反而共約修身明性，足見兩人友誼之高潔。

陸游蜀中所作送別詩，常蘊含有思鄉情感，尤其所送別對象恰好要離蜀東歸。此時主、客心境互調，啓程者欣然還鄉，送行的陸游反倒勾起思鄉愁悶。乾道八年陸游作〈送劉戒之東歸〉：

> 去國三年恨未平，東城況復送君行。
> 難憑魂夢尋言笑，空向除書見姓名。
> 殘日半竿斜谷路，西風萬里玉關情。
> 蘭臺粉署朝回晚，肯記驪官數寄聲？〔註224〕

陸游寫此詩時已入蜀三年，離鄉之憾常縈繞於心，因此見同事東歸，內心欽羨之餘，只能悵然空望派令，黯然託劉戒之傳語問候。同年再送范西叔赴召亦是如此：

> 天涯流落過重陽，楓葉搖丹已著霜。
> 衰病強陪蓮幕客，凄涼又送石渠郎。
> 杜陵雁下悲徂歲，笠澤魚肥夢故鄉。

〔註223〕陸游：《詩稿校注》，冊一，卷二〈別王伯高〉，頁208。
〔註224〕陸游：《詩稿校注》，冊一，卷三〈送劉戒之東歸〉，頁239。

> 便恐從今長隔闊，舊交新貴例相忘。〔註225〕

時值暮秋，陸游抱病替范西叔餞行，眼見好友接連東返，自己卻獨留異鄉，離蜀之日遙遙無期。乾道九年嘉州所作〈送客至江上〉則有「故園社友應惆悵，五歲無端棄耦耕」〔註226〕，思鄉情懷取代離情別緒而成為全詩主旨，更隱然有澹泊名利、辭官歸田的想法。

四、會客與尋訪

　　陸游蜀中七律有二首分別以尋訪與會客為主題，對象分別為道士與僧人，皆屬方外之士，且同在蜀中生活後期所作，情感意蘊相仿，因此合併討論。

　　陸游滿懷報國熱忱卻不見用於世，遂轉從釋道思想中尋求心靈的超越與解脫。淳熙三年，陸游於成都住所等待青城道人來訪，不知何故道人失約。陸游久候多時，卻不因而焦躁，反倒悠然地賦詩記之：

> 我亦從來薄世緣，偶然采藥到西川。
> 慵追萬里騎鯨客，且伴千年化鶴儔。
> 金鼎養丹暾海日，玉壺取酒醉江天。
> 朝來坐待方平久，讀盡黃庭內外篇。〔註227〕

青城道人生平未詳，陸游另有七言古詩〈與青城道人飲酒作〉〔註228〕，皆為淳熙三年五月間所作。由時間推測，青城道人應為陸游擔任成都參議時從游的隱逸之士。陸游不因青城道人失約而不悅，轉而把握良機怡然自得地翻閱群經，頗得王子猷雪夜訪友的雅致。陸游將這次「空等」的經驗提升至整個人生境界，把入蜀為官的坎坷艱難，等閒視為「西川採藥」的附屬，展現出超俗拔群的胸襟氣度。隔年陸游奉祠賦閒，七月間探訪昭覺寺長老亦有作：

〔註225〕陸游：《詩稿校注》，冊一，卷三〈送范西叔赴召〉其一，頁242。
〔註226〕陸游：《詩稿校注》，冊一，卷四〈送客至江上〉，頁328。
〔註227〕陸游：《詩稿校注》，冊二，卷七〈待青城道人不至〉，頁600。
〔註228〕陸游：《詩稿校注》，冊二，卷七〈與青城道人飲酒作〉，頁598。

久矣耆年罷送迎，喜聞革履下堂聲。
遊山笑我驀直去，過夏憐君太瘦生。
庭際楠陰凝晝寂，牆頭鵲語報秋晴。
功名已付諸賢了，長作閑人樂太平。〔註229〕

昭覺禪寺位於成都縣北，森林蒼翠、溪澗潺湲，環境清幽宜人。陸游
在成都時常到此茹齋禮佛，曾有「自笑餘生有幾許，一菴借與得深藏」
〔註230〕、「潛光寮裏明窗下，借我消搖過十年」〔註231〕等句，表達
隱居潛修的心願。這日陸游再訪昭覺禪寺，年高德韶的長老特地倒履
相迎，令他大為感動。禪寺精舍中的靜謐氛圍、淳樸人情皆讓陸游忘
卻世俗之爭，回歸守拙藏愚的人生境界。

五、追思

陸游蜀中七律以追思為主題者僅有一首，其緬懷對象正是其授業
恩師——曾幾，這位江西詩派的最後耆老，引領陸游進入詩學堂奧，
其愛國精神更凜然常存，成為陸游終身奉行的典範。乾道七年九月陸
游賦詩緬懷先師：

憶在茶山聽說詩，親從夜半得玄機。
常憂老死無人付，不料窮荒見此奇。
律令合時方帖妥，工夫深處卻平夷。
人間可恨知多少，不及同君叩老師。〔註232〕

趙教授生平未詳，應為夔州通判時同事，兩人曾同遊巫山廣福寺。
〔註233〕從詩題可知趙詩格調清奇出眾，陸游讀後讚賞之餘，進而追
憶起先師教誨，尾聯更表達不能攜友同向老師請益的遺憾。

〔註229〕陸游：《詩稿校注》，冊二，卷八〈訪昭覺老〉，頁667。
〔註230〕陸游：《詩稿校注》，冊二，卷六〈人日飯昭覺〉，頁534。
〔註231〕陸游：《詩稿校注》，冊二，卷七〈飯昭覺寺抵暮乃歸〉，頁555。
〔註232〕陸游：《詩稿校注》，冊一，卷二〈追懷曾文清公呈趙教授趙近嘗示
　　　　詩〉，頁202。
〔註233〕陸游：《詩稿校注》，冊一，卷二〈十二月十九日晚巫山送客歸回望
　　　　西寺小閣縹緲可愛遂與趙郭二教授同游抵夜乃還楚鄉偶得長句呈
　　　　二君〉，頁210。

　　陸游此詩蘊含幾層旨趣：一是緬懷先師，感念曾幾提攜授業之恩；二是喜逢知己，表達對趙詩的欣賞認同；三是闡述詩論：「律令合時方帖妥，工夫深處卻平夷。」詩歌格律乃前賢在創作實踐中逐漸歸納的經驗法則，陸游以為能夠純熟掌握格律，才能達到「律令合時」的基本要求，進而探求「造語平淡，意境深遠」的藝術境界。此詩雖作於南鄭從戎之前，但其中持論既傳承曾幾，又融入個人所得，陸游所主張的「詩家三味」已在此初現端倪。

第五節　詠物主題

　　中國詠物詩發展，最早源自《詩經》〈豳風・鴟鴞〉、〈魏風・碩鼠〉等篇，經魏晉南北朝的發展，遂成為古典詩歌中重要題材。宋代阮閱所編纂的詩話總集《詩話總龜》〔註234〕將詠物詩獨立分為一門，清代康熙更敕編《佩文齋詠物詩選》四百八十六卷，所收錄詩作上起先秦，下至明代。廣義的詠物詩，將物視為人心以外的所有具象或不具象的事物。《佩文齋詠物詩選》即採取此標準，將詠人、懷古、遊仙、山水、感時等類亦視為詠物詩的範疇。狹義的詠物詩，對於物的定義相對嚴謹，將「人」、「事」、「時」、「景」等獨立於「物」外，本文依此分類。

　　陸游蜀中時期詠物七律包含有：梅花 15 首、臘梅 1 首、海棠 2 首、木犀 1 首、筍 1 首、題畫 1 首。由上列資料可知，詠花詩佔詠物詩絕大比例。據王厚傑統計陸游詠花詩共有 1632 首，約佔全部作品的五分之一。〔註235〕陸游蜀中時期七律共 413 首，詠花七律卻只有 19 首，所佔比重不到百分之五。與其它時期相較數量明顯較少。此當與陸游蜀中經歷有關，在這八年歲月裡他經歷此生的最高峰與最低

〔註234〕阮閱著，周本淳校：《詩話總龜》（北京市：人民文學出版社，1998年）。

〔註235〕王厚傑：《陸游詩中的花研究》，中山大學中國文學系碩士論文，2006年，頁2。

潮，〔註 236〕跌宕起伏的情思較不傾向詠物詩委婉含蓄的表達方式。
陸游蜀中時期的詠物七律雖然數量不多，但亦可觀察出其創作傾向與
特色。這 21 首詠物七律以詠梅詩為最多，除詠海棠 2 首外，其餘所
詠之物皆僅 1 首。可見陸游對梅花的關注與喜好。以下依照物類分別
討論：

一、梅花

　　林淑貞認為：「詠物詩中品類最多的是花木類，但是取義主要從
花木之凌霜耐寒、馨香氣味、花容綺麗或質性飄零等視域取譬。」
〔註 237〕梅花生性耐寒，歲暮開花，花容高潔、花香淡雅，其無懼霜
雪、不媚東風的孤高形象，自古為騷人墨客所鍾愛。隱逸詩人林逋更
是愛梅成癡、視之若妻，而在陸游眼中的梅花又是何種形象？乾道八
年陸游抵達成都，正值歲暮，異鄉賞梅遂賦詩二首：

> 家是江南友是蘭，水邊月底怯新寒。
> 畫圖省識驚春早，玉笛孤吹怨夜殘。
> 冷淡合教閒處著，清臞難遣俗人看。
> 相逢剩作樽前恨，索笑情懷老漸闌。〔註 238〕

> 老來愛酒剩狂顛，況復梅花到眼邊。
> 不怕幽香妨靜觀，正須疏影伴臞仙。
> 松筠共嘆冰霜晚，桃李從教雨露偏。
> 此去西湖八千里，破愁一笑得無緣。〔註 239〕

陸游因為現實壓力的逼迫，離鄉背井遠赴成都任官。歷經千山萬水的
跋涉，抵達夔州業已離家半年，此時在成都看到熟悉的梅花彷彿漂泊

〔註 236〕在南鄭軍事前線的軍旅生活，最符合陸游北伐抗金的理想，更因此
　　　　悟出「詩中三昧」，自成一家。但不久主和派勢力抬頭，復國夢想
　　　　幻滅，陸游因主戰思想，屢遭排擠貶斥，因而自號放翁。
〔註 237〕林淑貞：《中國詠物詩「託物言志」析論》（臺北市：萬卷樓圖書有
　　　　限公司，2002 年 4 月），頁 158。
〔註 238〕陸游：《詩稿校注》，冊一，卷三〈梅花〉，頁 284。
〔註 239〕陸游：《詩稿校注》，冊一，卷三〈梅花〉，頁 288。

異鄉巧遇故知。「家是江南友是蘭，水邊月底怯新寒」，陸游透過主觀想像、運用擬人手法賦予梅花人格形象。

　　轉化修辭運用於詠物詩原屬平常，陸游筆下梅花卻不僅展現出仿人的情思與活動，而且具有身分與性格。陸游視梅花爲一位品性高潔的江南文士，與「花中君子」蘭花爲友，因移居蜀地未能適應，江邊月下、獨自受寒。如此描述有別於梅花傳統抗寒耐霜的形象，而更貼近作者生平。陸游視梅爲友，這位友人還是同鄉，一樣品德出眾、不爲世俗所容，這位孤高遺世的知己正是陸游內在情志的投射，梅花、知己、陸游三者形象遂合而爲一。因此陸游佇立梅樹跟前，可以毫無保留的還原自我面貌，詩人藉酒伴狂的行徑，實爲抒發精神上的痛苦。「不怕幽香妨靜觀，正須疏影伴臞仙。」梅花稀疏的姿影正好相伴清臞的老翁，暫時寬解千里之外的鄉愁。

　　陸游常藉詠梅詩感歎身世飄零與紓發思鄉愁緒，比如「北客同春俱稅駕，南枝與我兩飄蓬」〔註240〕、「已恨樽罍孤勝踐，更堪風雨病幽芳」〔註241〕、「馬上得詩歸絕嘆，故園三徑久成荒」〔註242〕、「判爲梅花倒玉卮，故人幽夢憶疏籬」〔註243〕等等，皆表現出低沉抑鬱的愁悵慨歎。但面臨生命低潮，陸游詠梅詩有時也展現不拘一格的情調風采。淳熙四年陸游於成都作〈浣花賞梅〉：

> 老子人間自在身，插梅不惜損烏巾。
> 春回積雪層冰裡，香動荒山野水濱。
> 帶月一枝低弄影，背風千片遠隨人。
> 石家樓上貪吹笛，肯放朝朝玉樹新。〔註244〕

首聯「老子人間自在身，插梅不惜損烏巾」，直接表現沉醉在賞梅時

〔註240〕陸游：《詩稿校注》，冊一，卷三〈分韻作梅花詩得東字〉，頁293。
〔註241〕陸游：《詩稿校注》，冊一，卷三〈宇文子友聞予有西郊尋梅詩以詩借觀次其韻〉，頁294。
〔註242〕陸游：《詩稿校注》，冊一，卷三〈宇文子友聞予有西郊尋梅詩以詩借觀次其韻〉，頁294。
〔註243〕陸游：《詩稿校注》，冊二，卷九〈連漪亭賞梅〉，頁742。
〔註244〕陸游：《詩稿校注》，冊二，卷九〈浣花賞梅〉，頁743。

的歡愉，這份喜悅源自審美心靈的飽足，因此讓他從世俗的羈絆中獲得解脫。「春回積雪層冰裡，香動荒山野水濱」，此詩中的梅花有別於普遍認知的孤高淡雅，在陸游的審美觀照下，梅花的美充滿了撼動人心的力量，它的花容能讓大地回春，它的馨香能夠籠罩荒野。一般詠梅詩多以清新雅緻、情韻含蓄爲主調，這首〈浣花賞梅〉卻情感明快、風格流暢，頗見放翁詩歌本色。

　　隔年所作〈小飲落梅下戲作送梅一首〉則另有一番滋味：

　　　　零落梅花不自由，斷腸容易付東流。

　　　　與人又作經年別，問君應知此夜愁。

　　　　已是狂風卷平野，更禁橫笛起危樓。

　　　　何時小雪山陰路，處處尋香繫釣舟。〔註245〕

首聯陸游見梅花在風中飄落的景象，遂興起流落他鄉的身世之感，滿腹的騷愁伴隨落花付諸東流。梅花與詩人同樣面臨飄零的命運，因此陸游主觀的認爲唯有落花能夠理解此刻心中的離愁別恨。他癡心問梅就好像與一位舊友秉燭夜談，狂風襲卷原野，幽咽的笛聲更顯悲切，陸游在尾聯歎問：何時才能回歸故鄉山陰？泛舟垂釣，尋香訪梅。這首詠梅詩所詠對象特指離枝飄蕩的落梅，落梅暗合陸游身世，通篇情調惆悵淒婉。但若對照詩題中的「戲作」、「送梅」等詞語，則在蕭瑟中得以窺見詩人的雅趣與玩心。陸游將思鄉與傷春之情，用送別的形式書寫，梅花遂從物的層次提升爲能與作者贈答唱和的風雅之士，「尋香垂釣」之約，更讓全詩的思鄉之苦，增添幾許繾綣與期待的情韻。

　　乾道九年陸游於嘉州所寫的詠梅詩則以聯章詩的方式呈現：

　　　　老厭紛紛漸鮮歡，愛花聊復客江干。

　　　　月中欲與人爭瘦，雪後偷憑笛訴寒。

　　　　野艇幽尋驚歲晚，紗巾亂插醉更闌。

────────────

〔註245〕陸游：《詩稿校注》，冊二，卷九〈小飲落梅下戲作送梅一首〉，頁758。

尤憐心事淒涼甚，結子青青亦帶酸。〔註246〕

月地雲階暗斷腸，知心誰解賞孤芳。
相逢只怪影亦好，歸去始驚身染香。
渡口耐寒窺淨綠，橋邊凝怨立昏黃。
與卿俱是江南客，剩欲尊前說故鄉。〔註247〕

玄冥行令肅冰霜，墻角疏梅特地芳。
屑玉定煩修月戶，堆金難買破天荒。
了知一氣環無盡，坐笑千林凍欲僵。
力量世間誰得似，挽回歲律放春陽。〔註248〕

折得名花伴此翁，詩情恰在醉魂中。
高標不合塵凡有，尤物真窮造化功。
霧雨更知仙骨別，鉛丹那悟色塵空。
前身姑射疑君是，問道端須順下風。〔註249〕

這四首律詩皆以梅花為歌詠對象，思想內容卻頗異其趣。其一「老厭紛紛漸鮮歡，愛花聊復客江干」，所描述的是落落寡歡的詩人欲駕舟尋梅，藉此排憂解悶。其二「與卿俱是江南客，剩欲尊前說故鄉」，則是將梅花視為同鄉老友，舉酒對月，同憶江南。其三「力量世間誰得似，挽回歲律放春陽」，則是歌頌梅花無懼玄冥律令，挽回大地春暖的神力。其四「高標不合塵凡有，尤物真窮造化功」則讚嘆梅花拔塵絕俗的仙風道骨。

綜觀四首聯章詩可以觀察梅花意象之轉變，其一對梅花的描述雖已具備擬人化的動作，如「月中欲與人爭瘦，雪後偷憑笛訴寒」、「尤憐心事淒涼甚，結子青青亦帶酸」，但僅止於詩人情感上的單向投射。其二梅花則由「人」深化為與陸游相逢、相惜、相知、相慰的「故友」，情意流動顯然更為醇釀。其三梅花由「凡人」臻至「仙

〔註246〕陸游：《詩稿校注》，冊一，卷四〈梅花〉其一，頁365。
〔註247〕陸游：《詩稿校注》，冊一，卷四〈梅花〉其二，頁365。
〔註248〕陸游：《詩稿校注》，冊一，卷四〈梅花〉其三，頁366。
〔註249〕陸游：《詩稿校注》，冊一，卷四〈梅花〉其四，頁366。

位」，睥睨嚴寒，綻放芳華，送走風雪、喚醒春陽。其四則從「屑玉修月」、「挽回歲律」等外在法力，轉而歌詠梅花的本質力量，「霧雨更知仙骨別，鉛丹那悟色塵空」，毋須如凡人般煉丹修道，梅花受天地靈氣所獨愛，天生冰肌玉骨、超凡脫俗。「前身姑射疑君是，問道端須順下風」，梅花的存在對陸游而言就是一種臻於至美的心靈感動。

　　四首詩中梅花的形象變化，正反映出陸游審美觀照的投入程度，從其一的「鮮歡」、其二的「凝怨」，到其三的「坐笑」、其四的「醉魂」，陸游心靈從個人傷感中脫離，漸漸貼合梅花的生命情意，沉浸在得意忘形的審美愉悅。陸游賞梅、詠梅，有時更超越花容色相的觀照，直悟現實人生的哲理。「本來難入繁華社，莫向春風怨不知」，〔註250〕陸游在案牘勞形之際，對花獨酌而有此一悟。此語既勸梅花也復自勉。陸游鼓吹復國反遭打壓，心中不無怨懟。但「求仁得仁，亦復何怨？」，此詩中陸游借梅喻志，展現出擇善固執，不媚流俗的嶙峋傲骨。

二、蠟梅〔註251〕

　　蠟梅與梅分屬蠟梅科、薔薇科，外觀相似，花色與香氣卻頗有不同。陸游之所以歌詠蠟梅，源自友人荀秀才所餽贈的十支蠟梅。

> 與梅同譜又同時，我爲評香似更奇。
> 痛飲便判千日醉，清狂頓減十年衰。
> 色疑初割蜂脾蜜，影欲平欺鶴膝枝。
> 插向寶壺猶未稱，合將金屋貯幽姿。〔註252〕

〔註250〕陸游：《詩稿校注》，冊一，卷四〈十一月八日夜燈下對梅花獨酌累日勞甚頗自慰也〉，頁377。

〔註251〕蠟梅，屬於蠟梅科，蠟梅屬。花形、香氣與梅花相似，且色似蜜蠟，故稱爲「蠟梅」。亦稱爲「臘梅」，因其在臘月盛開。本文以《詩稿校注》爲本，稱爲蠟梅。

〔註252〕陸游：《詩稿校注》，冊一，卷四〈荀秀才送蠟梅十枝奇甚爲賦此詩〉，頁390。

「與梅同譜又同時，我為評香似更奇」，愛梅的陸游喜獲蠟梅，驚嘆之餘亦仔細品評。「色疑初割蜂脾蜜，影欲平欺鶴膝枝」，蠟梅之名源自花色淡黃並帶蠟質，陸游運用鮮採蜂蜜的美感聯想，成功捕捉住蠟梅花色的主要特徵。這首詠蠟梅詩雖未若詠梅詩意蘊深婉，但卻平易流暢，饒富生活情趣。

三、木犀

木犀，又名木樨，即中國庭園常見的桂花。桂花耐熱抗寒，秦嶺、淮河以南的地域皆可見其蹤影。陸游在嘉州境內未曾見過野生桂樹，偶得一枝格外顯得彌足珍貴，特別賦詩為記：

久客紅塵不自憐，眼明初見廣寒仙。

只饒籬菊同時出，尚占江梅一著先。

重露濕香幽徑曉，斜陽烘蕊小窗妍。

何人更與蒸沉水，金鴨華燈惱醉眠。〔註253〕

桂樹終年常綠，秋季開花，每逢中秋馨香四溢。陸游作此詩雖在九月，但桂花氤氳依然，夜晚幽香繚繞，白晝花蕊纖妍，他隨之神遊廣寒，暫忘漂泊塵世之苦。陸游此詩旨趣近於詠蠟梅詩，皆在明朗流暢的風格中展示其非凡的審美觀照與生活品味。

四、海棠

陸游歌詠海棠之作，與詠蠟梅、木犀二首相較，則呈現更為豐富的人文意涵。蜀中海棠之盛聞名於世，杜甫久居西蜀，詩集中卻不見詠海棠詩，鄭谷因而感慨：「濃澹芳春滿蜀鄉，半隨風雨斷鶯腸。浣花溪上堪惆悵，子美無心為發揚。」陸游卻對杜詩不見海棠之美，另有獨到見解：

誰道名花獨故宮，東城盛麗足爭雄。

橫陳錦障闌干外，盡吸紅雲酒醆中。

〔註253〕陸游：《詩稿校注》，冊一，卷四〈嘉陽絕無木犀偶得一枝戲作〉，頁 350。

貪看不辭持夜燭，倚狂直欲擅春風。

拾遺舊詠悲零落，瘦損腰圍擬未工。〔註254〕

陸游詩末自注：「老杜不應無海棠詩，意其失傳爾。」杜詩未詠海
棠，歷來引起不少專家學者關注，因證據尚未出土，無法遽下論斷。
鄭谷以藝術感性代海棠叫屈，吐露不受詩聖青睞的寂寞惆悵；陸游
則從情理推論：杜甫久居成都草堂，詩歌題材廣納四川風土人情，蜀
中聞名的海棠應在其中，後世不見海棠詩當以失傳的可能性為大。
「拾遺舊詠悲零落，瘦損腰圍擬未工」，陸游盛讚海棠之美的同時，
也惋惜杜甫名篇的亡佚，更隱然有「伯樂已死，千里馬何存？」的深
切遺憾。

陸游另一首〈夜宴賞海棠醉書〉〔註255〕則以海棠夜宴的歌舞喧
嘩對照心境的空虛寂寥，「便便癡腹本來寬，不是天涯強作歡」，首聯即
欲蓋彌彰地掩飾自己的強顏歡笑；「深院不聞傳夜漏，忽驚蠟淚已堆
盤。」尾聯則以深宅內院暗示與人世的疏離感，以蠟淚堆盤表達對歲
月磋跎的驚懼。詩題雖言賞海棠，卻無心觀賞，海棠象徵「恃酒頹放」
的成都生活，「醉誇落紙詩千首」的背後所隱藏的酸苦不言而喻。

五、筍與墨竹

陸游詠物七律以花為題者最多，此外還有詠筍、題畫詩各一首。
筍為竹之初萌，而題畫詩所詠者恰為墨竹，二者皆飽含竹之意象，因
此合併討論。乾道九年陸游前往成都嘉祐禪院，觀北宋文同的墨竹壁
畫有感而作：

石室先生筆有神，我來拂拭一酸辛。

敗墻慘澹欲無色，老氣森嚴猶逼人。

慣閱冰霜元耐久，恥隨兒女更爭春。

紛紛可笑空摹擬，爾輩毫端萬斛塵。〔註256〕

〔註254〕陸游：《詩稿校注》，冊一，卷三〈海棠〉范希元園，頁295。
〔註255〕陸游：《詩稿校注》，冊二，卷九〈夜宴賞海棠醉書〉，頁766。
〔註256〕陸游：《詩稿校注》，冊一，卷五〈嘉祐院觀壁間文湖州墨竹〉，頁

文同，字與可，號石室先生。北宋文壇的全能才子，詩、詞、書、畫皆有所長，尤以墨竹畫享譽於世，「湖州竹派」即源於此。文同得空便徘徊竹林，觀察其形貌特徵，作畫前以完全把握竹之神韻，運筆自然迅速流暢，成語「胸有成竹」即形容文同畫竹的態勢。

　　據此詩描述，嘉祐院所存墨竹畫保存不善，但即使牆面斑駁卻無損名畫氣韻，令陸游心馳嚮往。「慣閱冰霜元耐久，恥隨兒女更爭春」二句，既是歌頌墨竹氣節孤高，也是讚揚文同為人清廉正直。詩末陸游更批評後學者僅知模擬、徒具形式，未能傳承文同墨竹的人文底蘊。

　　竹與梅同列花中君子，陸游賞梅成癡，也喜愛觀竹、賞竹。陸游擔任蜀州通判時常造訪城郊東湖，東湖湖畔修竹成林，陸游見新筍茂盛，欣然而賦：

> 戢戢穿苔琭琭簪，按行日夜待成林。
> 養渠百尺干霄氣，見我平生及物心。
> 剩插藩籬憂玉折，豫期風雨聽龍吟。
> 明年又徙囊衣去，誰與平安報好音？〔註257〕

竹子外觀筆直，質地強韌，又具有中空多節的特徵，正好代表君子「正直」、「堅毅」、「謙遜」、「守節」的品德。此詩首、頷二聯，藉由筍芽穿透蘚苔奮力成長，最終蔚然成林的過程，闡述君子涵養修身的信念。頸聯再以「剩插藩籬憂玉折，豫期風雨聽龍吟」二句託竹喻志，表示願為國家屏障，只待君主召令。尾聯則感歎宦途漂泊、知音難尋。全詩風格明朗，具有「天行健，君子自強不息」的精神意蘊。

　　林淑貞認為詠物詩包含兩種基本寫作模式：「一種是客觀的觀物寫物，詩家以摹寫外在審美客體為主；一種是主觀的寫物，欲藉由『物象』的特質、處境來表抒自己情志或特殊遭逢的方式。」〔註258〕

300。
〔註257〕陸游：《詩稿校注》，冊一，卷五〈湖上筍盛出戲作長句〉，頁402。
〔註258〕林淑貞：《中國詠物詩「託物言志」析論》（臺北市：萬卷樓圖書有限公司，2002年4月），頁3。

陸游此時期的詠物七律，寫作模式顯然以後者爲主。除〈荀秀才送蠟梅十枝奇甚爲賦此詩〉、〈嘉陽絕無木犀偶得一枝戲作〉二首傾向摹寫蠟梅、桂花形體之美，其餘多緊扣物象特質藉以表達內在的感懷與情志。尤其是詠梅詩，陸游常透過以物寫我的方式，將自身的情感與懷抱融入梅花孤高貞潔的形象之中，呈現物我合一的精神風貌。

第四章　陸游蜀中七律之形式

一首優美的詩篇必定兼備內涵與形式，方能臻至「情盡乎辭」的絕妙境界。詩歌內涵體現出詩人的外部觀照與內在情志，詩歌形式則展現出詩人的文化素養與藝術創新。兩者就如同詩歌的靈魂與血肉，缺一不可。唯有結合內涵與形式，方足以賦予詩歌完整的生命力。

陸游蜀中七律內涵豐富，在前述章節已充分討論。但徒有妙理也未足以成詩，還需透過詩歌語言才能呈現出優美意象與悠揚情韻。本章即從語彙、修辭、用韻三個層面，逐一探討陸游蜀中七律中所展現的寫作技巧。

第一節　語彙特色

趙翼言：「放翁工夫精到，出語自然老潔。」〔註1〕劉熙載亦云：「放翁詩明白如話，然淺中有深，平中有奇，故足令人咀味。」〔註2〕兩人皆指出陸游詩看似「平易淺近」，實則「含蘊雋永」的語言特徵。近人李致洙更進一步說明：「陸游詩的語言特色，可以『平易自然』

〔註1〕趙翼：《甌北詩話》卷六。轉引自孔凡禮、齊治平編：《陸游資料彙編》（北京市：中華書局，2006年8月），頁277。
〔註2〕劉熙載：《藝概》卷二。轉引自孔凡禮、齊治平編：《陸游資料彙編》（北京市：中華書局，2006年8月），頁350。

四字來概括。因爲其詩語平易，故不險怪；因爲明暢，故不艱澀；因爲自然，故無詰屈聲牙。」〔註3〕陸游詩「平易自然」的語言風格亦展現在其蜀中七律。以下分從虛詞、俗語、色彩、疊字等語彙的使用情形，逐一進行討論：

一、虛詞的使用

詞類分實詞與虛詞兩大類，實詞本身即能獨立表示一種概念，虛詞則必須配合實詞，作爲語言結構工具。〔註4〕虛詞在句式中雖無具體意義，但卻能起到聯繫語詞、表達情緒、顯示狀態等語言作用，輔助實詞精確傳達複雜的抽象概念與幽微的內在情意。

虛詞強化語言表意能力，讓文辭更加搖曳生姿，但若以藝術層面論，虛詞的功能卻與詩歌產生一定程度的矛盾。詩歌是一種藝術語言，而非生活語言；它所追求的是一種朦朧、多義、概括性強的藝術境界，而非精準、寡義、容錯率低的科學眞實。

虛詞的使用在律詩尤其嚴謹，在字句不容增減的情況下，使用虛詞就代表對實詞的排擠，如出現在對仗影響更鉅。謝榛曾云：「實字多則意簡而句健，虛字多則義繁而句弱。」〔註5〕虛詞比重過高，將減少意象的組成元件，稀釋詩意的飽和度。

宋詩好議論，不避虛字，因此容易陷入枯淡寡味的窘境。如何呈現宋詩理趣，又能不至削弱詩歌意象，虛字的使用便是一項重點。陸游受宋代詩風影響，其七律使用虛詞情形普遍，但卻不因此減弱其詩的遒勁之氣，當因陸游虛詞運用自如，既能維持平易曉暢的語言風格，又能兼顧豪蕩豐腴的詩歌情韻。陸游在運用虛詞有幾個特點：

〔註 3〕李致洙：《陸游詩研究》第五章，第一節（臺北市：文史哲出版社，1991 年 9 月），頁 224。

〔註 4〕許世瑛：《中國文法講話》（臺北市：臺灣開明書店，2002 年 10 月），頁 30。

〔註 5〕謝榛：《四溟詩話》（北京市：人民文學出版社，1961 年），頁 19。

（一）純任自然，不求新異

七律經過唐代的高度發展，句式結構大致定型。宋代詩人要求創新造語，唯在虛詞用功，比如蘇軾「長淮忽迷天遠近，青山久與船低昂。」〔註6〕二句，將「忽」、「久」二字提前，營造出連綿不絕的音響效果，無需典故、麗藻即表現出淮水連天的浩茫意象。

但宋代詩人刻意求變的企圖，大多損及詩歌的藝術性。比如：「嗟哉生計一如此，謬入王民版籍論」〔註7〕、「人事自生今日意，寒花只作去年香」〔註8〕、「剩欲出門追語笑，卻嫌歸鬢逐塵沙」〔註9〕、「山好更宜餘積雪，水生看欲倒垂楊」〔註10〕、「推愁不去如相覓，與老無期稍見侵」〔註11〕、「綠陰初不待熏風，啼鳥區區自流血」〔註12〕等等，雖成功讓詩歌語言陌生化，但也嚴重削弱詩歌的情韻。

陸游使用虛詞純任自然，不刻意避熟就生。虛詞鑲嵌處多符合上四下三的基本句型，因此圓轉流暢、不著痕跡。比如：「看鏡不堪衰病後，繫船最好夕陽時」〔註13〕、「裘馬清狂錦水濱，最繁華地作閑人」〔註14〕、「清尊與悶都傾盡，倦馬和詩總勒回」〔註15〕、「劍外老

〔註6〕蘇軾：〈出潁口初見淮山是日至壽州〉，轉引自繆鉞等編撰：《宋詩鑑賞詞典》（上海市：上海辭書出版社，1987年12月），頁332。

〔註7〕梅堯臣：〈小村〉，轉引自繆鉞等編撰：《宋詩鑑賞詞典》（上海市：上海辭書出版社，1987年，12月），頁399。

〔註8〕陳師道：〈次韻李節推九日登南山〉，轉引自繆鉞等編撰：《宋詩鑑賞詞典》（上海市：上海辭書出版社，1987年，12月），頁652。

〔註9〕陳師道：〈春懷示鄰里〉，轉引自繆鉞等編撰：《宋詩鑑賞詞典》（上海市：上海辭書出版社，1987年，12月），頁669。

〔註10〕唐庚：〈春日郊外〉，轉引自繆鉞等編撰：《宋詩鑑賞詞典》（上海市：上海辭書出版社，1987年，12月），頁728。

〔註11〕韓駒：〈和李上舍冬日書事〉，轉引自繆鉞等編撰：《宋詩鑑賞詞典》（上海市：上海辭書出版社，1987年，12月），頁745。

〔註12〕洪炎：〈山中聞杜鵑〉，轉引自繆鉞等編撰：《宋詩鑑賞詞典》（上海市：上海辭書出版社，1987年，12月），頁752。

〔註13〕陸游：《詩稿校注》，冊一，卷二〈晚泊松滋渡口〉，頁159。

〔註14〕陸游：《詩稿校注》，冊二，卷八〈醉題〉，頁631。

〔註15〕陸游：《詩稿校注》，冊一，卷二〈十二月十九日晚巫山送客歸回望西寺小閣縹緲可愛遂與趙郭二教授同游抵夜乃還楚鄉偶得長句呈二

農亦吐氣，釀酒畦花常晏如」〔註16〕等等，詩歌意象飽滿鮮明，虛詞置於其中不覺突兀。

再如：「天下極知須雋傑，書生何恨死山林」〔註17〕、「不辭與世終難合，惟恨無人粗見知」〔註18〕、「身如病驥惟思臥，誰許能空萬馬羣」〔註19〕、「老病已全惟欠死，貪嗔雖斷尚餘癡」〔註20〕等句，虛詞的調配加深議論力道，並在情感傳達的細膩處發揮關鍵效果，更顯陸游虛詞運用的精湛處。

（二）承上啟下，聯繫文意

楊義認爲：「實詞帶有更多的具象性，虛詞帶有更多的肌理性。」〔註21〕若將實詞視爲骨架、軀幹、器官，虛詞好比聯繫其間的關節、筋絡、血脈。陸游運用虛詞不僅關照句中實詞，更常在上下句之間發揮連絡呼應的效果，讓情思興象的傳達更周密連貫。陸游運用虛詞加強句式之間的聯繫，主要在層遞、轉折與對照三方面，以下分舉數例：

1. 層遞

陸游常利用虛詞逐層加深內在情感的描寫。如：「已是狂風卷平野，更禁橫笛起危樓」〔註22〕、「雲陰映日初蕭瑟，露氣侵簾已峭深」〔註23〕，前者運用「已」、「更」兩個虛字，描繪落花飄零的惆悵心緒；

君〉，頁210。
〔註16〕陸游：《詩稿校注》，冊二，卷八〈和范舍人病後二詩末章兼呈張正字〉其二，頁641。
〔註17〕陸游：《詩稿校注》，冊二，卷九〈客愁〉，頁751。
〔註18〕陸游：《詩稿校注》，冊二，卷六〈暮歸馬上作〉，頁476。
〔註19〕陸游：《詩稿校注》，冊二，卷七〈和范待制秋興〉其二，頁611。
〔註20〕陸游：《詩稿校注》，冊二，卷十〈和范待制秋日書懷二首游自七月病起蔬食止酒故詩中及之〉其二，頁783。
〔註21〕楊義：《李杜詩學》（北京市：北京出版社，2001年），頁19。
〔註22〕陸游：《詩稿校注》，冊二，卷九〈小飲落梅下戲作送梅一首〉，頁758。
〔註23〕陸游：《詩稿校注》，冊一，卷五〈秋思〉，頁440。

後者則用「初」、「已」二字，表示季節變化之突然與蕭瑟。再如：「客懷已是淒涼甚，更聽城頭畫角哀」〔註24〕，更大膽連下「已」、「甚」、「更」三虛字，將做客異鄉的愁悶堆疊到情緒的高峰。

2. 轉折

陸游也常運用虛詞轉折文意，讓情意更爲曲折繚繞、起伏有致。比如：「此身且健無餘恨，行路雖難莫更論」〔註25〕、「放懷始得閑中趣，下馬何人又叩扉」〔註26〕，二者皆先喜後憂，先以「且」、「始」點出喜悅之情的難得與短暫，再以「更」、「又」暗示現實的艱難與繁復。又如：「朱顏漸改功名晚，擊筑悲歌一再行」〔註27〕、「莫笑躬耕老蜀山，也勝朵把仰園官」〔註28〕則先抑後揚，前者以「漸」字表示日漸下滑的體能狀態，隨用「一再」表達意志之堅定；後者連用「莫」、「也」二字，讓歸耕之志更顯傲骨嶙峋。

3. 對照

陸游善用對照手法加深藝術衝突，此一特徵也出現在虛詞的運用上。比如：「不辭與世終難合，惟恨無人粗見知」〔註29〕，陸游個性耿介，與世不合早能預料，遺憾的是心中抱負無人見賞。此句以「終」突顯長久、命定的結果，以「惟」、「粗」表示希望的微薄、渺小，活用虛詞拉大現實與理想之間不可跨越的鴻溝。再如：「遠途始悟乾坤大，晚節偏驚歲月遒」〔註30〕，也巧妙安排「始」、「偏」二字，對照乾坤之廣朗與生命之短促，讓意境更顯浩瀚蒼茫。

（三）協調音節，增強韻律

陸游兼善七古、七律，兩者在語言風格上交互影響。就七古而言，

〔註24〕陸游：《詩稿校注》，冊二，卷九〈曳策〉，頁707。

〔註25〕陸游：《詩稿校注》，冊一，卷二〈雨中泊趙屯有感〉，頁140。

〔註26〕陸游：《詩稿校注》，冊一，卷二〈假日書事〉，頁196。

〔註27〕陸游：《詩稿校注》，冊一，卷三〈自閬復還漢中次益昌〉，頁251。

〔註28〕陸游：《詩稿校注》，冊二，卷八〈躬耕〉，頁581。

〔註29〕陸游：《詩稿校注》，冊一，卷六〈暮歸馬上作〉，頁476。

〔註30〕陸游：《詩稿校注》，冊一，卷三〈柳林酒家小樓〉，頁211。

多律句、對偶，甚至採取七言八句的形式；而在七律方面，則融入古風，嘗試使用語氣詞，藉此調整節奏，變化旋律，增添吟詠的韻味。比如：「故山松菊今何似，晚矣淵明悟昨非」〔註31〕、「屬櫜縛褲毋多恨，久矣儒冠誤此身」〔註32〕、「中年倍覺流光速，行矣西郊又見梅」〔註33〕等句，皆活用上聲的「矣」字，延長語調、舒緩節奏，讓「覺悟之晚」、「耽誤之久」的歎惋之情更顯綿長；尤其末例以「行矣西郊」之緩，對比「流光」之速，藝術巧思更加耐人尋味。

再如：「零露中宵濕綠苔，江郊縱飲亦荒哉！」〔註34〕、「結客追遊亦樂哉！城南城北古池臺。」〔註35〕、「炊菰斫膾明年事，卻憶斯遊亦壯哉！」〔註36〕等句，則在句末安排平聲的「哉」字，讓音節更加恢弘響亮，增添詩中豪邁雄壯之氣勢。

其他還有「萬事從初聊復爾，百年彊半欲何之？」〔註37〕、「鳳城書到錦江邊，故里歸期愈渺然」〔註38〕、「吾道非耶行至此，諸公正散紫宸朝」〔註39〕等等，或感慨、或惆悵，皆能配合情景，靈活運用「爾」、「然」、「耶」等語助詞，加深詩歌的節奏力量。

二、俗語的使用

詩歌源自民間歌謠，原本就不乏俗語、方言。後來經文人的修飾潤色，詩歌語言漸趨雅化，發展至七律更達到極致。七律以「高華秀贍」為本色，語言藝術崇尚典雅整練、富艷精工。有些詩人卻反其道而行，採納俗語、方言入詩，開拓七律淺近平易之風貌。杜甫首開風

〔註31〕 陸游：《詩稿校注》，冊二，卷八〈晝臥〉，頁688。
〔註32〕 陸游：《詩稿校注》，冊二，卷六〈成都大閱〉，頁525。
〔註33〕 陸游：《詩稿校注》，冊二，卷九〈夜飲〉，頁699。
〔註34〕 陸游：《詩稿校注》，冊二，卷七〈合江夜宴歸馬上作〉，頁583。
〔註35〕 陸游：《詩稿校注》，冊二，卷八〈芳華樓夜飲〉，頁634。
〔註36〕 陸游：《詩稿校注》，冊一，卷三〈初離興元〉，頁256。
〔註37〕 陸游：《詩稿校注》，冊二，卷八〈感秋〉，頁673。
〔註38〕 陸游：《詩稿校注》，冊二，卷九〈得都下八月書報蒙恩牧敍州〉，頁716。
〔註39〕 陸游：《詩稿校注》，冊一，卷五〈宿杜氏莊晨起遇雨〉，頁404。

氣，元、白隨後繼之；宋代影響更廣，北宋歐陽脩、蘇軾、黃庭堅，南宋陸游、楊萬里等，詩中皆不乏其例。

宋代詩人中楊萬里尤其愛用俚言俗語，引進詩中，以爲新奇。這樣的嘗試固然造就風格獨具的「誠齋體」，但也因此產生淺俗滑易、直露無味的弊病。相較之下，陸游則更重視俗語的生活色彩，無論任官或賦閒，都能留心足以反映風土人情的語彙，再配合詩中旨趣，融化爲詩，使用上較楊萬里節制謹慎，因此既能展現活潑自然的韻致，又不妨礙審美意趣的經營，達到豐潤流暢的藝術效果。

陸游詩中俗語的使用情況，晚年尤其明顯。但在蜀中時期七律，已可見好用俗語的傾向。這些口語詞彙涵蓋生活面廣泛，以下各舉數例：

（一）飲食方面

> 燈前薄飯陳鹽虀，帶睡強出行江隄。〔註40〕

鹽虀，細切的鹹菜、醬菜。

> 松陰繫馬啓朱扉，粔籹青紅正此時。〔註41〕

粔籹，用蜜和米麵煎製而成的環形糕餅。爲古代多寒時的食品。陸游多在春夏之間作詩提及，當是地方飲食文化的差異。

> 歸來更欲誇妻子，學煮雲堂芋糝羹。〔註42〕

糝羹，以米調和羹或其他食物而製成的食品。陸游茹齋禮佛時常食用。

> 鵝黃名醞何由得，且醉杯中琥珀紅。〔註43〕

鵝黃，四川廣漢酒名。

> 老來每惜歲崢嶸，幾爲巴歌判宿醒。〔註44〕

〔註40〕陸游：《詩稿校注》，冊一，卷二〈馬上〉，頁153。
〔註41〕陸游：《詩稿校注》，冊一，卷二〈鄉中每以寒食立夏之間省墳客饗適逢此時淒然感懷〉，頁186。
〔註42〕陸游：《詩稿校注》，冊二，卷七〈飯保福〉，頁575。
〔註43〕陸游：《詩稿校注》，冊二，卷六〈城上〉其二，頁501。
〔註44〕陸游：《詩稿校注》，冊一，卷四〈夜雨感懷〉，頁338。

宿醒，前夜喝酒而病醉未醒。義同「宿醉」。

（二）器具方面

> 木盎汲江人起早，銀釵篸髻女妝新。〔註45〕

木盎，腹大口小的木盆。陸游經長江三峽，見當地婦女背負木盎以之汲水。

> 殘珮斷釵陵谷變，苫茆架竹井閭荒。〔註46〕

苫茆，用茅草編織成的蓬蓋。

> 籃輿送客過江村，小寺無人半掩門。〔註47〕

籃輿，竹轎。

> 香椀灰深微炷火，茶鐺聲細緩煎湯。〔註48〕

茶鐺，鐺音同「撐」，古代一種有腳的平底淺鍋。茶鐺，當爲煎茶專用。

> 革帶頻移紗帽寬，茶鐺欲熟篆香殘。〔註49〕

篆香，狀似篆文的盤香。點燃可用來計測時間。

> 郫筒味釅愁濡甲，巴曲聲悲怯斷腸。〔註50〕

郫筒，四川郫縣所用的一種竹製盛酒器。

> 聊憑方外巾盂淨，一洗人間匕箸羶。〔註51〕

匕箸，進食用的羹匙和筷子。

> 客來拈起清談麈，且破西窗半篆香。〔註52〕

談麈，談話時手上所拿的拂塵。麈音同「主」。

〔註45〕陸游：《詩稿校注》，冊一，卷二〈新安驛〉，頁168。
〔註46〕陸游：《詩稿校注》，冊一，卷二〈憩歸州光孝寺寺後有冢近歲或發之得寶玉劍佩之類〉，頁169。
〔註47〕陸游：《詩稿校注》，冊一，卷二〈山寺〉，頁184。
〔註48〕陸游：《詩稿校注》，冊一，卷二〈西齋雨後〉，頁194。
〔註49〕陸游：《詩稿校注》，冊一，卷三〈成都歲暮始微寒小酌遣興〉，頁288。
〔註50〕陸游：《詩稿校注》，冊二，卷六〈城上〉，頁500。
〔註51〕陸游：《詩稿校注》，冊二，卷七〈飯昭覺寺抵暮乃歸〉，頁555。
〔註52〕陸游：《詩稿校注》，冊二，卷七〈閬中偶題〉，頁576。

（三）人事方面

簿書未破三年夢，杖屨先尋百尺樓。〔註53〕

簿書，官府記事的簿冊、文書。

沉迷簿領吟哦少，淹泊蠻荒感慨多。〔註54〕

簿領，官方文書的統稱，義同簿書。

物如巢燕年年客，心羨游僧處處家。〔註55〕

游僧，雲遊四方的僧人。

約束蠻僮收藥富，催呼稚子曬書忙。〔註56〕

蠻僮，南方的僮僕。

放翁一飽眞無事，擬伴園頭日把鋤。〔註57〕

園頭，佛寺中主管園圃的僧人。

（四）活動方面

香盦贈別非無意，共約跏趺看此心。〔註58〕

跏趺，盤足而坐，腳背放在股上。義同「打坐」。

倦遊自笑摧頹甚，誰記飛鷹醉打圍？〔註59〕

打圍，田獵。因須多人包圍獵捕，故有此稱。

萬里西來爲一饑，坐曹日日汗沾衣。〔註60〕

坐曹，僚吏在官所治事。

手持綠酒酹蒼苔，今歲何由疋馬來。〔註61〕

疋馬，單騎獨行。

〔註53〕陸游：《詩稿校注》，冊一，卷二〈登江樓〉，頁 178。

〔註54〕陸游：《詩稿校注》，冊一，卷二〈初夏懷故山〉，頁 190。

〔註55〕陸游：《詩稿校注》，冊一，卷二〈寒食〉，頁 185。

〔註56〕陸游：《詩稿校注》，冊一，卷二〈林亭書事〉，頁 196。

〔註57〕陸游：《詩稿校注》，冊二，卷八〈晚過保福〉，頁 626。

〔註58〕陸游：《詩稿校注》，冊一，卷二〈別王伯高〉，頁 208。

〔註59〕陸游：《詩稿校注》，冊二，卷七〈春殘〉，頁 553。

〔註60〕陸游：《詩稿校注》，冊一，卷二〈假日書事〉，頁 196。

〔註61〕陸游：《詩稿校注》，冊一，卷二〈鄉中每以寒食立夏之間省墳客變適逢此時凄然感懷〉其二，頁 186。

　　鶯穿驛樹惺憁語，馬過溪橋蹀躞行。〔註62〕

蹀躞，小步行走的樣子。

　　以上所舉語彙意義皆較爲具體，帶有濃厚的生活氣味。飲食起居、觸目可見的尋常事物，經過陸游的巧思安排，勾勒出一幅幅簡單動人的生活風情畫。除此之外，陸游也善用一些意義雖不明顯，但卻流行於當時的特殊語辭，比如：

　　微倦放教成午夢，宿醒留得伴春愁。〔註63〕

放教，猶教也；使也。

　　會須一洗儒酸態，獵罷南山夜下營。〔註64〕

會須，猶當也；應也。

　　萬事任從皮外去，百年聊作夢中觀。〔註65〕

任從，猶任也；聽也。

　　春事豈堪頻破壞，客愁不可復禁當。〔註66〕

禁當，猶受也；耐也。

　　喚作主人元是客，知非吾土強登樓。〔註67〕

喚作，想像之辭，猶當做或以爲也。

　　老去有文無賣處，等閑題遍蜀東西。〔註68〕

等閑，猶隨便也；無端也。

　　癡頑直爲多更事，莫怪胸懷抵死寬。〔註69〕

抵死，猶分外也；格外也。

　　零落梅花不自由，斷腸容易付東流。〔註70〕

〔註62〕陸游：《詩稿校注》，冊一，卷三〈金牛道中遇寒食〉，頁230。
〔註63〕陸游：《詩稿校注》，冊一，卷三〈柳林酒家小樓〉，頁221。
〔註64〕陸游：《詩稿校注》，冊二，卷七〈客自鳳州來言岐雍間事悵然有感〉，頁587。
〔註65〕陸游：《詩稿校注》，冊二，卷九〈一笑〉，頁732。
〔註66〕陸游：《詩稿校注》，冊二，卷八〈夜聞雨聲〉，頁642。
〔註67〕陸游：《詩稿校注》，冊二，卷三〈登荔枝樓〉，頁309。
〔註68〕陸游：《詩稿校注》，冊二，卷六〈賴牟鎮早行〉，頁499。
〔註69〕陸游：《詩稿校注》，冊二，卷七〈閑中偶題〉其二，頁576。
〔註70〕陸游：《詩稿校注》，冊二，卷九〈小飲落梅下戲作送梅一首〉，頁

容易，猶云輕易也；草率也。

　　悠然自適君知否，身與浮名若箇親？〔註71〕

若箇，疑問辭，猶云何者也；哪個也。〔註72〕

　　上列所舉語辭流行於當世，常出現在詞曲歌謠，雖非雅詁舊義所能解釋，卻能反映出當代的語言特色，呈現出平易流暢之情調。總而言之，陸游使用俗語的態度如同虛詞——本出自然，再求新變。因此既能跳脫窠臼，又不致俚俗過甚。方言俚語經過陸游藝術裁減、融鑄入詩，展現出存眞、傳神的活潑風貌，既揭開讀者與詩歌的隔閡，更擴大詩歌語彙的表現形態，一變七律「高華秀贍」之面目，增添親切動人的日常情韻。

三、色彩的使用

　　陸游七律的語言風格除平易曉暢外，另一特徵就是豐潤清麗。楊萬里稱其「敷腴」，〔註73〕劉辰翁評其「清麗」、「奇麗」，〔註74〕方回則謂「豪蕩豐腴」。〔註75〕詩歌能透過文字傳達鮮明動人的情感，端賴意象的巧思經營，而其中視覺當爲感官印象的最主要部分，因此色彩的運用對於藝術風格的形成有關鍵性的影響。繪畫如此，詩歌亦如是。

　　色彩既存在於客觀世界，也代表詩人內心的主觀感受。詩歌中色彩的使用，至少有四層涵義：一、外在景物的如實描繪，詩人將眼前的青山綠水、藍天白雲，直接融化入詩；二、文化背景的使用習慣，

758。

〔註71〕陸游：《詩稿校注》，冊二，卷八〈醉題〉，頁631。

〔註72〕語彙解釋參閱張相：《詩詞曲語辭匯釋》（北京市：北京中華書局，1993年4月）。

〔註73〕楊萬里：《誠齋集》卷八十一。轉引自孔凡禮、齊治平編：《陸游資料彙編》（北京市：中華書局，2006年8月），頁23。

〔註74〕劉辰翁：《精選陸放翁詩集評語五十六則》。轉引自孔凡禮、齊治平編：《陸游資料彙編》（北京市：中華書局，2006年8月），頁64。

〔註75〕方回：《桐江續集》。轉引自孔凡禮、齊治平編：《陸游資料彙編》（北京市：中華書局，2006年8月），頁80。

比如青絲、綠鬢、朱門、紅顏等，未必是詩人眼中所接觸的真實色彩，但在前人詩文中已匯具成文學共識，舉例來說，如冒然將「紅顏」改為「黃顏」，將「綠鬢」改成「皀鬢」反而令人不知所云；三、個人的審美觀照，詩人從外在色相中，依照審美感受選取色彩，妝點詩中情境；四、內心世界的投射，詩中設色未必存在於現實世界，純粹是詩人內心情感的反映，歡樂時見萬物五彩繽紛，感傷時看天地愁雲黯淡，皆是如此。其中三、四項蘊涵詩人的深刻情意，尤其值得關注。

律詩有字數、格律的限制，顏色詞若使用不當，反傷於雕琢纖巧。要如何善用有限的顏色詞，描繪出鮮麗飽滿的藝術世界，在色彩學未成系統的古代，端賴詩人的審美自覺。陸游能得「清麗」、「豐腴」之譽，在色彩運用上確有獨到之處，以下就其使用技巧分析：

（一）單色的使用

陸游蜀中七律，色彩字使用次數如下表所示：

顏　色	次　數	顏　色	次　數
白	67	朱	16
青	50	烏	12
黃	37	翠	11
綠	35	碧	10
金	29	紫	8
紅	27	銀	6
丹	24	赤	6

單以數據來看，「白」與「青」使用頻率最高，其次為「黃」、「綠」、「金」、「紅」、「丹」五色。但進一步分析，青、綠、翠、碧同歸青色系，紅、丹、朱、赤俱為紅色系，因此統計後得知：陸游最常使用青綠色系，其次為朱紅色系，再來是白色。

　　紅花也須綠葉陪襯，才能彰顯其美。色彩搭配合宜才能構成繽紛亮麗的畫面，陸游有些詩句卻反倒特別強調單一色系，此時色彩的象徵涵義與情感意義特別濃厚。陸游最常單用的色系為青綠色，其次為朱紅色，白色則大部分搭配其他色系使用，黃色則多用黃州、黃公、黃河、黃金、黃庭等慣用詞彙，藝術構思較不明顯。因此以下僅就主要的青綠、朱紅兩色系討論：

1. 青綠色

　　青綠色系是陸游最愛用的顏色，不但蜀中七律出現最頻繁，而且常藉此描繪清新優美的景象，表現閒適自在的生命情趣。比如：「亂山缺處如橫線，遙指孤城翠靄中」〔註76〕、「吏退庭空剩得閑，一窗如在翠微間」〔註77〕、「翠靄橫山澹日升，孤亭聊借曲欄憑」〔註78〕等等，「遙指孤城」句是陸游醉遊夔州白鹽崖，盡興而歸作；「一窗如在」則作於嘉州官邸新修的庭院；「翠靄橫山」則是陸游巡視呂公堤工程所作。這三首詩中青綠色的使用，不僅反映外部的客觀色彩，更呈現開朗喜悅的情感力量。

　　青綠色系屬於冷色調，但陸游更重視其中所蘊涵的蓬勃生機，不惜連用二字加強色彩的藝術表現力。比如：「危棧巧依青嶂出，飛花併下綠巖來」〔註79〕、「瓦屋螺青披霧出，錦江鴨綠抱山來」〔註80〕、「青蒻雲腴開嚲茗，翠甖玉液取寒泉」〔註81〕、「翠峽束成寒練靜，蒼崖濺落素鮫飛」〔註82〕等，藉由青、綠、蒼、翠等字的交疊渲染，讓畫面更具層次美感，賦予詩中意象飽滿的生命力。

〔註76〕陸游：《詩稿校注》，冊一，卷二〈醉中到白崖而歸〉，頁209。

〔註77〕陸游：《詩稿校注》，冊一，卷四〈小山之南作曲欄石磴縈繞如棧道戲作二篇〉其二，頁323。

〔註78〕陸游：《詩稿校注》，冊一，卷四〈出城至呂公亭按視修堤〉，頁355。

〔註79〕陸游：《詩稿校注》，冊一，卷三〈嘉川鋪遇小雨景物尤奇〉，頁288。

〔註80〕陸游：《詩稿校注》，冊一，卷四〈快晴〉，頁386。

〔註81〕陸游：《詩稿校注》，冊一，卷五〈晨雨〉，頁401。

〔註82〕陸游：《詩稿校注》，冊一，卷五〈桃源〉，頁408。

2. 朱紅色

朱紅色系屬暖色調，原本代表溫暖、艷麗、熱情，但陸游單用時卻常表現出惆悵、蕭條的情感。比如：「魚復城邊夕照紅，物華偏解惱衰翁」〔註83〕、「餘威向晚猶堪畏，浴罷斜陽滿野紅」〔註84〕、「冷雲黯黯朝橫棧，紅葉蕭蕭夜滿船」〔註85〕、「惟有落花吹不去，數枝紅濕自相依」〔註86〕、「老來怕與春爲別，醉過殘紅滿地時」〔註87〕等等。

觀察上舉諸例，陸游使用朱紅色多與夕陽、落花、紅葉聯結，夕陽代表長日將盡，落花、紅葉隱含傷春悲秋之意，這些意象多寄寓光陰消逝的傷感，因此格外容易引起陸游感觸。無論是壯懷不遇、客途思鄉、歎老嗟病，陸人單用朱紅色系籠罩整個詩境，經營出哀艷淒惋的藝術氛圍。

（二）複色的搭配

比起單色的使用，陸游詩中複色的搭配更爲頻繁。色彩的調配是視覺藝術的重要技法，單色雖在傳達主觀情感上具有直接強烈的藝術效果，但卻也因而缺乏彈性與變化。複色的搭配則讓色彩擁有萬千變化，如何配合詩境，調染設色，彩繪出動人的藝術形象，與詩人的審美品味息息相關。觀察陸游詩中複色的搭配情形有以下幾個傾向：

1. 冷暖色的搭配

冷色系包含藍、青、綠等色；暖色系則有紅、橙、黃等色。陸游詩中冷暖色的搭配相當普遍，尤其是朱紅與青綠的併用，以下略舉數例：「病思蕭條掩綠罇，閑坊寂歷鎖朱門」〔註88〕、「悠然坐待江城

〔註83〕陸游：《詩稿校注》，冊一，卷二〈晚晴書事〉，頁185。
〔註84〕陸游：《詩稿校注》，冊一，卷二〈苦熱〉，頁192。
〔註85〕陸游：《詩稿校注》，冊一，卷三〈簡章德茂〉，頁224。
〔註86〕陸游：《詩稿校注》，冊二，卷七〈雨〉，頁550。
〔註87〕陸游：《詩稿校注》，冊二，卷七〈春晚書懷〉，頁550。
〔註88〕陸游：《詩稿校注》，冊一，卷二〈試院春晚〉，頁187。

曉，紅日將升碧霧浮」〔註89〕、「青蘋葉動知魚過，朱閣簾開看燕歸」〔註90〕、「迎馬綠楊爭拂帽，滿街丹荔不論錢」〔註91〕、「千縷未搖官柳綠，一梢初放海棠紅」〔註92〕等等。

　　律詩字數有限，若只選用兩色彩字，紅與綠既鮮明又互補，最能呈現繽紛亮彩的畫面。以上詩例分別以「綠罇」、「碧霧」、「清蘋」、「綠楊」、「柳綠」對比「朱門」、「紅日」、「朱閣」、「丹荔」、「海棠紅」，彩繪出清麗生動的詩歌意象，引領讀者從視覺上獲得審美滿足，予人「奇麗」、「豐腴」之印象。

　　陸游也常用黃色與綠色來搭配，比如：「渡口耐寒窺淨綠，橋邊凝怨立昏黃」〔註93〕、「青山黃葉蘭亭路，憶喚鄰翁共架犁」〔註94〕、「青縑帳暖黃紬穩，聊借東庵作睡鄉」〔註95〕、「小市蕭條黃葉滿，斷橋零落綠苔生」〔註96〕等等，黃色與綠色在色相環位置較為接近，對比較不強烈，因此雖不若紅綠鮮明濃豔，但卻另有一番淡雅柔和的情韻。陸游善用黃綠配合詩境，既維持意象的鮮活，又增添幾分雅趣。

2. 黑白色的搭配

　　黑與白是一種特殊的互補色搭配，兩者獨立於冷暖色調之外，屬於中性色。與紅綠、黃綠所呈現的鮮活感相較，黑白則偏向寂寞蕭索，顯然不符合陸游清麗豐腴的詩風。

　　陸游詩中的黑白意象相當固定，主要用來描述黑帽白衣的自我形象，比如：「吏退林亭夏日長，烏紗白紵自生涼」〔註97〕、「烏紗白

〔註89〕陸游：《詩稿校注》，冊一，卷二〈夏夜起坐南亭達曉不復寐〉，頁195。
〔註90〕陸游：《詩稿校注》，冊一，卷四〈秋日懷東湖〉其二，頁322。
〔註91〕陸游：《詩稿校注》，冊一，卷五〈江瀆池醉歸馬上作〉，頁433。
〔註92〕陸游：《詩稿校注》，冊二，卷九〈初春探花有作〉，頁762。
〔註93〕陸游：《詩稿校注》，冊一，卷四〈梅花〉其二，頁365。
〔註94〕陸游：《詩稿校注》，冊一，卷四〈雨中睡起〉，頁384。
〔註95〕陸游：《詩稿校注》，冊二，卷六〈自嘲〉，頁476。
〔註96〕陸游：《詩稿校注》，冊二，卷八〈早行至江原〉，頁675。
〔註97〕陸游：《詩稿校注》，冊一，卷二〈林亭書事〉，頁196。

葛一枝筇，罷畫池邊溯晚風」〔註98〕、「烏帽翩翩白紵輕，摩訶池上試閑行」〔註99〕、「小東門外曳筇枝，白葛烏紗自一奇」〔註100〕等等。

烏紗、烏帽皆指烏紗帽，明代制定為官帽，宋代時則流行於民間；白紵、白葛則是夏布製成的衣衫，陸游以烏紗白紵標誌著官閒時的穿著，也代表著徜徉在天地之間的自我形象。這點黑白雖然僅占青山綠水之一隅，卻代表人與自然的交融互通，在整體畫面上具有畫龍點睛之效。

3. 白色與他色的搭配

白色在繪畫中具有重要的調合作用，它既能提高畫面的亮度，又能輔助其他色彩的表現力。中華文化尤其重視虛實相生的道理，繪畫上更因此發展出「留白」的技巧，擴大作品的藝術含蘊。

陸游詩中亦大量採用白色，並與其他色彩搭配使用。比如：「白塔昏昏纔半露，青山淡淡欲平沉」〔註101〕、「鏡湖四月正清和，白塔紅橋小艇過」〔註102〕、「江近時時吹白雨，樓高面面看青山」〔註103〕、「正當閑似白鷗處，不減健如黃犢時」〔註104〕、「白袍如雪寶刀橫，醉上銀鞍身更輕」〔註105〕等等，白塔讓紅橋鮮明，白雨令青山蒼翠；白鷗的輕盈靈巧則彰顯出黃犢的沉穩厚重；白袍與銀鞍相襯，更交織出光彩奪目的視覺效果。以上所舉諸例足以說明陸游運用白色之妙，成功描繪出優美動人的自然風情畫。

〔註98〕陸游：《詩稿校注》，冊二，卷五〈池上晚雨〉，頁438。
〔註99〕陸游：《詩稿校注》，冊二，卷六〈夏日過摩訶池〉，頁513。
〔註100〕陸游：《詩稿校注》，冊二，卷七〈野意〉，頁572。
〔註101〕陸游：《詩稿校注》，冊一，卷二〈春陰〉，頁134。
〔註102〕陸游：《詩稿校注》，冊一，卷二〈初夏懷故山〉，頁190。
〔註103〕陸游：《詩稿校注》，冊一，卷四〈登樓〉，頁356。
〔註104〕陸游：《詩稿校注》，冊二，卷八〈暇日行城上同行追不能及〉，頁672。
〔註105〕陸游：《詩稿校注》，冊二，卷八〈獵罷夜飲示獨孤生〉其三，頁694。

陸游愛用白色的另一個原因，就在於詩中常出現白髮意象。比如：「青山不減年年恨，白髮無端日日生」〔註 106〕、「青楓搖落新秋令，白髮凄涼舊史官」〔註 107〕、「白髮已侵殘夢境，綠苔應滿舊漁磯」〔註 108〕、「綠尊有味能消日，白髮無情不貸人」〔註 109〕、「數莖白髮悲秋後，一醆青燈病酒中」〔註 110〕等等，白髮代表歲月的凋零、年華的衰老、意興的消沉，「白」與「髮」的結合，具有特殊的涵蘊，它色無可取代。即使如此，陸游仍然注意到顏色調配的細節，由上舉諸例出現的「青山」、「青楓」、「綠苔」、「綠尊」、「青燈」等詞，可觀察出陸游傾向以青綠色系對應白髮組成意象。一方面青綠屬冷色調，與白髮相襯更顯清冷蕭索；另一方面青綠也代表蓬勃生機，更與白髮的衰頹形成強烈對比。

（三）虛色與隱色

陸游在色彩的運用上，還延伸出兩種形式，為方便說明，在此分別稱為「虛色」與「隱色」。

虛色的涵義類似於修辭學的「虛數」，只是套用在顏色詞。雖使用色彩字，但實際上並不代表客觀視覺所接收的顏色。比如：「暮雪烏奴停醉帽，秋風白帝放歸船」〔註 111〕、「赤日黃塵行路難，青城縣裡得偷閑」〔註 112〕、「迎得紫姑占近信，裁成白紵寄征衣」〔註 113〕、「便恐清游從此少，錦城車馬漲紅塵」〔註 114〕、「朝來坐待方平久，

〔註 106〕陸游：《詩稿校注》，冊一，卷二〈塔子磯〉，頁 148。

〔註 107〕陸游：《詩稿校注》，冊一，卷四〈晚登望雲〉其二，頁 320。

〔註 108〕陸游：《詩稿校注》，冊一，卷四〈晦日西窗懷故山〉，頁 321。

〔註 109〕陸游：《詩稿校注》，冊二，卷六〈對酒〉，頁 533。

〔註 110〕陸游：《詩稿校注》，冊二，卷九〈病酒述懷〉，頁 703。

〔註 111〕陸游：《詩稿校注》，冊一，卷三〈赴成都泛舟自三泉至益昌謀以明年下三峽〉，頁 262。

〔註 112〕陸游：《詩稿校注》，冊一，卷八〈青城縣會飲何氏池亭贈譚德稱〉，頁 654。

〔註 113〕陸游：《詩稿校注》，冊一，卷四〈無題〉，頁 385。

〔註 114〕陸游：《詩稿校注》，冊一，卷六〈別榮州〉，頁 511。

讀盡黃庭內外篇」〔註115〕等等;「烏奴」、「白帝」、「青城」、「紫姑」、「黃庭」皆有特殊意義,所使用烏、白、青、黃等字,並非實際色彩,但卻能巧妙製造閱讀錯覺,與真實色彩交相呼應,予人繽紛多彩的印象。

　　隱色的涵義正好相反,指的是雖不見色彩字,但所採用的詞彙卻能夠喚起讀者的審美經驗,引發主觀的色彩聯想,比如:「清泉白石生來事,曲几明窗味最長」〔註116〕、「誰遣化工娛此老,幽花微拆綠苔滋」〔註117〕、「雙雙黃犢臥斜陽,葉葉丹楓著早霜」〔註118〕等,「清泉」、「幽花」、「斜陽」、「早霜」雖未實指顏色,但皆意象鮮明,足以喚醒讀者的色彩聯想。與「白石」、「綠苔」、「黃犢」、「丹楓」相襯,更彰顯出詩中意象的鮮豔活潑。

　　虛色與隱色所產生的藝術效果,可說異曲而同工。陸游善用這兩項技巧讓色彩的運用更見變化與層次,即使字數受到嚴格限制,也能游刃有餘地表現出瑰麗豐腴之美。

四、疊字的使用

　　疊字,又稱重言,即用兩個相同單字重疊組成的詞彙。疊字不但在生活中使用廣泛,也是詩歌常見的修辭技巧,最早可溯源自《詩經》。黃永武言:「當單字不足以盡其態,則以重言疊字來表現,疊字在音響上有極微妙的功用,既可以使語氣完足、意義完整,又可使聲調動聽。」〔註119〕黃永武對疊字闡論隱含兩個問題,一是為何單字不足以盡其態?二是若單字涵義不足,何不另選異字組詞,擴大詞彙

〔註115〕陸游:《詩稿校注》,冊一,卷七〈待青城道人不至〉,頁 600。
〔註116〕陸游:《詩稿校注》,冊一,卷四〈連日扶病領客殆不能支枕上懷故山偶成〉,頁 360。
〔註117〕陸游:《詩稿校注》,冊一,卷四〈小山之南作曲欄石磴縈繞如棧道戲作二篇〉,頁 322。
〔註118〕陸游:《詩稿校注》,冊一,卷六〈城上〉,頁 500。
〔註119〕黃永武:《中國詩學——設計篇》(臺北市:巨流圖書公司,1987 年4 月),頁 191。

的乘載容量，反而選擇涵義重複的相同單字？

　　疊字多用於摹擬物形或物聲，比如：昏昏、疏疏、依依、剡剡、簌簌、喔喔等等，比起一般事物的明確可指，疊字所對應的對象意義較爲籠統。因此不但單字無法盡其態，即使用異字組詞也是如此。嚴格來講，疊字同樣無法完整表達其中涵義，但單字連用卻有增強、突顯之效，即使原本摹擬的對象難以用文字傳達，若疊字運用巧妙，就如同丹青寫意，用字極簡也能捕捉到目標的氣貌神韻。

　　疊字在詩句中多擔任輔助的角色，即使從句中刪除，通常也不會破壞句式結構。葉夢得指出：「詩下雙字極難，須使七言五言之間，除去五字三字外，精神興致全見於兩言，方爲工妙。」〔註120〕因此疊字若無法在詩境的營造或烘托上有所貢獻，就會顯得冗贅多餘。比如：「萬里西來爲一饑，坐曹日日汗沾衣」〔註121〕、「青山不減年年恨，白髮無端日日生」〔註122〕兩句皆用疊字「日日」，前者用來凸顯蜀中氣候以濕熱爲常態。後者所蘊藏的情感顯然濃烈許多，白髮無端「日日」生，「日日」不但表現出原有每日、連續之意，更蘊涵作者無奈、焦慮的心情。

　　陸游七律好用疊字，律詩因爲字數、格律的限制，疊字的運用更需要高明的技巧。若使用欠佳，恐怕會削弱全詩氣格。再者常見的疊字詞數量有限，若不能靈活變化，更容易在句式、語境上形成窠臼，對產量豐沛的陸游而言，尤其是種挑戰。分析陸游詩中疊字運用，有以下幾項特點：

（一）種類豐富

　　陸游蜀中七律大量使用疊字，這些疊字詞不僅數量眾多，種類也相當豐富。茲將疊字使用情形，列表如下：

〔註120〕　葉夢得：《石林詩話》，《歷代詩話續編》（北京市：中華書局，1983年），頁411。

〔註121〕　陸游：《詩稿校注》，冊一，卷二〈假日書事〉，頁196。

〔註122〕　陸游：《詩稿校注》，冊一，卷二〈塔子磯〉，頁148。

疊字	次數	疊字	次數	疊字	次數	疊字	次數
蕭蕭	11	鱗鱗	2	鼉鼉	1	句句	1
處處	7	疏疏	2	蕭蕭	1	慣慣	1
日日	7	碌碌	2	孱孱	1	雙雙	1
紛紛	7	黯黯	2	剡剡	1	葉葉	1
年年	6	迢迢	2	颶颶	1	急急	1
昏昏	5	霏霏	2	潚潚	1	修修	1
依依	5	事事	2	匆匆	1	欣欣	1
細細	5	惜惜	2	澹澹	1	鱗鱗	1
翩翩	5	渺渺	2	沓沓	1	寂寂	1
時時	4	歠歠	2	亭亭	1	斑斑	1
離離	4	慘慘	2	登登	1	悢悢	1
悠悠	4	茫茫	2	面面	1	兀兀	1
衰衰	4	浩浩	2	青青	1	寥寥	1
漠漠	3	草草	2	高高	1	幽幽	1
點點	3	陰陰	2	下下	1	落落	1
駸駸	3	熒熒	2	密密	1	獵獵	1
耿耿	3	淡淡	1	一一	1	朝朝	1
區區	3	嗤嗤	1	謖謖	1	忽忽	1
歲歲	3	拍拍	1	霏霏	1	便便	1
翻翻	2	寸寸	1	戢戢	1		
喔喔	2	潺潺	1	念念	1		
鑿鑿	2	漫漫	1	裊裊	1		
歷歷	2	纍纍	1	煜煜	1		

由上表的統計結果可知，陸游使用疊字種類之多，並且分布廣泛，使用五次以上的疊字不到十個，其中超過半數更僅出現一回。因此陸游

詩中雖疊字出現頻繁，但卻能盡量避免意象的雷同或重複。

（二）句式靈活

楊慎曾謂：「詩中疊字最難下，唯少陵用之獨工。」並指出疊字在七言句中主要位置有四處：句首、上腰（第三、四字）、下腰（第五、六字）、句尾。〔註123〕陸游安排疊字亦如杜甫靈活多變，以下就疊字位置分舉數例：

1. 句首

紛紛狐兔投深莽，點點牛羊散遠村。〔註124〕

漫漫晚花吹㳽岸，離離春草上宮垣。〔註125〕

渺渺長江下估船，亭亭孤塔隱蒼煙。〔註126〕

2. 上腰

茆葉翻翻帶宿雨，葦花漠漠弄斜暉。〔註127〕

荒陂噰噰已度雁，小市喔喔初鳴雞。〔註128〕

小灘拍拍鷗驚飛，深竹蕭蕭杜宇悲。〔註129〕

3. 下腰

青山不減年年恨，白髮無端日日生。〔註130〕

物如巢燕年年客，心羨游僧處處家。〔註131〕

家山松桂年年長，幕府文書日日忙。〔註132〕

〔註123〕轉引自黃永武：《字句鍛鍊法》（臺北市：洪範書局，1990年12月），頁180。

〔註124〕陸游：《詩稿校注》，冊一，卷二〈大寒出江陵西門〉，頁151。

〔註125〕陸游：《詩稿校注》，冊一，卷二〈試院春晚〉，頁187。

〔註126〕陸游：《詩稿校注》，冊一，卷四〈曉出城東〉，頁351。

〔註127〕陸游：《詩稿校注》，冊一，卷二〈初寒〉，頁146。

〔註128〕陸游：《詩稿校注》，冊一，卷二〈馬上〉，頁153。

〔註129〕陸游：《詩稿校注》，冊一，卷二〈晚泊松滋渡口〉其二，頁159。

〔註130〕陸游：《詩稿校注》，冊一，卷二〈塔子磯〉，頁148。

〔註131〕陸游：《詩稿校注》，冊一，卷二〈寒食〉，頁185。

〔註132〕陸游：《詩稿校注》，冊一，卷六〈人日飯昭覺〉，頁534。

4. 句尾

古佛負墻塵漠漠，孤燈照殿雨昏昏。〔註133〕

薄宦簿書常衮衮，中年光景易駸駸。〔註134〕

麥隴雪苗寒剡剡，柘林風葉暮颸颸。〔註135〕

這些疊字在句式中經過巧妙布置，在閱讀上帶來細緻微妙的音響變化。置於句首者先聲奪人，在主體意象尚未浮現之前，已先烘托出朦朧詩意；置於句尾者情韻綿延，在音響上呈現出餘韻裊裊的效果；置於上、下腰者變化節奏，讓韻律更加宛轉悠揚。

（三）設計高妙

陸游七律不僅疊字使用頻繁，且常出現在對偶句。這代表必須連用兩組疊字詞，更需高超的文字駕馭能力，方能聯繫前後疊字詞，加強摹神寫意的同時不至於削弱詩意。以下試舉數例：

小灘拍拍鸂鶒飛，深竹蕭蕭杜宇悲。〔註136〕

茶鼎松風吹謖謖，香奩雲縷散霏霏。〔註137〕

藥鑪宿火熒熒暖，醉袖迎風獵獵斜。〔註138〕

第一例的「拍拍」安排在小灘之後、鸂鶒之前，既是模擬飛鳥振翅聲，又讓人聯想浪打沙灘，與竹林深處的蕭蕭落葉，更形成強弱不等的音響效果。第二例的「謖謖」是風聲，「霏霏」是濃郁之狀，兩者連用更顯居室幽雅、香氣縈繞；第三例爐火熒熒、袖擺獵獵，冷暖之間描繪出青羊道士的安時處順、逍遙自在。

其他如「紛紛俗子常成市，亹亹微言孰賞音」〔註139〕、「池魚鱍

〔註133〕陸游：《詩稿校注》，冊一，卷二〈山寺〉，頁184。

〔註134〕陸游：《詩稿校注》，冊一，卷二〈別王伯高〉，頁208。

〔註135〕陸游：《詩稿校注》，冊一，卷三〈予行蜀漢間道出潭毒關下每憩羅漢院山光軒今復過之悵然有感〉，頁264。

〔註136〕陸游：《詩稿校注》，冊一，卷二〈晚泊松滋渡口〉其二，頁159。

〔註137〕陸游：《詩稿校注》，冊一，卷四〈獨坐〉，頁387。

〔註138〕陸游：《詩稿校注》，冊二，卷九〈青羊宮小飲贈道士〉，頁723。

〔註139〕陸游：《詩稿校注》，冊一，卷三〈寄鄧公壽〉，頁243。

鱗隨溝出，梁燕翩翩接翅歸」〔註140〕、「重皋護城高歷歷，千夫在野
築登登」〔註141〕等等，疊字的配對與運用皆極見巧思。

（四）富有創意

疊字的運用，不但要貼合詩情，還要追求創新。否則疊字搶眼的
特性反而容易形成爛熟的印象。陸游透過敏銳的審美觀察，靈活使用
疊字，常能別出心裁地表現出生動傳神的新穎意象。比如：

> 萬瓦鱗鱗若火龍，日車不動汗珠融。〔註142〕

> 麥隴雪苗寒剡剡，柘林風葉暮颼颼。〔註143〕

> 薄宦簿書常袞袞，中年光景易駸駸。〔註144〕

第一例的「鱗鱗」常用來形容雲朵與水波，在此卻將屋瓦比爲龍
鱗，塑造出火龍盤空的雄偉氣象；第二例「剡剡」原意爲發光貌，陸
游則用來形容植物結霜所泛的寒光，描繪相當細膩；第三例以「袞
袞」形容待辦簿書之眾多，亦予人公文繁雜如波浪般騰湧而來的想
象。再如：

> 池面紋生風細細，花根土潤雨斑斑。〔註145〕

> 古佛負墻塵漠漠，孤燈照殿雨昏昏。〔註146〕

一般用「蕭蕭」、「細細」、「紛紛」寫雨已成俗套，陸游則用「斑斑」
描述雨滴濕地的滋養潤澤；用「昏昏」點染古寺的古樸寂靜。疊字的
作用從雨絲擴大到全景，達到摹景入神的境界。

　　總括而言，陸游愛用平易淺白的語彙，此一傾向頗同於白居易的
文學主張，其目的不在於刻意求變、區隔唐詩，而在於詩歌的生命力

〔註140〕陸游：《詩稿校注》，冊一，卷七〈雨〉，頁550。
〔註141〕陸游：《詩稿校注》，冊一，卷四〈出城至呂公亭按視修堤〉，頁355。
〔註142〕陸游：《詩稿校注》，冊一，卷二〈苦熱〉，頁192。
〔註143〕陸游：《詩稿校注》，冊一，卷三〈予行蜀漢間道出潭毒關下每憩羅
　　　　漢院山光軒今復過之悵然有感〉，頁264。
〔註144〕陸游：《詩稿校注》，冊一，卷二〈別王伯高〉，頁208。
〔註145〕陸游：《詩稿校注》，冊一，卷七〈卜居〉，頁558。
〔註146〕陸游：《詩稿校注》，冊一，卷二〈山寺〉，頁184。

源自社會生活，比起局限於文人圈中吟哦風月，更該廣布大眾、雅俗共賞。陸游善用虛詞、俗語、色彩詞與疊字詞，呈現自然曉暢的風格，因此能夠引起群眾的廣泛共鳴，這也是其愛國詩篇格外令人動容之因。

第三節　修辭技巧

　　一首好的詩歌作品，不僅要有眞誠的情感，也必須具備優美的語言。黃永武認爲：「昔人論文，多以神韻情理爲首要，以章句修飾爲末節，然而沒有工巧的章句，神理氣味也是無法表現的。」〔註147〕情感爲詩歌的靈魂，文辭是詩歌的形貌，兩者互爲表裡，缺一不可。陸游詩藝能獲得巨大成就，高超的修辭技巧也是重要的一環。以下分別討論摹寫、譬喻、誇飾、用典、對仗等修辭技巧。

一、摹寫

　　摹寫是最基本也最普遍的修辭技巧。黃慶萱定義爲：「對事物的各種感受，加以形容描述，叫做『摹寫』。」〔註148〕摹寫是對自然萬物、人事現象的摹擬，它是藝術家最基本的素養。詩人運用五感接受訊息，然後主觀地運用文字，將客觀世界作創造性的呈現。

　　詩歌是情感與意象的結合，情感必須寄寓於意象，意象要靠摹寫來塑造。如此觀之，摹寫可說是詩歌所必備的修辭技巧。人人皆用摹寫，差別就在於高下優劣。陸游顯然是箇中好手，袁宗道評其：「模寫事情俱透脫，品題花鳥亦清奇。」〔註149〕陳衍稱其：「七言律斷句，美不勝收。」因而編有〈劍南摘句圖〉。〔註150〕

〔註147〕黃永武：《字句鍛鍊法》（臺北市：洪範書局，1990 年 12 月），頁 1。

〔註148〕黃慶萱：《修辭學》（臺北市：三民書局股份有限公司，1979 年 12 月），頁 51。

〔註149〕袁宗道：《白蘇齋詩集》，〈偶得放翁集快讀數日志喜因效其語〉。轉引自孔凡禮、齊治平編：《陸游資料彙編》（北京市：中華書局，2006 年 8 月），頁 133。

〔註150〕陳衍：〈劍南摘句圖〉。轉引自孔凡禮、齊治平編：《陸游資料彙編》

陸游摹寫景物細膩生動、清麗自然，詩中佳句常被用在樓閣亭臺的楹聯，比如：「雕檻迎陽花迸發，畫梁避雨燕雙歸」、「花藏密葉多時在，風度疏簾特地涼」、「快日明窗閒試墨，寒泉古鼎自烹茶」、「手中書墮初酣枕，窗下燈殘正劇棋」等等，〔註 151〕皆自然靈動、清新可愛，可見其摹寫之工、造語之妙。分析陸游蜀中七律，其運用摹寫有幾個特點：

（一）自我形象明顯

王國維言：「境非獨謂景物也。喜怒哀樂，亦人心中之一境界。」〔註 152〕陸游摹寫自然景物不僅情感飽滿，還時常將自我形象融入畫卷，因此讀陸游詩，不僅是欣賞詩人巧心佈置的優美意象，有時更藉由觀察詩中陸游的言談舉措，貼近詩人幽微的情感世界。這樣的摹寫方式致使陸游詩中個人色彩相當鮮明。比如：

> 長謠為子說天涯，四座聽歌且勿嘩。
> 蠻俗殺人供鬼祭，敗舟觸石委江沙。
> 此身長是滄浪客，何日能為飽暖家？
> 坐憶故人空有夢，尺書不敢到京華。〔註 153〕

此詩作於入蜀途中，首聯即見陸游以第一人稱的口吻呼籲眾人安靜，然後藉由吟詠詩歌描述旅途見聞，並藉此抒發異鄉遠遊之苦。這樣的摹寫方式令讀者彷彿置身其中，聽詩人娓娓道來，相當寫實生動。再如：

> 吏退林亭夏日長，烏紗白紵自生涼。
> 遠簷密葉帷三面，覆水青萍錦一方。
> 約束蠻僮收藥富，催呼稚子曬書忙。

（北京市：中華書局，2006 年 8 月），頁 378。

〔註 151〕 李慈銘：《越縵堂詩話》。轉引自孔凡禮、齊治平編：《陸游資料彙編》（北京市：中華書局，2006 年 8 月），頁 370。

〔註 152〕 王國維著，徐調孚校注：《校注人間詞話》（臺北縣：頂淵文化事業有限公司，2007 年 8 月），頁 3。

〔註 153〕 陸游：《詩稿校注》，冊一，卷二〈秭歸醉中懷都下諸公示坐客〉，頁 168。

平日幽事還拈起，未覺巴山異故鄉。〔註154〕

這首詩旨在描寫公餘閒暇的生活，前三聯寫景，景中可見陸游一襲烏紗白紵，悠閒自在地在庭院乘涼，有時整理藥草、有時曝曬書籍，愜意之情融貫全詩。酒後酣暢的陸游意興更爲豪蕩飛揚，比如：

醉眼朦朧萬事空，今年痛飲滾西東。

偶呼快馬迎新月，卻上輕輿御晚風。

行路八千常是客，丈夫五十未稱翁。

亂山缺處如橫線，遙指孤城翠靄中。〔註155〕

從陸游朦朧的醉眼望去，白鹽崖的清風明月更加幽雅動人。層巒疊嶂、孤城翠靄連綿成一個遼闊舞臺，提供詩人乘興遊訪、快意馳騁。再如：

飄然醉袖怒人扶，箇裏何曾有畏塗。

卷地黑風吹慘澹，半天朱閣插虛無。

闌邊歸鶴如爭捷，雲表飛仙定可呼。

莫怪衰翁心膽壯，此身元是一枯株。〔註156〕

龍洞閣地勢險峻，閣道的建造必須先開鑿石壁，方能架木其上。陸游風雨中踏上艱險濕滑的棧道，面對惡風危崖毫無畏懼，衣袂飄然、瀟灑豪放。其他如：「老來愛酒剩狂顛，況復梅花到眼邊」〔註157〕、「石室先生筆有神，我來拂拭一酸辛」〔註158〕、「羈游隨處得哦詩，掃溉軒窗每恨遲」〔註159〕、「脫巾漉酒從人笑，拄笏看山頗自奇」〔註160〕等等，或飲酒賞梅，或觀畫題詩，或灑掃灌溉，或脫巾漉酒，詩人的神態氣貌在詩中皆歷歷可見。

〔註154〕陸游：《詩稿校注》，冊一，卷二〈林亭書事〉，頁196。

〔註155〕陸游：《詩稿校注》，冊一，卷二〈醉中到白崖而歸〉，頁209。

〔註156〕陸游：《詩稿校注》，冊一，卷三〈風雨中過龍洞閣〉，頁225。

〔註157〕陸游：《詩稿校注》，冊一，卷三〈再賦梅花〉，頁288。

〔註158〕陸游：《詩稿校注》，冊一，卷三〈嘉祐院觀壁間文湖州墨竹〉，頁300。

〔註159〕陸游：《詩稿校注》，冊一，卷四〈小山之南作曲欄石磴縈繞如棧道戲作二篇〉，頁322。

〔註160〕陸游：《詩稿校注》，冊二，卷七〈春晚書懷〉，頁550。

（二）畫面具有動態

陸游詩中景象的呈現，常與詩人的行動有密切關聯，就好像以文字替代攝影機紀錄畫面，特別具有動感。比如：

平明羸馬出西門，淡日寒雲久吐吞。

醉面衝風驚易醒，重裘藏手取微溫。

紛紛狐兔投深莽，點點牛羊散遠村。

不爲山川多感慨，歲窮游子自消魂。〔註161〕

此詩先從遠景看到天幕黯淡中陸游騎馬出城。繼而聚焦在馬上乘客，寒風吹襲下，畏冷瑟縮；鏡頭再從馬上極目四望，近郊狐兔隱隱竄動，遠村牛羊緩緩遷移。即使尾聯感慨不出，羈旅天涯的慘澹蕭瑟也盡收眼底。再如：

黃旗傳檄趣歸程，急服單裝破夜行。

肅肅霜飛當十月，離離斗轉欲三更。

酒消頓覺衣裘薄，驛近先看炬火迎。

渭水函關元不遠，著鞭無日涕空橫。〔註162〕

此詩所呈現的動態更加劇烈，從接獲傳檄、換穿勁裝、跨上馬背、縱馬疾行，連串動作在首聯一氣呵成。接著馬上平視，飛霜肅肅；舉頭高望，星斗離離，夜行的淒冷寂寞與內心的憂惕焦灼形成強烈對比。當驛站的炬火愈來愈近，北伐的夢想似乎也漸行漸遠。全詩意象隨主角的行動推轉，節奏快速、氣氛緊繃，讀者彷彿身歷其境。

陸游即使山水記遊的詩作，摹寫景物也常動態的筆觸呈現。比如：

出郭幽尋一笑新，徑呼艇子截煙津。

不辭疾步登重閣，聊欲今生識偉人。

泉鏡正涵螺髻綠，浪花不犯寶趺塵。

始知神力無窮盡，丈六黃金果小身。〔註163〕

〔註161〕陸游：《詩稿校注》，冊一，卷二〈大寒出江陵西門〉，頁151。

〔註162〕陸游：《詩稿校注》，冊一，卷三〈嘉川鋪得檄遂行中夜次小柏〉，頁254。

〔註163〕陸游：《詩稿校注》，冊一，卷四〈謁凌雲大像〉，頁313。

前四句描寫出城踏青、呼喊船夫、乘舟渡河、拾階登臨、拜謁佛像的過程，動作的進行明快而歡暢，謁見凌雲大佛的驚嘆喜悅，情溢於表。其他如：「憑欄投飯看魚隊，挾彈驚鴉護雀雛」、〔註164〕「纖指醉聽箏柱促，長檠時看燭花摧」、〔註165〕「蘚崖直上飛雙屐，雲洞前頭岸幅巾」〔註166〕等等，詩中意象皆饒富動感，特別容易吸引讀者目光。

（三）感官意象豐富

以上兩個特點都偏重在視覺印象，陸游詩中也常兼用其他感官摹寫，讓詩中意象不僅有輪廓、色澤、音響，更甚而有輕重、冷暖、滋味。比如：

乍換春衫一倍輕，況逢寒食十分晴。

鶯穿驛樹惺憁語，馬過溪橋蹀躞行。

畫柱彩繩喧笑樂，艷妝麗服角鮮明。

誰知此日金牛道，非復當時鐵馬聲。〔註167〕

此詩首聯即以春衫之輕盈，帶出天候之和煦，再以鶯啼、喧笑、角樂、馬蹄增加音響，讓全詩洋溢活潑熱鬧的氣氛。再如：

一邦盡對江邊像，試比西林總不如。

群玉蕭森開士宅，五雲飛動相君書。

磴危漸覺山爭出，屐響方驚閤半虛。

安得棄官長住此，一盃香飯薦珍蔬。〔註168〕

此詩旨在歌詠嘉州西林院的清幽雅緻，首聯點出禪院地理位置之絕佳，院門隔江正好遠眺樂山大佛。頷聯描寫精舍環境之清幽，寺匾書法之靈動；頸聯轉為聽覺摹寫，以屐響迴盪聲突顯出西林之寧靜肅穆，尾聯則以米飯、蔬菜的樸實滋味，象徵對隱逸山林的嚮往。

〔註164〕 陸游：《詩稿校注》，冊一，卷四〈暮春〉，頁393。

〔註165〕 陸游：《詩稿校注》，冊二，卷七〈合江夜宴歸馬上作〉，頁583。

〔註166〕 陸游：《詩稿校注》，冊一，卷四〈獨遊城西諸僧舍〉，頁315。

〔註167〕 陸游：《詩稿校注》，冊一，卷三〈金牛道中遇寒食〉，頁230。

〔註168〕 陸游：《詩稿校注》，冊一，卷四〈西林院〉，頁316。

又如：

> 斷香浮月磬聲殘，木影如龍布石壇。
>
> 偶駕青鸞塵世窄，閒吹玉笛洞天寒。
>
> 奇香滿院晨炊藥，異氣穿巖夜浴丹。
>
> 卻笑飛仙未忘俗，金貂猶著侍中冠。〔註169〕

「斷香浮月」、「奇香滿院」、「異氣穿巖」，讓全詩縈繞著神異玄妙的氣氛；鐘磬與玉笛遙相呼應，更覺仙樂飄飄，木龍盤繞石壇道院、青鸞翱翔天上人間，全詩兼用視覺、聽覺、嗅覺摹寫，烘襯出感妙真人肖像的神奇俊逸。

除上舉三首，其他如：「沙水自鳴如有恨，野花無主爲誰芳」〔註170〕、「寶簾風定燈相射，綺陌塵香馬不嘶」〔註171〕、「蒼爪初驚鷹脫韝，得湯已見玉花浮」〔註172〕、「芼羹筍似稽山美，斫膾魚如笠澤肥」〔註173〕等等，皆能靈活調配各種感官摹寫方式，細膩刻劃出意象的色相、聲響、氣味，成功營造活潑動人的詩境。

二、譬喻

黃慶萱定義：「譬喻是一種『借彼喻此』的修辭法，凡二件或二件以上的事物中有類似之點，說話作文時運用『那』有類似點的事物來比方說明『這』件事物的，就叫譬喻。」〔註174〕簡言之，譬喻藉由不同事物的聯想，突顯原本描寫對象的性質與特徵。

譬喻的使用方式雖然簡單，且在古今中外的所有文學形式獲得廣泛使用，但所呈現的藝術效果卻有雲壤之別。就如西哲所言：「第一

〔註169〕陸游：《詩稿校注》，冊二，卷六〈題丈人觀道院壁〉，頁483。

〔註170〕陸游：《詩稿校注》，冊二，卷六〈城上〉，頁500。

〔註171〕陸游：《詩稿校注》，冊二，卷六〈天中節前三日大聖慈寺華嚴閣燃燈甚盛游人過於元夕〉，頁514。

〔註172〕陸游：《詩稿校注》，冊二，卷六〈試茶〉，頁525。

〔註173〕陸游：《詩稿校注》，冊二，卷六〈成都書事〉，頁528。

〔註174〕黃慶萱：《修辭學》（臺北市：三民書局股份有限公司，1979年12月），頁227。

個將女人比作鮮花的是天才；第二個只是庸才，第三個則是蠢才。」
可見譬喻修辭的易熟難精。

譬喻結構，包含三要素：喻體、喻依、喻詞。喻體，是所要說明
的事物主體；喻依，是拿來比方說明主體的另一事物；喻詞，是聯接
喻體與喻依的語詞。依照喻詞、喻體的使用情形，譬喻修辭可分爲明
喻、隱喻、略喻、借喻四種；致於譬喻的優劣分判，關鍵就在於喻體
所要表達的內容、喻依所選擇的形象及兩者之間的聯結。陸游蜀中七
律亦大量採用譬喻修辭，以下依據譬喻目的、喻象選擇、譬喻種類分
別討論：

（一）譬喻目的

喻體是使用譬喻修辭的目的，也是作者所欲聚焦、強化的重點。
喻體的表現內容主要可分爲狀物、敘事、抒情三種。陸游蜀中七律純
用敘事的例子較少，多與抒情並用，以下分寫景狀物、敘事抒情各舉
數例說明：

1. 寫景狀物

陸游詩中寫景狀物的例子如：

　　船上急灘如退鷁，人緣絕壁似飛猱。〔註175〕

　　面前雲氣翔孤鳳，腳底江聲轉疾雷。〔註176〕

　　漲水雨餘晨放閘，騎兵戰罷夜還營。〔註177〕

第一例在描寫秭歸馬肝峽的險峻，此處兩岸峭壁有巖石下垂如肝，因
而得名。舟行至此逢急灘，在浩蕩水勢沖刷下，舟艇急劇搖晃如避風
退鷁，人若攀緣其間就得像獼猴般矯健。陸游以鷁鳥與飛猱的高速動
態，烘托出馬肝峽的急湍陡峭。

第二例描寫嘉川舖奇景，此段多棧道石欄，天雨濕滑更加艱險。

〔註175〕陸游：《詩稿校注》，冊一，卷二〈過東灘灘入馬肝峽〉，頁167。
〔註176〕陸游：《詩稿校注》，冊一，卷三〈嘉川舖遇小雨景物尤奇〉，頁228。
〔註177〕陸游：《詩稿校注》，冊一，卷五〈秋聲〉，頁449。

陸游以翔鳳形容周遭的雲霧騰湧，以雷鳴比擬腳下的江聲，突顯出自然的神祕浩蕩。

　　第三例旨在狀寫秋風的蕭瑟，陸游分別以清晨堤防洩洪的水勢聲與夜晚騎兵歸營的蹄甲聲來比喻，不但在音響的聯想相當細膩，且提供豐富的視覺景象烘襯出秋聲的悲涼肅殺。以上三例足以說明陸游運用譬喻法在寫景狀物上的藝術功力。

2. 敘事抒情

　　陸游詩中敘事抒情的例子如：

> 半世無歸似轉蓬，今年作夢到巴東。〔註178〕

> 但悲鬢色成枯草，不恨生涯似斷蓬。〔註179〕

> 殘年流轉似萍根，馬上傷春易斷魂。〔註180〕

> 心如老驥常千里，身似春蠶已再眠。〔註181〕

> 衰如蠹葉秋先覺，愁似鰥魚夜不眠。〔註182〕

歸納之後可發現，陸游所抒發的情感相當明確，主要以愁緒爲基調，所愁者不外乎客途秋恨、仕途不遇、老病思歸，雖然語出肺腑、情感懇切，但卻容易予人因襲重複、情感直露的印象，長久下來自然難引起讀者的反覆共鳴。

　　相較之下，李商隱運用譬喻抒情顯然高明許多，比如：「錦瑟無端五十弦，一弦一柱思華年」、〔註183〕「滄海月明珠有淚，藍田日暖玉生烟」、〔註184〕「春蠶到死絲方盡，蠟炬成灰淚始乾」〔註185〕等

〔註178〕陸游：《詩稿校注》，冊一，卷二〈晚泊〉，頁138。
〔註179〕陸游：《詩稿校注》，冊一，卷二〈武昌感事〉，頁142。
〔註180〕陸游：《詩稿校注》，冊一，卷三〈馬上〉，頁216。
〔註181〕陸游：《詩稿校注》，冊一，卷三〈赴成都泛舟自三泉至益昌謀以明年下三峽〉，頁262。
〔註182〕陸游：《詩稿校注》，冊一，卷四〈晚登望雲〉其一，頁319。
〔註183〕李商隱：〈錦瑟〉，轉引自蕭滌非等編撰：《唐詩鑑賞詞典》（上海市：上海辭書出版社，2006年，11月），頁1143。
〔註184〕李商隱：〈錦瑟〉，轉引自蕭滌非等編撰：《唐詩鑑賞詞典》（上海市：

等，將喻體所要表達的情感模糊或省略，轉而將重點置諸於喻依的意象縮合，營造出朦朧深婉的藝術情境，擴大延伸詩中的情意聯想。這是義山勝於放翁之處。儘管如此，陸游譬喻用於敘事抒情亦有佳構，例如：

> 弊袍羸馬遍天涯，恰似伶優著處家。〔註186〕
>
> 故應身世如團扇，已向人間耐棄捐。〔註187〕
>
> 老驥嘶鳴常伏櫪，寒龜藏縮正支牀。〔註188〕

雖然含蘊雋永處不及李商隱，但敘事直出胸臆、抒情跌宕淋漓，正是放翁本色。

（二）喻象選擇

喻體是作者使用譬喻修辭的目的，是不可變動的；喻依則是達成目的的手法，有無限的選擇。要從諸多事物中選擇最合適者來比擬，端賴作者的慧心巧思。喻依的選擇有幾個原則：1.必須是熟悉的。譬喻的目的，本在以易喻難，因此必須利用熟悉的舊經驗，幫助對新事物的認識；2.必須是具體的。因為譬喻另一個目的，就在於以具體說明抽象；3.必須是貼切的。喻體與喻依本質不同，但其中必定存在一個相似點。否則不成譬喻。4.必須是新穎的。若譬喻不能超越讀者的心理預期，就不能引發意外的快感與信服。

檢視陸游所使用的喻依，包含有動物如長鯨、渴驥、退鷁、飛猱、巢燕、火龍、春蠶、秋蟬、鰍魚、孤鳳等等；植物如轉蓬、斷蓬、枯草、萍根、蠹葉、柳花、黃梅、綠秧；自然景物如明月、黃河、白雨、流水、孤雲、雷霆等等，基本上皆符合熟悉、具體、貼切的三

上海辭書出版社，2006年，11月），頁1143。

〔註185〕李商隱：〈無題〉，轉引自蕭滌非等編撰：《唐詩鑑賞詞典》（上海市：上海辭書出版社，2006年，11月），頁1190。

〔註186〕陸游：《詩稿校注》，冊一，卷四〈秋夜獨醉戲題〉，頁330。

〔註187〕陸游：《詩稿校注》，冊一，卷五〈秋興〉，頁448。

〔註188〕陸游：《詩稿校注》，冊一，卷三〈遣興〉，頁261。

原則。

　　陸游選擇喻依不避熟就新，少見冷僻離奇的意象，習慣以親切可感的事物組合出別緻新奇的感受。比如：

　　　　飲似長鯨快吸川，思如渴驥勇奔泉。〔註189〕

　　　　宦情薄似秋蟬翼，鄉思多於春繭絲。〔註190〕

　　　　身似野僧猶有髮，門如村舍強名官。〔註191〕

第一例旨在歌詠李白的豪情才思，陸游以巨鯨吞吐之勢形容李白的豪飲酣暢，本句活用杜甫名句，描述對象由適之改爲太白，更顯氣韻神合。陸游繼而以騏驥追逐湧泉的奔騰氣象冠諸於詩仙的奇思妙想，渴驥奔泉對應長鯨吸川，兩組生動的譬喻成功把握住謫仙的飛揚飄逸。

　　第二例看似平易，實則另有巧思。俗云：「人情薄如紙。」陸游歷盡世態炎涼，以透明的蟬翼比擬宦情，頗有「人情薄，宦情更薄」之嘆。「秋」字的使用，更增添幾分蕭瑟。絲，即思。陸游以繭絲的細密繁多比擬內心的鄉思不斷。其中「春」字不僅與「秋」相對，更飽含對鄉國故里的繾綣依戀。

　　第三例表面上是對形貌、居所的描述，實際卻寓有深刻思想情感。陸游以野僧自比，相似處卻僅在「有髮」。外貌的差異反倒突顯心境的吻合，因爲心羨山野遊僧的消散自在，身隨意轉樣貌也因此變化；陸游的官邸貌似村舍，一方面暗示官俸之薄，另一方面也寓有隱退之意。「強」字的運用，隱然代表現實壓力，同時亦有自我嘲解的意涵。

（三）譬喻種類

　　喻詞是譬喻修辭最明顯的特徵，但重要性反而不如喻體與喻依。

〔註189〕陸游：《詩稿校注》，冊一，卷二〈弔李翰林墓〉，頁139。

〔註190〕陸游：《詩稿校注》，冊一，卷三〈宿武連縣驛〉，頁272。

〔註191〕陸游：《詩稿校注》，冊一，卷三〈成都歲暮始微寒小酌遣興〉，頁288。

對語文初學者而言，喻詞就好比學步工具，能助其認識、判斷、運用基本的譬喻修辭技巧；但當學習進度從明喻、隱喻延伸到略喻、借喻，理解層次從句型提升至概念，喻詞的使用就變得可有可無，有時甚至造成句式的僵化，這在限制嚴格的七律尤其明顯。

　　陸游愛用明喻，其七律數量又多，因此無法避免句式雷同的弊病。清人朱彝尊對此提出批評：「詩家比喻，六義之一，偶然爲之可爾，陸務觀《劍南集》，句法稠疊，讀之終卷，令人生憎。」〔註192〕朱氏隨後所舉三十九聯皆爲明喻，可見譬喻修辭並非不可常用，關鍵在於明喻句式缺乏變化，極易予人呆板重複的印象。

　　此項缺陷在蜀中七律已現端倪，如：「物如巢燕年年客，心羨游僧處處家」〔註193〕、「心如老驥常千里，身似春蠶已再眠」〔註194〕、「身似野僧猶有髮，門如村舍強名官」〔註195〕、「衰如蠹葉秋先覺，愁似鰥魚夜不眠」〔註196〕等，生涯晚期詩作更累見相似句型，難怪招致詬厲。

　　雖然陸游採用明喻有失節制，但不可因此忽略其運用略喻、借喻修辭之高妙。比如：

　　　映空初作繭絲微，掠地俄成箭鏃飛。〔註197〕

　　　九淵龍起跨蒼茫，聊爲西州洗亢陽。〔註198〕

　　　月離雲海飛金鏡，燈射冰簾掣火龍。〔註199〕

〔註192〕朱彝尊：〈書劍南集後〉。轉引自孔凡禮、齊治平編：《陸游資料彙編》（北京市：中華書局，2006年8月），頁155。

〔註193〕陸游：《詩稿校注》，冊一，卷三〈寒食〉，頁185。

〔註194〕陸游：《詩稿校注》，冊一，卷三〈赴成都泛舟自三泉至益昌謀以明年下三峽〉，頁262。

〔註195〕陸游：《詩稿校注》，冊一，卷三〈成都歲暮始微寒小酌遣興〉，頁288。

〔註196〕陸游：《詩稿校注》，冊一，卷四〈晚登望雲〉其一，頁319。

〔註197〕陸游：《詩稿校注》，冊二，卷七〈雨〉，頁550。

〔註198〕陸游：《詩稿校注》，冊二，卷七〈連日得雨涼甚有作〉，頁600。

〔註199〕陸游：《詩稿校注》，冊二，卷八〈丁酉上元〉其一，頁636。

第一例從「映空」的遠景切換到「掠地」的近景，從隱微的「繭絲」放大到疾飛的「箭鏃」，陸游巧妙連用二種譬喻成功捕捉住雨景的躍動感，帶給讀者強烈的視覺印象。

第二例摹寫的對象還是雨景，但視野卻擴大爲全幅景致，從深淵騰昇的巨龍，身軀橫跨整個蒼茫天地，其灑佈的雨澤洗刷蜀地全境的旱象。雄奇瑰瑋的設喻令人懾服震撼。

第三例意在描寫上元節廟宇張燈結綵的熱鬧景象，先寫月色皎潔，彷彿金鏡高懸雲海；再寫燈飾連綴，狀如火龍飛馳盤繞。天上人間相互輝映，交織出元宵夜景的光明璀璨。

以上三例皆不用喻詞，前二例連喻體也省略。不但句型更爲靈活，語彙也愈加豐富，甚而兩句連爲一體，讓藝術形象更爲渾厚飽滿。

三、誇飾

黃慶萱言：「言文中誇張舖飾，超過了客觀事實的，叫作『夸飾』。」〔註200〕誇飾的主觀因素是作者內心的情感濃烈，須藉由誇張離奇的表現手法方能噴洩爲快；誇飾的客觀因素則是要引起讀者的好奇心理，進而給予強烈的藝術衝擊。因此誇飾修辭在意象上的描摹是極端的、震撼的；在情感的表達上是熾熱的、濃烈的；在風格的呈現上是奇異的、奔放的。所以浪漫派詩人特別喜愛運用誇飾手法，重現內心匪夷所思的異想世界。

陸游性情豪放、文采飛揚，常將社會生活中難以實現的豪情壯志，透過敷張誇飾的藝術手法傾瀉於筆端。這樣的傾向特別集中在以飲酒、幻想、夢境等爲題材的七言古詩。比如：「晝飛羽檄下列城，夜脫貂裘撫降將」〔註201〕、「今年痛飲蜀江邊，金杯卻吸峨眉月」

〔註200〕黃慶萱：《修辭學》（臺北市：三民書局股份有限公司，1979 年 12 月），頁 213。

〔註201〕陸游：《詩稿校注》，冊一，卷四〈九月十六日夜夢駐軍河外遣使招降諸城覺而有作〉，頁 344。

〔註202〕、「三更窮虜送降款，天明積甲如丘陵」〔註203〕、「紙窮擲筆
霹靂響，婦女驚走兒童藏」〔註204〕、「夜飛或隨暴雨去，且歸常帶流
黎腥」〔註205〕、「彈壓旱氣蘇枯焦，祝融退聽不敢驕」〔註206〕等等，
皆氣勢奔放、奇思飄逸，無怪乎有「小李白」之譽。〔註207〕

　　七古篇幅長、容量大、形式自由、體裁多變，最能提供詩人運用
誇飾修辭，展現奇恣縱橫之美。相較之下，七律格律限制嚴謹，客觀
條件不利於誇飾手法發揮，但陸游卻大膽地將誇飾修辭融入七律，讓
想像力在平仄的間隙中穿梭自如，從心所欲而不逾矩。比如：

　　闌邊歸鶴如爭捷，雲表飛仙定可呼。〔註208〕

　　蘚崖直上飛雙屐，雲洞前頭岸幅巾。〔註209〕

　　滿眼風光索彈壓，酒杯須似蜀江寬。〔註210〕

第一例旨在描寫利州龍洞閣之險峻，飛鶴比肩掠過，仙人近在咫尺，
在陸游奇幻的筆觸下，此段景色之奇絕令人心羨神往；第二例自述獨
遊嘉州僧舍的心境，詩人幅巾瑰岸、衣袂飄然，腳踩木屐便凌空飛昇
峭壁、穿越雲洞，悠遊自在彷若飛仙；第三例兼用擬人法，將成都趙
園明媚的春光化為歌伎舞姬，紛紛請求陸游的品題。身處如此良辰美
景，詩人的酒興與詩意好比蜀江之煙波浩蕩。再如：

　　醉眼每嫌天地迮，盡將萬里著吾愁。〔註211〕

〔註202〕陸游：《詩稿校注》，冊一，卷四〈十月九日與客飲忽記去年此時自
　　　　錦屏歸山南道中小獵今又將去此矣〉，頁362。
〔註203〕陸游：《詩稿校注》，冊一，卷四〈胡無人〉，頁367。
〔註204〕陸游：《詩稿校注》，冊一，卷四〈醉後草書歌詩戲作〉，頁377。
〔註205〕陸游：《詩稿校注》，冊一，卷四〈古藤杖歌〉，頁379。
〔註206〕陸游：《詩稿校注》，冊一，卷五〈急雨〉，頁409。
〔註207〕羅大經於《鶴林玉露》記周必大答孝宗言。轉引自孔凡禮、齊治平
　　　　編：《陸游資料彙編》（北京市：中華書局，2006年8月），頁50。
〔註208〕陸游：《詩稿校注》，冊一，卷三〈風雨中過龍洞閣〉，頁225。
〔註209〕陸游：《詩稿校注》，冊一，卷四〈獨遊城西諸僧舍〉，頁315。
〔註210〕陸游：《詩稿校注》，冊二，卷八〈小飲趙園〉，頁639。
〔註211〕陸游：《詩稿校注》，冊一，卷三〈予行蜀漢間道出潭毒關下每憩羅
　　　　漢院山光軒今復過之悵然有感〉，頁264。

長繩縱繫斜陽住，右手難移故國來。〔註212〕

癡欲煎膠黏日月，狂思入海訪蓬萊。〔註213〕

第一例極寫心中壘塊之嵂崒，酒後連天地都嫌狹隘，萬里山河堪能勉強乘載；第二例兼寫惜春與思鄉之殷切，甚至妄想用繩索拴住夕陽，右手移來故鄉；第三例陸游幻想卜居醉鄉，在滿腹酒意的推波助瀾下，日月能煮膠黏捕，仙島可愜意遊訪，現實的憂愁皆可在酒杯消融。以上三例抒情意味濃厚，陸游將抽象的情思以誇飾的筆法化為超寫實的意象，藉此增強詩境中的藝術感染力。

陸游以愛國思想為主旨的蜀中七律，多表達壯志空磨、鴻圖難展的沈鬱之情，但有時也運用誇飾手法展現出樂觀昂揚的戰鬥精神，比如：

草間鼠輩何勞碌，要挽天河洗洛嵩。〔註214〕

丈夫未死誰能料，一笑他年下百城。〔註215〕

第一例將敵寇視為鼠輩，豪氣干雲地要挽引天河之水，洗刷中原腥羶；第二例則在習射中不忘自我激勵，期待將來一箭射下百座城池，表現出老而彌堅、威武不屈的英雄氣概。

四、用典

黃永武云：「凡綜採經史舊籍中的前言往行，都叫做『用典』。」〔註216〕用典，就是引用前人的辭語或者事蹟。黃慶萱認為這種修辭法主要有兩種效果，一是利用一般人對權威的崇拜及對大眾意見的尊重，以加強自己言論的說服力。二是當寫作時「心境」、「物境」與古相合，熟讀的錦言佳句自然流出，新舊融通，古今輝映。〔註217〕

〔註212〕陸游：《詩稿校注》，冊一，卷三〈春晚書懷〉其三，頁302。

〔註213〕陸游：《詩稿校注》，冊一，卷四〈醉鄉〉，頁332。

〔註214〕陸游：《詩稿校注》，冊一，卷四〈八月二十二日嘉州大閱〉，頁339。

〔註215〕陸游：《詩稿校注》，冊二，卷八〈萬里橋江上習射〉，頁623。

〔註216〕黃永武：《字句鍛鍊法》（臺北市：洪範書局，1990年12月），頁82。

〔註217〕黃慶萱：《修辭學》（臺北市：三民書局股份有限公司，1979年12

黃慶萱所言第一種效果，係指引經據典在議論說理時所發揮的徵信作用；第二種效果，則偏重在藝術形象的聯結與疊合。詩歌善用典實，便能用精簡的文字表達豐富的內涵，讓詩境含蓄凝練，又饒富風雅。

宋詩受黃庭堅影響，特好用典。黃庭堅曰：「自作語最難，老杜作詩，退之作文，無一字無來處。……古之能爲文章者，眞能陶冶萬物，雖取古人之陳言入於翰墨，如靈丹一粒，點鐵成金也。」〔註218〕江西詩派的主張因此發展成兩個重點：一是「無一字無來處」，從書本中求詩之高妙。二是「點鐵成金」、「奪胎換骨」，前者重在語言方面，就是將古人陳言融化入詩；後者重在詩意方面，就是剽取前人詩意，換個角度、方法重新詮釋。〔註219〕

江西詩派專從經史子集中挖掘詩材，從古人詩歌裡變化出己作，縫綴成篇的成果，無非是將前人辭語舊瓶新裝，只能在既有框架中擺弄新意，反而忽略掉詩人自我的眞情眞性。陸游早年學習江西詩派，對其搬弄典故的弊病有深刻反省：「我昔學詩未有得，殘餘未免從人乞。」〔註220〕他更進而指出：「文章最忌百家衣，火龍黼黻世不知。誰能養氣塞天地，吐出自足成虹蜺。」〔註221〕陸游學豐才贍、腹笥淵博，卻不囿於江西教條，而是從眞實生命中探索詩歌靈感，因此「引用書卷，皆驅使出之，而非徒以數典爲能事。」〔註222〕

月），頁 99、101。

〔註218〕黃庭堅：〈答洪駒父書〉，《豫章黃先生文集》卷十九，轉引自袁行霈：《中國文學史》上冊（臺北市：五南書局，2003 年），頁 78。

〔註219〕袁行霈：《中國文學概論》（臺北市：五南圖書出版股份有限公司，2003 年 8 月），頁 171。

〔註220〕陸游：《詩稿校注》，冊四，卷二十五〈九月一日夜讀詩稿有感走筆作歌〉，頁 1802。

〔註221〕陸游：《詩稿校注》，冊三，卷二十一〈次韻和楊伯子主簿見贈〉，頁 1592。

〔註222〕趙翼：《甌北詩話》卷六。轉引自孔凡禮、齊治平編：《陸游資料彙編》（北京市：中華書局，2006 年 8 月），頁 276。

陸游詩歌典故運用之精湛，最能表現在七律體裁。查慎行云：「陸放翁律詩，工於用事，屬對天然，前人已豔稱之。」〔註223〕沈德潛云：「放翁七言律，隊仗工整，使事熨貼，當時無與比垺。」〔註224〕趙翼更是推崇：「放翁以律詩見長，名章俊句，層見疊出，令人應接不暇；使事必切，屬對必工；無意不搜，而不落纖巧，無語不新，而不事塗澤，實古來詩家所未見也。」〔註225〕七律用典之難主要有兩點：一是無論文字多寡、句式如何，都要協調聲韻，煉成律句；二是當用典處在頷、頸二聯，更要考量對偶安排、典實相襯。考察陸游蜀中七律用典情形，歸納出以下五項特點：

（一）多用熟典，意象鮮明

陸游平易曉暢的詩歌語言亦展現在典故的選擇上。李致洙指出：「陸游在詩中大致用熟典，很少用僻典，也沒有堆砌之弊。」〔註226〕使用熟典的好處是，其中的人物、故事已受到群眾普遍的認識，形象鮮明、情節生動，易引起讀者的強烈共鳴。但缺點就是熟典引用頻率高，易予人因襲雷同的印象。陸游善從熟典中裁剪出適當的藝術形象，轉化為自然流暢的語言，與詩中情境水乳交融。因此即使未翻疊出新，往往也能呈現出真摯感人的藝術氛圍。以下列舉數例：

> 百萬呼盧事已空，新寒擁褐一衰翁。〔註227〕

> 橫空我欲江湖去，誰借泠然御寇風。〔註228〕

〔註223〕查慎行：《得樹樓雜鈔》卷六。轉引自孔凡禮、齊治平編：《陸游資料彙編》（北京市：中華書局，2006年8月），頁182。

〔註224〕沈德潛：《說詩晬語》卷下。轉引自孔凡禮、齊治平編：《陸游資料彙編》（北京市：中華書局，2006年8月），頁206。句中所言「隊仗」，原指儀仗隊伍，後引申為排偶對仗。

〔註225〕趙翼：《甌北詩話》卷六。轉引自孔凡禮、齊治平編：《陸游資料彙編》（北京市：中華書局，2006年8月），頁276。

〔註226〕李致洙：《陸游詩研究》第五章，第四節（臺北市：文史哲出版社，1991年9月），頁287。

〔註227〕陸游：《詩稿校注》，冊一，卷二〈武昌感事〉，頁142。

〔註228〕陸游：《詩稿校注》，冊二，卷七〈三月一日府宴學射山〉，頁560。

得飽罷揮求米帖，愛眠新著毀茶文。〔註229〕

第一例事出《晉書・劉毅傳》，〔註230〕講的是劉毅聚眾豪賭，先擲出次大的「雉」，驕矜之態惹惱劉裕，遂在其後擲出頭彩的「盧」。劉裕曾在武昌平定桓玄之亂，乾道六年陸游入蜀途中經此，遂生懷古幽情。劉裕是東晉南北朝時期戰功最爲彪炳的軍事將領，他二次北伐所建立的功業尤其受到陸游景仰。詩人截取呼盧喝雉的喧譁場面，既歌詠劉裕的陽剛豪宕，也對映出內在心境的衰頹寂寥。

第二例引自《莊子・逍遙遊》〔註231〕：「夫列子御風而行，泠然善也。」淳熙三年三月一日陸游遊成都北郊的學射山。學射山，又名昇仙山，相傳張伯子曾於此跨虎飛昇。陸游登臨遠眺，見群山縹緲、日出曈曨，遂起絕世出塵之心。但縱然能學列子御風，還是「猶有所待者也」。陸游始終心懸社稷，北伐不成、中原未定，借風之問永遠等不到答案。

第三例上句典出顏眞卿書〈乞米帖〉，下句則引陸羽著《毀茶論》。〔註232〕顏眞卿爲唐代忠臣，也是書法名家。他爲官剛正不阿、一介不取，曾因舉家斷炊而向李太保請求救濟，因此留下名垂青史的〈乞米帖〉。陸羽爲唐代隱士，因撰寫世界第一本茶葉專著——《茶經》而聞名於世。據傳御史大夫李季卿曾召陸羽煮茶獻藝，陸羽因衣著簡陋而遭到輕視，羞憤之餘寫下《毀茶論》。顏眞卿在朝清廉正直，陸羽在野鄙夷權貴，身分雖不同，但皆是嶔崎磊落之士。陸游賦閒幽居，以兩位前輩爲學習對象，奉行簡樸知足的生活美學。

以上諸例所用典故，皆是廣爲人知的熟事、熟典。陸游精準捕捉人物的形態神韻，化爲優美曉暢的詩歌語言，巧妙融合詩中旨趣，將自我情感表達得淋漓盡致。因此即使好用熟典，卻不顯平庸熟爛之弊。

〔註229〕陸游：《詩稿校注》，冊二，卷八〈幽居〉，頁656。
〔註230〕轉引自陸游：《詩稿校注》，冊一，卷二〈武昌感事〉注釋，頁143。
〔註231〕轉引自陸游：《詩稿校注》，冊一，卷一〈航海〉注釋，頁35。
〔註232〕轉引自陸游：《詩稿校注》，冊二，卷八〈幽居〉注釋，頁656。

（二）取材廣泛，詞華典贍

陸游祖父陸佃爲會稽首屈一指的藏書家，父親陸宰繼而擴充，從小生長在如此書香門第，陸游自幼就勤學好讀。他曾自述：「我生學語即耽書，萬卷縱橫眼欲枯。」〔註233〕陸游奉六經爲圭臬，終身研讀不輟。《易經》影響其人生觀深遠，陸游的哲學思想多由此悟得；《尚書》、《春秋》、《左傳》等史書也時常閱讀，因此對歷代典故沿革、人物事蹟都瞭若指掌；詩學方面，從《詩經》、《楚辭》以降，歷代名家的作品皆廣泛涉獵。〔註234〕

袁行霈云：「陸游的詩繼承陶淵明、李白、杜甫、岑參、白居易等大師的傳統，……在平夷曉暢之中呈現出一股恢宏踔厲之氣。陸游可以說是一位集大成的詩人了。」〔註235〕陸游能被譽爲集大成者，滿腹詩書爲其奠定良好基礎。當他遇事臨景、心有所感，曾經閱讀過的典故辭藻便自然湧出，化爲行文賦詩的助力。以下列舉數例：

華子中年百事忘，嵇生仍坐嬾爲妨。〔註236〕

一氣推移均野馬，百年蒙覆等醯雞。〔註237〕

焦頭爛額知何補，弭患從來貴未形。〔註238〕

玄都春老人何在？華表天高鶴未歸。〔註239〕

閉門種菜英雄老，彈鋏思魚富貴遲。〔註240〕

莫愁艇子急衝雨，何遜梅花頻倚闌。〔註241〕

〔註233〕陸游：《詩稿校注》，冊七，卷六十八〈解嘲〉，頁3826。
〔註234〕張健：《陸游》（臺北市：河洛圖書出版社，1977年），頁7～8。
〔註235〕袁行霈：《中國文學概論》（臺北市：五南圖書出版股份有限公司，2003年8月），頁172。
〔註236〕陸游：《詩稿校注》，冊二，卷六〈自嘲〉，頁476。
〔註237〕陸游：《詩稿校注》，冊一，卷四〈雨中睡起〉，頁384。
〔註238〕陸游：《詩稿校注》，冊二，卷六〈戊戌說沉黎事有感〉，頁495。
〔註239〕陸游：《詩稿校注》，冊二，卷七〈感事〉，頁593。
〔註240〕陸游：《詩稿校注》，冊二，卷七〈月下醉題〉，頁596。
〔註241〕陸游：《詩稿校注》，冊二，卷九〈一笑〉，頁732。

第一例上句引自《列子・周穆王》：「宋陽里華子，中年病忘，朝取而夕忘，在途而忘行，在室則忘坐，今不識先，後不識今。」下句則引嵇康〈與山巨源絕交書〉：「性復疏嬾。」〔註242〕

第二例上句出自《莊子・逍遙遊》：「野馬也，塵埃也，生物之以息相吹也。」下句則是《莊子》中的另一篇〈田子方〉：「孔子出，以告顏回曰：『丘之於道也，其猶醯雞與！』」〔註243〕

第三例出自《漢書・霍光傳》：「人謂主人曰：『鄉使聽客之言，不費牛酒，終亡火患。今論功而請賓，曲突徙薪亡恩澤，燋頭爛額爲上客耶？』」〔註244〕

第四例上句取劉禹錫〈再遊玄都觀〉詩意：「種桃道士歸何處？前度劉郎今又來。」〔註245〕下句則源自《搜神後記》的仙人傳說：「丁令威，本遼東人，學道于靈虛山，後化鶴歸遼，集城門華表柱。」〔註246〕

第五例上句典出《三國志・蜀書・先主傳》注解，胡沖《吳歷》：「備時閉門將人種蕪菁。曹公使人闚門，既去，備謂張飛、關羽曰：『吾豈種菜者乎，曹公必有疑意，不可復留。』」下句則出自《戰國策・齊策》馮諼客孟嘗君門下，「居有頃，倚柱彈其劍，歌曰：『長鋏歸來乎！食無魚。』」〔註247〕

第六例上句語出樂府民歌〈莫愁樂〉歌詞：「艇子打兩槳，催送莫愁來。」下句則是因南朝詩人何遜作有〈詠早梅詩〉。〔註248〕

以上僅舉六例，所用典故就涉及史書、子書、民歌、詩文集、筆記小說等等，由此可窺見陸游用典之廣。陸游雖不似江西詩人耽溺古

〔註242〕轉引自陸游：《詩稿校注》，冊二，卷六〈自嘲〉注釋，頁476。
〔註243〕轉引自陸游：《詩稿校注》，冊一，卷四〈雨中睡起〉注釋，頁384。
〔註244〕轉引自陸游：《詩稿校注》，冊二，卷六〈戊申說沉黎事有感〉注釋，頁495。
〔註245〕轉引自陸游：《詩稿校注》，冊二，卷七〈感事〉注釋，頁593。
〔註246〕轉引自陸游：《詩稿校注》，冊一，卷五〈寓驛舍〉注釋，頁430。
〔註247〕陸游：《詩稿校注》，冊二，卷七〈月下醉題〉，頁596。
〔註248〕轉引自陸游：《詩稿校注》，冊二，卷九〈一笑〉，頁732。

籍、苦覓詩語，但因平日飽覽群書，古人情志體會深刻。每當登臨詠懷、寫景狀物，信手拈來便是融會古今的佳構。

（三）鎔裁語辭，聲情相切

依據典故材料，用典可分爲用事與用辭。前者引用前人事蹟，後者則指襲用、裁剪或轉化古人文字。詩歌用辭的方式大概有全部襲用、局部替換、增減字數、拆句或合併、部分截取等幾種。陸游蜀中七律較常使用部分截取的方式，茲引數例如下：

> 未應湖海無豪士，長恨乾坤有腐儒。〔註249〕
>
> 羈孤形影眞相弔，衰颯頭顱已可知。〔註250〕
>
> 平章春韭秋菘味，拆補天吳紫鳳圖。〔註251〕
>
> 身遊碧海跨鯨魚，心似寒冰貯玉壺。〔註252〕

第一例上句出於《三國志・魏書・陳登傳》：「陳元龍湖海之士，豪氣不除。」下句引自杜甫〈江漢〉詩：「江漢思歸客，乾坤一腐儒。」〔註253〕上引爲傳記，下引爲五言詩，陸游巧妙鎔裁爲七律有無對，豪士與腐儒的強烈對比，正是詩人抑鬱難消的壘塊。

第二例上句出自李密〈陳情表〉：「煢煢獨立，形影相弔。」下句則引自陶宏景〈與從兄書〉：「今三十六方作奉朝請，頭顱可知。」〔註254〕二者皆援引散文句入律，作成形體對，細膩呈現出仕途慘澹、異鄉漂泊的寂寞心境。

第三例上句典出《南史・周顒傳》：「文德太子問顒：『菜食何味最勝？』曰：『春初早韭，秋末晚菘。』」下句源自杜甫〈北征〉詩：

〔註249〕陸游：《詩稿校注》，冊一，卷二〈江夏與章冠之遇別後寄贈〉，頁152。

〔註250〕陸游：《詩稿校注》，冊一，卷二〈江上〉，頁156。

〔註251〕陸游：《詩稿校注》，冊一，卷三〈自笑〉，頁253。

〔註252〕陸游：《詩稿校注》，冊二，卷七〈十日夜月中馬上作〉，頁607。

〔註253〕轉引自陸游：《詩稿校注》，冊一，卷二〈江夏與章冠之遇別後寄贈〉注釋，頁152。

〔註254〕轉引自陸游：《詩稿校注》，冊一，卷二〈江上〉注釋，頁156。

「天吳與紫鳳，顛倒在短褐。」〔註255〕上、下句形成飲食、衣飾對，悠然勾勒出陸游清淡寡欲的生活態度。此詩雖題〈自笑〉，嘲解自己拙於生事，但更隱然透露出儉以養廉的高尚情志。

第四例上句引自杜甫〈戲為六絕句〉詩：「或看翡翠蘭苕，未掣鯨魚碧海中。」〔註256〕下句則來自王昌齡〈芙蓉樓送辛漸〉詩：「洛陽親友如相問，一片冰心在玉壺。」〔註257〕此例用在毋須對仗的首聯，鯨魚與玉壺形成意外的寬對。碧海騎鯨，雄奇豪放；玉壺貯冰，端凝矜持。一大一小、一外一內、一動一靜、一放一收，不僅拉扯出強大藝術張力，更傳神描繪出放翁的神采氣韻。

陸游在七律中較常使用部分截取的引用方式，主要原因有二：一是顧及平仄對偶，陸游取材遍及經史子集，文字形式各異，部分截取的方式較適合鎔鑄律句。二是部分截取自由度高，與全部襲用、局部替換、增減字數等其它方式相較，部分截取源自古人的部分少、自己的創意多，容易擺脫句式束縛，融入更多藝術巧思。因此陸游鎔裁前人語辭，能達到縫補無痕、聲情相合的渾融境界。

（四）翻疊舊典，推陳出新

依據典故原意與新意的異同，用典又可分為直用與反用。直用是直接依照典故的原意使用；反用則是對典故的原意進行翻案，在前人的思想基礎上進行新變。黃永武云：「所謂翻疊，或是將前人的舊事舊語反過來用，在前人的舊事舊語之上翻疊一層正意。……這樣的構思造句法，至少可使一句之內，包容著原意與新意，這二層意思回環重疊，非但情致清新，含意也層折有味。」〔註258〕

如果說直用是對古人言行的理解與共鳴，反用則是進而省思、檢

〔註255〕轉引自陸游：《詩稿校注》，冊一，卷三〈自笑〉注釋，頁253。

〔註256〕轉引自陸游：《詩稿校注》，冊二，卷七〈睡〉注釋，頁594。

〔註257〕轉引自陸游：《詩稿校注》，冊二，卷七〈十日夜月中馬上作〉注釋，頁607。

〔註258〕黃永武：《中國詩學——設計篇》（臺北市：巨流圖書公司，1987年4月），頁102。

視、提出新解或批判。因此反用比起直用，在詩歌藝術上蘊涵更多個人色彩與思考創意。陸游讀書成癖，卻絕非食古不化。因此對史籍中的典故人物、言行事蹟，常有獨到的解讀與領略。以下試舉數例：

　　諸賢好試平戎策，歛退無心競著鞭。〔註259〕

　　君看赤壁終陳迹，生子何須似仲謀。〔註260〕

　　謫仙未必無遺恨，老欠題詩到夜郎。〔註261〕

　　行遍天涯身尚健，卻嫌陶令愛吾廬。〔註262〕

　　躬耕本是英雄事，老死南陽未必非。〔註263〕

第一例典出《世說新語‧賞譽》所附劉峻注解：《晉陽秋》〔註264〕曰：「劉琨與親舊書曰：『吾枕戈待旦，志梟逆虜，常恐祖生先吾著鞭耳。』」〔註265〕劉琨與祖逖皆是西晉著名的愛國志士，劉琨之憂正可看出對祖逖的敬重之情，兩位豪傑間的良性競爭令陸游欽羨嚮往。他雖久病消沉而自述「歛退無心」，實則慨歎「無人競著鞭」的蕭索落寞。

　　第二例語出《吳志‧孫權傳》裴松之注引《吳歷》：「公見舟船器仗，軍伍整肅，喟然歎曰：『生子當如孫仲謀（權字），劉景升（表字）兒子（琮）若豚犬耳。』」〔註266〕曹操見吳軍精壯整練，認為生子就該像孫權般雄才大略。千年後陸游入蜀途經赤壁磯，遂興歷史興亡之感，他慨歎就算有子英武如孫權那又如何？滾滾浪濤聲中掩蓋了多少英雄的遺憾。陸游借古喻今，暗諷即使有仲謀之能，在屈膝乞和的局

〔註259〕陸游：《詩稿校注》，冊一，卷二〈久病灼艾後獨臥有感〉，頁198。

〔註260〕陸游：《詩稿校注》，冊一，卷二〈黃州〉，頁141。

〔註261〕陸游：《詩稿校注》，冊二，卷六〈昭德堂晚步〉，頁506。

〔註262〕陸游：《詩稿校注》，冊二，卷六〈彌牟鎮驛舍小酌〉，頁521。

〔註263〕陸游：《詩稿校注》，冊二，卷七〈過野人家有感〉，頁574。

〔註264〕《晉陽秋》爲東晉孫盛所撰，該書爲晉代斷代史，久佚。今日僅能從《全晉文》、《世說新語》等古籍中見部分內容。

〔註265〕轉引自陸游：《詩稿校注》，冊一，卷二〈久病灼艾後獨臥有感〉注釋，頁198。

〔註266〕轉引自陸游：《詩稿校注》，冊一，卷二〈黃州〉注釋，頁141。

勢下也只能徒懷楚囚齊優之痛。

　　第三例取自李白晚年流放夜郎，未至遇赦之事。《太平寰宇記》：「劍南東道，榮州和義郡，今理旭川縣。《禹貢》梁州之域，古夜郎之國。」〔註267〕李白因永王李璘案而遭唐肅宗流放夜郎。陸游將流放之不幸視爲幸，將遇赦之幸反當作遺憾。如此翻疊運用，詩句含蘊豐富，既稱讚榮州環境的靜謐悠閒，又歌詠詩仙超越凡俗，更展現自我隨遇而安的豁達胸襟。

　　第四例引自陶潛〈讀山海經〉詩：「眾鳥欣有託，吾亦愛吾廬。」〔註268〕陸游酷愛陶詩，「我詩慕淵明」、〔註269〕「學詩當學陶」、〔註270〕「莫謂陶詩恨枯槁，細看字字可銘膺」〔註271〕等等，詩集中屢屢提及陶詩，可見對陶潛之推崇。陸游此處反用「吾廬」句，可從多個角度解讀。本詩作於淳熙二年，陸游在成都疲於文書、滿懷鬱悶，對於任官或退隱難以抉擇。因此「嫌」字背後，其實隱藏有複雜情緒。第一層是陸游以古人爲友，此「嫌」頗有戲弄調侃的情趣；第二層是陸游長年飄泊異鄉，所幸身體無恙，因此亦有自我安慰的意味。第三層則是陸游最眞實的心情——久宦思歸，「嫌」字裡頭無法壓抑的是艷羨之情。

　　第五例典出諸葛亮〈出師表〉：「臣本布衣，躬耕於南陽。」〔註272〕蜀主劉備求賢若渴，爲得孔明這位賢輔，屢次登門敬邀，留下三顧茅廬的歷史美談。陸游卻認爲即使沒有劉備的慧眼，孔明終身務農，也無損臥龍先生的精神氣度。經國濟世以蒼生爲念，躬耕田畝則不求聞

〔註267〕轉引自陸游：《詩稿校注》，冊二，卷六〈將之榮州取道青城〉注釋，頁480。

〔註268〕轉引自陸游：《詩稿校注》，冊二，卷六〈彌牟鎮驛舍小酌〉注釋，頁521。

〔註269〕陸游：《詩稿校注》，冊四，卷二十七〈讀陶詩〉，頁1903。

〔註270〕陸游：《詩稿校注》，冊七，卷七十〈自勉〉，頁3888。

〔註271〕陸游：《詩稿校注》，冊三，卷二十一〈杭湖夜歸〉其一，頁1605。

〔註272〕轉引自陸游：《詩稿校注》，冊二，卷七〈過野人家有感〉釋，頁574。

達，陸游既歌詠孔明的英雄氣概，也是對心中的不遇之感，尋求一種慰藉與超脫。

　　直用典故，可以展現作者的博學多聞；翻疊典故，則更可觀察出作者對眞實人生的觀察與體悟。馬星翼云：「放翁詩善用成句……又善用古人意趣。」〔註273〕所謂「善用」者，廣納約取、自然妥貼之外，還要翻疊出新、發人深省，才能達到情思雋永的藝術境界。

（五）用典屬對，工穩自然

　　七律用典之難，尤其使用在必須對仗的頷、頸二聯。在形式上出、對句各自引用典故，必須考量平仄、用韻、句型等等格律問題，往往牽一髮而動全身。在內容上還要考量兩則典故彼此的對應關係，不能硬拼亂湊、風馬不接，也不能上下雷同、意犯合掌，因此七律頷、頸二聯最能看出詩人用事屬對之功力。陸游爲眾所公認的七律大家，其用典屬對自有不凡之處，以下列舉數例：

　　　　局促常悲類楚囚，遷流還歎學齊優。〔註274〕

　　　　捫虱雄豪空自許，屠龍工巧竟何成。〔註275〕

　　　　萬里欲呼牛渚月，一生不受庾公塵。〔註276〕

　　　　報國雖思包馬革，愛身未忍價羊皮。〔註277〕

　　　　已忘海運鯤鵬化，那計風微燕雀高。〔註278〕

第一例上句典出《左傳》：「晉侯觀于軍府，見鍾儀，問之曰：『南冠而縶者誰也？』有司對曰：『鄭人所獻楚囚也。』」下句出自《史記‧

〔註273〕馬星翼：《東泉詩話》卷二。轉引自孔凡禮、齊治平編：《陸游資料彙編》（北京市：中華書局，2006年8月），頁318。

〔註274〕陸游：《詩稿校注》，冊一，卷二〈黃州〉，頁141。

〔註275〕陸游：《詩稿校注》，冊一，卷三〈即事〉，頁275。

〔註276〕陸游：《詩稿校注》，冊一，卷四〈獨遊城西諸僧舍〉，頁315。

〔註277〕陸游：《詩稿校注》，冊二，卷八〈獵罷夜飲示獨孤生〉其一，頁693。

〔註278〕陸游：《詩稿校注》，冊二，卷七〈和范待制秋興〉其三，頁612。

樂書》：「自仲尼不能與齊優遂容于魯。」〔註279〕楚與齊皆爲國名，囚與優皆是身份，此聯雖爲首聯，但陸游對仗仍相當工整，他先以楚囚形容內心的侷促不安，再舉齊優比喻漂泊遷徙的處境。楚囚與齊優雖然皆屬身分低微之人，但意蘊又隱然不同。「楚囚」一詞源自愛國樂師鍾儀，「齊優」泛指取悅於人的優伶，陸游此聯隱然寓有心懷鄉國之憂，命運卻如隨風草芥般卑微，悲鬱之情、溢於言表。

　　第二例上句出自《晉書・王猛傳》：「桓溫入關，猛被褐而詣之，一面，談當世之事，捫虱而言，旁若無人。」下句引自《莊子・列禦寇》：「朱泙漫學屠龍于支離益，單千金之家，三年技成，而無所用其巧。」〔註280〕此詩作於乾道八年，王炎幕府解散後，陸游離開南鄭前往成都，復國夢碎正是其最失意沮喪的時候。陸游先以史冊記載的雄豪自比，表達其慷慨從容的抗敵決心；再以莊子寓言的俠客自嘲，即使身負絕世藝業，無龍可殺又有何用？虛實相映，感慨良多。

　　陸游自幼研讀兵書、鍛鍊武藝，可惜得不到施展的戰場，而欲斬的「惡龍」卻始終盤據北方，因此引「屠龍無用」之事，格外顯得意蘊深刻。

　　第三例上句引自李白〈夜泊牛渚懷古〉詩：「牛渚西江夜，青天無片雲。登舟望秋月，空憶謝將軍。」〔註281〕下句典出《世說新語・輕詆》：「庾公權重，足傾王公。庾在石頭，王在冶城坐，大風揚塵，王以拂塵曰：『元規塵污人。』」〔註282〕「萬里」與「一生」以數字、時空相對；「牛渚」與「庾公」形成地名、人名對；「月」與「塵」成爲天文地理對，此聯以鄰對爲主，但似寬實緊、別具巧思。詩仙李

〔註279〕轉引自陸游：《詩稿校注》，冊一，卷二〈黃州〉注釋，頁141。
〔註280〕轉引自陸游：《詩稿校注》，冊一，卷三〈即事〉注釋，頁275。
〔註281〕轉引自陸游：《詩稿校注》，冊一，卷四〈獨遊城西諸僧舍〉注釋，頁315。
〔註282〕轉引自陸游：《詩稿校注》，冊一，卷二〈十二月一日〉注釋，頁124。

白飄逸不群，權臣庾亮勢傾朝野，兩人在陸游眼中卻如明月、污塵，判若天淵。牛渚月雖有萬里之遠，陸游因思慕李白而親近；即使一生坎坷困頓，也不願腆顏諂媚權貴。此聯不工之處，正顯詩情之清新俊逸。

　　第四例上句出自《後漢書・馬援傳》：「男兒要當死於邊野，以馬革裹尸還葬耳；何能臥床上在兒女子手中邪！」下句典出《孟子・萬章》：「百里奚自鬻于秦養牲者五羊之皮，食牛，以要秦穆公。」〔註283〕此聯以「馬革」對「羊皮」，意蘊十分耐人尋味。馬革、羊皮同是尋常獸皮，在出、對句卻有截然不同的價值。前者成為伏波將軍的歸宿，後者賤買五羖大夫的性命，貴賤與否？差別就在於是否生命發揮應有的價值與尊嚴。陸游在報國之志堅定明確，卻苦無良機而愛身待用，此聯藉由馬革、羊皮兩種價值相近之物，吐露出激昂與鬱悶交互拮抗的複雜心理狀態。

　　第五例上句典出《莊子・逍遙遊》：「北冥有魚，其名為鯤，鯤之大，不知其幾千里也。化而為鳥，其名為鵬，……海運則將徙于南冥。」〔註284〕下句截自杜甫〈奉和賈至舍人早朝大明宮〉：「旌旗日暖龍蛇動，宮殿風微燕雀高。」〔註285〕燕雀，有隱喻小人之意，杜甫為何在恭維長官賈至之作，有「宮殿風微燕雀高」之語，歷來引起詩評家的幾種歧見：一、詩中有諷諭之意。此解顯然與詩旨相悖；二、燕雀乃杜甫自謙之辭。若作此解，雖然在情理之中，唯稍損全詩格局；三、燕雀，泛指門第不高的各色人材。唐室復興，百廢待舉，只要具有才德者，都有機會獲得重用。此解當最符合詩旨所要描繪的中興氣象。

　　本詩作於淳熙三年，陸游因讒免官，慨然自號「放翁」。此處裁

〔註283〕　轉引自陸游：《詩稿校注》，冊二，卷八〈獵罷夜飲示獨孤生〉其一注釋，頁693。
〔註284〕　轉引自陸游：《詩稿校注》，冊一，卷五〈寓驛舍〉，頁430。
〔註285〕　轉引自陸游：《詩稿校注》，冊二，卷七〈和范待制秋興〉其三注釋，頁612。

剪老杜語，顯然取其辭而捨其意，藉此暗諷燕雀之譏。奇幻雄偉的「鯤鵬」與平凡渺小的「燕雀」，正象徵詩人的磊落軼蕩與佞臣的讒諂阿諛，藝術形象對比鮮明。出、對二句語意聯貫、勢如奔流，盡吐心中積鬱壘塊，將豪宕詩風發揮地淋漓盡致。

　　楊大鶴論詩之本源，曰：「詩也者，性情之物，源源本本，神明變化，不可以時代求，不可從他人貸者也。」〔註 286〕正好揭示作詩用典的正確態度，詩本該為抒發性靈、情志而作，古人行誼、言辭可以作為參考、學習甚至仿效對象，但不可削足適履，反而脫離現實生活，妨礙真實情感的表達。楊大鶴更指出放翁詩與一般宋詩之別，就在於「蓋可定者，世間紙上之李、杜；時時有之者，放翁胸中之李、杜也」。〔註 287〕

　　宋代詩人從紙本中追隨古人，陸游則是以生命經驗去感悟先賢的思想情感，就如陸游對南宋詩壇的針砭：「今人解杜詩，但尋出處，不知少陵之意，初不如是。……縱使字字尋得出處，去少陵之意益遠矣。蓋後人元不知杜詩所以妙絕古今者在何處，但以一字亦有出處為工。」〔註 288〕學杜如此，法古亦當如此。

　　汪琬曾言：「唐詩以杜子美為大家，宋詩以蘇子瞻、陸務觀為大家。此三家者，皆才雄而學贍，氣俊而詞偉。」〔註 289〕「學贍」是鍛鍊筆墨、增廣見識的基礎，但食古不化便有「以才學為詩」之弊；「才雄」、「氣俊」，可以歸因個人的秉性天賦，但亦不可忽略平日的藝術涵養。以審美的角度去觀察人生，再援引古人的言行為參照，方能打破窠臼藩籬，自鑄「偉詞」。陸游七律用典能「神而明之」、「變

〔註286〕楊大鶴：《劍南詩鈔·序》。轉引自孔凡禮、齊治平編：《陸游資料彙編》（北京市：中華書局，2006 年 8 月），頁 189。

〔註287〕楊大鶴：《劍南詩鈔·序》。轉引自孔凡禮、齊治平編：《陸游資料彙編》（北京市：中華書局，2006 年 8 月），頁 191。

〔註288〕陸游：《老學庵筆記》卷七。轉引自孔凡禮、齊治平編：《陸游資料彙編》（北京市：中華書局，2006 年 8 月），頁 412。

〔註289〕汪琬：《堯峯文鈔》卷二十九。轉引自孔凡禮、齊治平編：《陸游資料彙編》（北京市：中華書局，2006 年 8 月），頁 152。

而通之」，〔註290〕達到自然貼切、意象渾融的境界，對於運用古人筆墨的正確認知，無疑是其中最大關鍵。

五、對仗

對偶是華語文學中一種特殊的修辭技巧。黃慶萱說：「對偶，在客觀上，源於自然界的對稱；在主觀上，源於心理學上的『聯想作用』，和美學上『對比』、『平衡』、『勻稱』的原理。而漢語的孤立與平仄之特性，又恰好能滿足這種客觀現象與主觀作用之表達。」〔註291〕

對仗源自對偶，若以邏輯觀念描述，對仗屬於對偶的子集，成立條件比對偶更加嚴格。曾永義將對偶分為五個等級：一、意義分量相等；二、語言長度相同，詞性相同；三、平仄相反；四、名詞類別相近；五、名詞類別相同。以上五個等級，在後者皆滿足前列條件，等級較高、對偶愈工。第一級嚴格來說還不算對偶，應屬於排比；第二級即為對偶；第三級為基本對仗，稱之為「寬對」；第四級愈加整練，稱為「鄰對」；第五級最為嚴格，稱為「工對」。〔註292〕

對仗可說是修辭中最為精緻優美的形式，尤其是使用在七言律詩這精美的詩歌體裁。創作者必須具備的高度的文學素養，舉凡詞意的理解、詞彙的分類、詞性的辨別、平仄的判斷、聲韻的把握、詩律的結構等等，皆要有相當程度的認知。此外還要兼具靈活敏銳的審美觀照與精準合度的藝術構思，方能在格律的密網中信步而行，從容展現七律的雍容爾雅。

陸游以七律著稱，對仗方面自然造詣極高。劉克莊感歎：「古人好對偶被放翁用盡。」〔註293〕吳師道謂：「世稱宋詩人句律流麗，必

〔註290〕楊大鶴：《劍南詩鈔·序》。轉引自孔凡禮、齊治平編：《陸游資料彙編》（北京市：中華書局，2006年8月），頁189。

〔註291〕黃慶萱：《修辭學》（臺北市：三民書局股份有限公司，1979年12月），頁447。

〔註292〕曾永義：〈舊詩的體製規律及其原理〉。轉引自許清雲：《近體詩創作理論》（臺北市：洪葉文化，1997年9月），頁176。

〔註293〕劉克莊：《後村詩話》，前集卷二。轉引自孔凡禮、齊治平編：《陸

曰陳簡齋；對偶工切，必曰陸放翁。」〔註294〕沈德潛曰：「放翁七言
律，對仗工整，使事熨貼，當時無與比埒。」〔註295〕歷代詩評家趙
翼、張培仁、陳衍等，也先後品題陸游對句，摘其佳者羅列。足見陸
游屬對之精湛，廣受文人雅士所推崇。〔註296〕

　　對仗的種類與名目繁多，依句型可分當句對、雙句對、隔句對、
鼎足對、錯綜對、倒裝對等等；依詞彙可分方位對、數目對、顏色對、
人名對、地名對、疊字對、連綿對、借對等等；依意涵可分並肩對、
流水對、倒挽對；依工整度可分寬對、鄰對、工對。對仗的要求基本
以工整、自然、意遠、巧變爲原則，陸游好用對仗，一首律詩出現三
聯對仗的情形不少，因此特增「豐富」一項予以討論。下面就陸游蜀
中七律對仗概況分工整、自然、意遠、巧變、豐富五個層面討論：

（一）工整

　　工整是對仗修辭的最大特徵，也是最基本的原則。近體詩對仗依
照工整度可分寬對、鄰對、工對，對仗愈工愈能展現語文形式的優美，
但同時對內容的拘束、情意的妨礙也愈多。王了一認爲：「近體詩受
平仄的拘束已經不少，如果在對仗上也處處求工，那麼，思想就沒有
回旋的餘地了。再者，求工太過，就往往弄到同義相對，……意簡言
繁，是詩人所忌；所以工對最好是『妙手偶得之』，其次是在不妨礙
意境的情形下，儘可能求其工。」〔註297〕

　　由此可知，工整固然是對仗的第一原則，但若刻意求工，導致

　　游資料彙編》（北京市：中華書局，2006 年 8 月），頁 47。
〔註294〕吳師道：《吳禮部詩話》。轉引自孔凡禮、齊治平編：《陸游資料彙
　　　編》（北京市：中華書局，2006 年 8 月），頁 77。
〔註295〕沈德潛：《說詩晬語》。轉引自孔凡禮、齊治平編：《陸游資料彙編》
　　　（北京市：中華書局，2006 年 8 月），頁 206。
〔註296〕分見《甌北詩話》卷六、《妙香室叢話》卷七、《劍南摘句圖》。轉
　　　引自孔凡禮、齊治平編：《陸游資料彙編》（北京市：中華書局，2006
　　　年 8 月），頁 279、358、378。
〔註297〕王了一：《中國詩律研究》轉引自《修辭學》（臺北市：三民書局股
　　　份有限公司，1979 年 12 月），頁 464。

因辭害意，戕害詩歌本質，反而是捨本逐末、得不償失。陸游七律雖以對仗工整聞名，但卻不因而阻礙其意境的舖陳、情思的表達。比如：

> 口誇遠嶺青千疊，心憶平波綠一篙。〔註298〕

> 梅雨晴時插秧鼓，蘋風生處采菱歌。〔註299〕

> 暮雪烏奴停醉帽，秋風白帝放歸船。〔註300〕

第一例「口」與「心」皆屬形體類；「嶺」與「波」同屬地理類；「青」與「綠」為顏色、「千」與「一」為數字、「疊」與「篙」為單位。其中「青」與「綠」雖顏色相近，但青山綠水交相掩映，摹寫細膩、自有層次。

第二例「梅」與「蘋」屬植物；「風」與「雨」屬天文；「插秧」與「采菱」屬農事；「鼓」與「歌」相對，雖分屬器物、人事類，但鼓聲與歌聲皆為音樂，意義相稱。

第三例「暮」與「秋」屬時令；「雪」與「風」屬天文；「帽」與「船」屬器物；「烏奴」與「白帝」既為地名，其中「烏」與「白」為顏色、「奴」與「帝」為身分，對中有對、尤其工整。

陸游七律中雖不乏字字工對的對仗，但最常見的還是工對與鄰對的併用。顯然陸游最重視的還是情感的抒發、意境的呈現，辭藻的工巧尚在其次。以下略舉工、鄰併用數例：

> 五更落月移樹影，十月清霜侵馬蹄。〔註301〕

> 繫船日落松滋渡，跋馬雲埋灩澦關。〔註302〕

> 日映滿窗松竹影，雪消並舍鳥烏聲。〔註303〕

〔註298〕陸游：《詩稿校注》，冊一，卷二〈過東灉灘入馬肝峽〉，頁167。
〔註299〕陸游：《詩稿校注》，冊一，卷二〈初夏懷故山〉，頁190。
〔註300〕陸游：《詩稿校注》，冊一，卷三〈赴成都泛舟自三泉至益昌謀以明年下三峽〉，頁262。
〔註301〕陸游：《詩稿校注》，冊一，卷二〈馬上〉，頁153。
〔註302〕陸游：《詩稿校注》，冊一，卷二〈晚泊松滋渡口〉，頁159。
〔註303〕陸游：《詩稿校注》，冊一，卷二〈雪晴〉，頁179。

第一例「五」與「十」爲數字，「更」與「月」屬時令，「落月」與「清霜」屬天文，皆爲工對；「樹」與「馬」分屬植物、動物，則爲鄰對。樹影移動與馬蹄踏霜一慢一快形成強烈對比。

第二例「日」與「雲」屬天文，「松滋渡」與「灩澦關」爲地名，皆爲工對；「船」與「馬」分屬器物與動物，但皆爲交通工具，意義相稱。且「繫船」對「跋馬」，水陸交替頻繁，更突顯旅程的漫長遼闊。

第三例「日」與「雪」屬天文，「窗」與「舍」屬宮室，「影」與「聲」屬形體，皆工；「松竹」與「鳥鳥」分屬動、植物，前者寫形影、後者寫啼聲，視覺、聽覺摹寫並用，帶給讀者鳥雀穿梭跳躍林間的活潑景象。

陸游七律亦存在寬對，黃永武認爲：「『工整』容易流爲板滯，『不整爲整』才有流動的神態，……意外的寬對能從多樣的異趣尋求統一，將許多『若即若離』的意象，牽引得『不即不離』，中間雖沒有白刃相接般緊迫的抗力，但有星際間天行不息的強韌引力。」〔註304〕陸游詩中有些對仗看似寬鬆，實際探索卻構思巧妙，達到黃氏所言「不整爲整」之境界。例如：

> 駿馬名姬如昨日，斷碑喬木不知年。〔註305〕

> 人立飛樓今已矣，浪翻孤月尚依然。〔註306〕

> 縣近歡欣初得菜，江回徙倚忽逢山。〔註307〕

第一例描寫的對象是李白，「駿馬」與「斷碑」、「名姬」與「喬木」看似寬鬆，但自對又相對，雖寬亦工。尤其遙想當年身跨駿馬、名姬圍繞的詩仙風采，對照如今墓碑破損、松柏森然的祠堂景象，虛想與

〔註304〕黃永武：《中國詩學——設計篇》（臺北市：巨流圖書公司，1987年4月），頁140。

〔註305〕陸游：《詩稿校注》，冊一，卷二〈弔李翰林墓〉，頁139。

〔註306〕陸游：《詩稿校注》，冊一，卷二〈夜登白帝城樓懷少陵先生〉，頁195。

〔註307〕陸游：《詩稿校注》，冊一，卷二〈晚泊松滋渡口〉，頁159。

實景、光鮮與凋零，形成絕佳的藝術張力。

第二例描寫的是杜甫，「人」與「浪」、「樓」與「月」對仗雖寬，但兩句皆語出杜詩。上句用〈白帝城最高樓〉：「獨立縹緲之飛樓」，下句用〈宿江邊閣〉：「孤月浪中翻」，「人立飛樓」靜中思動，「浪翻孤月」動中有靜，兩組意象跨越時空，融合成一幅蒼茫雄渾的畫卷。此聯雖分別摘自七言、五言，但鎔鑄自然、氣韻渾厚，毫無斧鑿痕跡。

第三例寫在入蜀途中，「菜」與「山」相對，大小、輕重看似極不相稱，實則隱藏更深一層涵意。「縣近」代表人煙稠密，得以補充糧食蔬菜是喜悅的；但繼續前行江水迴繞，驚見高山聳峙，憂懼頓生。「菜」之微小對照「山」之崔嵬，正象徵陸游內心憂喜的懸殊比例。此聯意如流水，先喜後憂，造語平淡卻細膩描繪出萬里赴任的忐忑之情。

（二）自然

工整是對仗的基本原則，自然則是對仗的最高要求。要達到工整的目標，往往需要高度人為修飾，透過詩人的深思熟慮、反覆推敲，方能形成精雕細琢、秀贍整練的對句。辭藻精美固然是詩文的重要元素，但若刻意求工、雕琢過甚，反而會妨礙自然情意的流露，損害詩歌抒情詠懷的本質。

一聯對仗是否自然，應從其中語意是否從容表達、情思是否悠然舒展為標準。不能只為符合平仄對偶，勉強拼湊詞彙。否則就算最終獲得整齊的句式，原意經過幾番剪貼、塗改，也早已面目全非。

自然不但是對仗的最高指導原則，也是詩歌至高的理想境界，所謂「清水芙蓉」、「羚羊掛角」皆指如此。陸游曾謂：「琢琱自是文章病，奇險尤傷骨氣多。」〔註308〕主張詩文該以風骨氣韻為根本，反對追求奇險、過度雕飾。因此其對仗常能在工整與自然之間，尋找到

〔註308〕陸游：《詩稿校注》，冊八，卷七十八〈讀近人詩〉，頁4238。

恰如其分的平衡點。以下依內容分寫景、抒情、敘事、議論四類，各舉數例說明：

1. 寫景

陸游對仗寫景的佳對如：

烘暖花無經日蕊，漲深水過去年痕。〔註309〕

一徑松楠遙見寺，數家雞犬自成村。〔註310〕

敗墙慘澹欲無色，老氣森嚴猶逼人。〔註311〕

第一例描寫常見的「落花」、「流水」，陸游卻在最尋常的事物中體察出細微的物理。氣候寒暖更迭對花蕊的影響、溪水流量變化所留下的水痕，都被詩人敏銳的觸角所捕獲，知性的描述看似平淡，隱然有人生的哲理。

第二例描寫寺廟與村落，詩人先以夾道的松樹楠木指向畫面的核心——寺廟，再以林蔭間時隱時現的雞、犬隨意點綴，構圖自然寫意，全聯意境渾融，成功描摹出郊野村落的靜謐悠閒。

第三例描寫文同的墨竹壁畫，上句先寫牆面的衰敗斑駁、墨色的慘澹消褪；下句則逆勢上揚，稱頌名畫歷久不衰、氣勢驚人。整聯先抑後揚，既引起讀者的懸念，又突顯出墨竹的高逸，令人讀後精神為之一振。

2. 敘事

陸游對仗敘事的佳對如：

蹔憩軒窗仍汛掃，遠遊書劍亦提攜。〔註312〕

缽盂分我雲堂飯，拄杖敲君竹院門。〔註313〕

〔註309〕陸游：《詩稿校注》，冊一，卷三〈馬上〉，頁216。

〔註310〕陸游：《詩稿校注》，冊二，卷七〈行武擔西南村落有感〉，頁554。

〔註311〕陸游：《詩稿校注》，冊一，卷三〈嘉祐院觀壁間文湖州墨竹〉，頁300。

〔註312〕陸游：《詩稿校注》，冊一，卷三〈小市〉，頁212。

〔註313〕陸游：《詩稿校注》，冊一，卷三〈簡南禪勤長老〉，頁296。

飽飯即知吾事了，免官初覺此身輕。〔註314〕

第一例寫在赴南鄭途中，上句自述掃灑休憩的驛站，下句介紹行囊裡包含書籍與劍器。此聯乍看是直陳旅程瑣事，仔細咀嚼卻含蘊雋永。即使只是暫供停憩的下榻處，陸游仍勤於拂拭、不敢懈怠；儘管萬里赴任，他也不願因貪圖輕便而荒廢讀書練劍。此聯看似信手拈來，卻體現出君子自強不息的剛健精神。

第二例描述的對象是成都南禪寺的勤長老，上句寫長老慷慨地分予陸游蔬食齋飯，下句寫陸游慇懃地拄杖拜訪長老。全聯一來一往，勾勒出兩人平凡卻真誠的友誼，「君子之交淡如水」自在言外。

第三例寫在成都大慈寺保福院，上句描寫飽食齋飯後的滿足感，下句抒發卸任職務後的輕鬆愜意。此聯看似消極遁世，實則是陸游濟世之心的調節。淳熙三年遭劾罷官後，陸游憂喜參半。憂的是此後人微言輕，復國之夢日遠；喜的是擺脫官場應酬，從此鳶飛魚躍。茹素持齋正象徵陸游知足惜福、甘於平淡的生活哲學。

3. 抒情

陸游對仗抒情的佳對如：

挽鬚預想諸兒喜，倒指猶爲五日留。〔註315〕

常憂老死無人付，不料窮荒見此奇。〔註316〕

吾道將爲天下裂，此心難與俗人言。〔註317〕

第一例寫在夔州試院，陸游離家月餘終於等到拆號日公布。第一個念頭就是孩子們的笑靨，但隨即想起還得苦熬五日，心頭又是一陣煩悶。此聯先揚後抑、虛實相對，細膩地呈現情感轉折，尤其「挽鬚」對「倒指」，不僅自然生動，更反映出內心的情感狀態。

〔註314〕陸游：《詩稿校注》，冊二，卷七〈飯保福〉，頁575。

〔註315〕陸游：《詩稿校注》，冊一，卷二〈定拆號日喜而有作〉，頁191。

〔註316〕陸游：《詩稿校注》，冊一，卷二〈追懷曾文清公呈趙教授趙近嘗示詩〉，頁202。

〔註317〕陸游：《詩稿校注》，冊一，卷五〈離成都後卻寄公壽子友德稱〉，頁434。

　　第二例描寫的人物有兩位，遠懷恩師曾幾，近示摯友趙教授。上句自述擔憂無法將老師的詩藝傳承出去，下句則讚揚趙詩風格清奇、深合己意。此聯先寫廣陵絕響的憂懼，再寫乍逢知音的驚喜，初凝重後明快，令人讀之豁然開朗。

　　第三例寫在離開興元府後，蜀州通判任內。上句自述憂慮至道將被分割撕裂，下句繼而感嘆心中焦慮無法輕吐。陸游所稱的「吾道」顯然並非玄奧的哲理，而是復國抗敵的民族大義。如今「吾道」非但未能凝聚朝野共識，反成怯戰苟安者的箭靶，鼓吹恢復被視為輕啟戰端，也難怪陸游一片赤誠難容於世，僅能寄語好友，聊以宣洩。此聯雖對丈寬鬆、典實不稱，但沉鬱之氣雄渾浩蕩、直貫而下，令人為之動容。

4. 議論

　　陸游對仗議論的佳對如：

　　　　律令合時方帖妥，工夫深處卻平夷。〔註318〕

　　　　中原成敗寧非數，後世忠邪自有評。〔註319〕

　　　　陂復豈惟民食足，渠成終助霸圖雄。〔註320〕

第一例是陸游著名的詩論，上句闡發對格律的見解，下句推崇平易自然的風格。江西詩派追隨黃庭堅，長期主宰宋代詩壇。因此力盤硬語、好作拗體的傾向在當時蔚為風尚。陸游則回歸唐律，重視聲韻的和諧，反對為求新變，刻意追求奇險；陸游進而從形式論及風格，認為唯有千錘百鍊方能反璞歸真，達到大巧若拙的境界。此聯僅用二句便直指詩學核心，見解相當精闢。

　　第二例為憑弔北宋名臣張庭堅而作，上句指出北伐成敗豈能妄加推算？大丈夫該義無反顧、為所當為；下句則認為忠賢或邪佞後世自

〔註318〕陸游：《詩稿校注》，冊一，卷二〈追懷曾文清公呈趙教授趙近嘗示詩〉，頁202。
〔註319〕陸游：《詩稿校注》，冊一，卷三〈過廣安弔張才叔諫議〉，頁218。
〔註320〕陸游：《詩稿校注》，冊一，卷三〈南池〉，頁221。

有公評，君子應堅守正道，不閹然媚世。此聯先講恢復大業，後論歷史評價，言談皆切中肯綮，發人深省。上下聯繫民族命運與個人氣節，既是頌揚先賢，亦是自我勉勵，更為後人垂範。

　　第三例為閬中南池懷古，此地曾經是萬頃蒼池，今已盡廢。上句典出《漢書·翟方進傳》，方進為相時因短視近利，掘壞鴻隙大陂，造成汝南郡屢遭乾旱；下句典出《史記·河渠書》，工程師鄭國為秦開鑿涇水為渠，使關中成為沃土，支持秦國霸業。此聯典實相稱，神完氣足。從興修水利到國富民強，論證緊密、環環相扣，展現出政治家高瞻遠矚的風采器識。

（三）意遠

　　一聯之中，上下句涵義類似，容易有語詞累贅、意象雷同之弊，古人稱為「合掌」，乃對仗之大忌。「意遠」則恰與「合掌」相反，上、下句反差愈大、涵義越遠，反而能在工整的形式中拉扯出強大的藝術張力。劉勰所標舉之「反對」法，即是追求「理殊趣合」之境。〔註321〕張夢機進而提出具體作法，指出對仗要注意剛柔、晦明、人我、鉅細、動靜之對比；以及情景、有無、今昔、時空的虛實迭用。〔註322〕

　　陸游對仗不但兼具工整、自然，且能靈活運用對比、映襯手法，即使遣詞造句淺白平易，也足以營造出鮮明深刻的藝術形象。其蜀中七律符合「意遠」原則的詩證不勝枚舉，以下分類歸納，援引數例：

1. 時空

萬里羈愁添白髮，一帆寒日過黃州。〔註323〕

〔註321〕劉勰：《文心雕龍注》，卷七（臺北市：學海出版社，1977 年 8 月），頁 588。
〔註322〕張夢機：《近體詩發凡》（臺北市：臺灣中華書局，1970 年 6 月），頁 62。
〔註323〕陸游：《詩稿校注》，冊一，卷二〈黃州〉，頁 141。

遠途始悟乾坤大，晚節偏驚歲月遒。〔註324〕

九萬里中鯤自化，一千年外鶴仍歸。〔註325〕

2. 今昔

少年恨不從豪飲，薄宦那知托近鄰。〔註326〕

自昔文章關治道，即今臺閣要名流。〔註327〕

早事樞庭虛畫策，晚遊幕府媿無功。〔註328〕

3. 情景

看鏡不堪衰病後，繫船最好夕陽時。〔註329〕

病思蕭條掩綠罇，閑坊寂歷鎖朱門。〔註330〕

春回柳眼梅鬚裏，愁在鞭絲帽影間。〔註331〕

4. 事景

歲月消磨閱亭傳，山川遼邈弊衣裘。〔註332〕

百年浮世幾人樂，一雨虛齋三日涼。〔註333〕

霜威漸重江初縮，農事方休役可興。〔註334〕

5. 虛實

藥物屏除知病減，夢魂安穩覺心平。〔註335〕

〔註324〕 陸游：《詩稿校注》，冊一，卷三〈柳林酒家小樓〉，頁221。

〔註325〕 陸游：《詩稿校注》，冊一，卷五〈寓驛舍〉，頁430。

〔註326〕 陸游：《詩稿校注》，冊一，卷二〈過夷陵適值祈雪與葉使君清飲談括蒼舊游既行舟中雪作戲成長句奉寄〉，頁166。

〔註327〕 陸游：《詩稿校注》，冊一，卷三〈送范西叔赴召〉其二，頁243。

〔註328〕 陸游：《詩稿校注》，冊一，卷四〈八月二十二日嘉州大閱〉，頁339。

〔註329〕 陸游：《詩稿校注》，冊一，卷二〈晚泊松滋渡口〉其二，頁159。

〔註330〕 陸游：《詩稿校注》，冊一，卷二〈試院春晚〉，頁187。

〔註331〕 陸游：《詩稿校注》，冊一，卷三〈雪晴行益昌道中頗有春意〉，頁266。

〔註332〕 陸游：《詩稿校注》，冊一，卷三〈登慧照寺小閣〉，頁224。

〔註333〕 陸游：《詩稿校注》，冊一，卷二〈西齋雨後〉，頁194。

〔註334〕 陸游：《詩稿校注》，冊一，卷四〈出城至呂公亭按視修堤〉，頁355。

〔註335〕 陸游：《詩稿校注》，冊一，卷二〈初夏新晴〉，頁191。

傾家釀酒猶嫌少，入海求詩未厭深。〔註336〕

杜陵雁下悲徂歲，笠澤魚肥夢故鄉。〔註337〕

6. 有無

馬經斷棧危無路，風掠枯茆颯有聲。〔註338〕

升沉自古無窮事，愚智同歸有限年。〔註339〕

殺身有地初非惜，報國無時未免愁。〔註340〕

7. 上下

巢燕並棲高棟穩，潛魚時躍小池幽。〔註341〕

清風掠地秋先到，赤日行天午不知。〔註342〕

側磴下臨重澗黑，亂雲高出一峰危。〔註343〕

8. 大小

數莖白髮愁無那，萬頃蒼池事已空。〔註344〕

戴雪數峰臨峭絕，浮花一水舞淪漪。〔註345〕

老柏干霄如許壽，幽花泣露為誰妍？〔註346〕

9. 明暗

日暮雪雲迷峽口，歲窮畬火照關頭。〔註347〕

〔註336〕 陸游：《詩稿校注》，冊一，卷二〈別王伯高〉，頁208。

〔註337〕 陸游：《詩稿校注》，冊一，卷三〈送范西叔赴召〉其一，頁242。

〔註338〕 陸游：《詩稿校注》，冊一，卷三〈自閬復還漢中次益昌〉，頁251。

〔註339〕 陸游：《詩稿校注》，冊一，卷二〈夜登白帝城樓懷少陵先生〉，頁195。

〔註340〕 陸游：《詩稿校注》，冊一，卷三〈登慧照寺小閣〉，頁224。

〔註341〕 陸游：《詩稿校注》，冊一，卷二〈夏夜起坐南亭達曉不復寐〉，頁195。

〔註342〕 陸游：《詩稿校注》，冊一，卷五〈東湖新竹〉，頁409。

〔註343〕 陸游：《詩稿校注》，冊一，卷五〈次韻周輔霧中作〉，頁459。

〔註344〕 陸游：《詩稿校注》，冊一，卷三〈南池〉，頁221。

〔註345〕 陸游：《詩稿校注》，冊一，卷三〈遊靈鷲寺堂中僧闃然獨作禮開山定心尊者尊者唐人有問法者輒點胸示之時號點點和尚〉，頁407。

〔註346〕 陸游：《詩稿校注》，冊一，卷五〈夜宿鵠鳴山〉，頁458。

〔註347〕 陸游：《詩稿校注》，冊一，卷二〈登江樓〉，頁178。

樓外曉星猶磊落，山頭初日已蒼涼。〔註348〕

曉看空濛知歲稔，夜聞點滴覺心涼。〔註349〕

10. 人我

故人草詔九天上，老子題詩三峽中。〔註350〕

自信前緣與人薄，每求寬地寄吾狂。〔註351〕

細看高人忘寵辱，始知吾輩可憐傷。〔註352〕

11. 抑揚

曾見灰寒百僚底，真能山立萬夫前。〔註353〕

未應湖海無豪士，長恨乾坤有腐儒。〔註354〕

低昂未免聞雞舞，慷慨猶能擊筑歌。〔註355〕

12. 剛柔

雲重古關傳夜柝，月斜深巷擣秋衣。〔註356〕

危棧巧依青嶂出，飛花併下綠巖來。〔註357〕

青史功名男子事，後堂歌舞故人情。〔註358〕

13. 憂喜

人材衰靡方當慮，士氣崢嶸未可非。〔註359〕

〔註348〕陸游：《詩稿校注》，冊一，卷四〈下元日五更詣天慶觀寶林寺〉，頁364。

〔註349〕陸游：《詩稿校注》，冊一，卷七〈連日得雨涼甚有作〉，頁600。

〔註350〕陸游：《詩稿校注》，冊一，卷二〈水亭有懷〉，頁154。

〔註351〕陸游：《詩稿校注》，冊二，卷七〈卜居〉其二，頁558。

〔註352〕陸游：《詩稿校注》，冊二，卷七〈次韻范文淵〉，頁565。

〔註353〕陸游：《詩稿校注》，冊一，卷二〈送芮國器司業〉其一，頁132。

〔註354〕陸游：《詩稿校注》，冊一，卷二〈江夏與章冠之遇別後寄贈〉，頁152。

〔註355〕陸游：《詩稿校注》，冊一，卷二〈自詠〉，頁188。

〔註356〕陸游：《詩稿校注》，冊一，卷二〈秋思〉，頁200。

〔註357〕陸游：《詩稿校注》，冊一，卷三〈嘉川鋪遇小雨景物尤奇〉，頁228。

〔註358〕陸游：《詩稿校注》，冊二，卷八〈次韻使君吏部見贈時欲游鶴山以雨止〉，頁683。

〔註359〕陸游：《詩稿校注》，冊一，卷二〈送芮國器司業〉其二，頁133。

罪大初聞收郡印，恩寬俄許領家山。〔註360〕

賊勢已衰真大慶，士心未振尚私憂。〔註361〕

14. 盛衰

壯歲光陰隨手過，晚途衰病要人扶。〔註362〕

久戍遺民雖困弊，承平舊鎮尚繁雄。〔註363〕

少日壯心輕玉塞，暮年幽夢墮滄洲。〔註364〕

15. 多寡

沉迷簿領吟哦少，淹泊蠻荒感慨多。〔註365〕

紛紛俗子常成市，疊疊微言孰賞音？〔註366〕

一規寒玉掛樓角，千點華星來坐中。〔註367〕

16. 頃久

海內十年求識面，江邊一見即論心。〔註368〕

倦遊我已七年客，促駕春無三日留。〔註369〕

十年人向三巴老，一夜陽從九地來。〔註370〕

17. 生死

生擬入山隨李廣，死當穿冢近要離。〔註371〕

〔註360〕 陸游：《詩稿校注》，冊二，卷七〈蒙恩奉祠桐柏〉，頁608。

〔註361〕 陸游：《詩稿校注》，冊二，卷八〈獵罷夜飲示獨孤生〉其二，頁694。

〔註362〕 陸游：《詩稿校注》，冊一，卷二〈江夏與章冠之遇別後寄贈〉，頁152。

〔註363〕 陸游：《詩稿校注》，冊二，卷六〈上元〉其二，頁535。

〔註364〕 陸游：《詩稿校注》，冊二，卷七〈芳華樓夜宴〉，頁604。

〔註365〕 陸游：《詩稿校注》，冊一，卷二〈初夏懷故山〉，頁190。

〔註366〕 陸游：《詩稿校注》，冊一，卷三〈寄鄧公壽〉，頁242。

〔註367〕 陸游：《詩稿校注》，冊二，卷六〈上元〉其二，頁535。

〔註368〕 陸游：《詩稿校注》，冊一，卷三〈寄鄧公壽〉，頁243。

〔註369〕 陸游：《詩稿校注》，冊二，卷七〈三月十六日作〉，頁564。

〔註370〕 陸游：《詩稿校注》，冊二，卷九〈冬至〉，頁735。

〔註371〕 陸游：《詩稿校注》，冊二，卷七〈月下醉題〉，頁596。

生前猶著幾兩屐，身後更須千載名。〔註372〕

青山是處可埋骨，白髮向人羞折腰。〔註373〕

18. 動靜

閑倚松蘿論劍術，靜臨窗几勘丹經。〔註374〕

笙歌雜沓娛清夜，風露高寒接素秋。〔註375〕

銀燭焰長搖酒浪，寶刀佩穩壓戎衣。〔註376〕

陸游作詩從選詞到造句，都相當注意人情物態的反差與對照，藉由意象的交互映襯，使氣勢增強、意蘊明顯，帶給讀者鮮明的感官印象。稍加爬梳蜀中七律，意遠之對便得十八類，同類當中亦各有巧妙。比如上舉有無對中，第一例「危無路」對「颯有聲」，路況險惡、景物凋敝互為烘襯，更顯詩境之蕭瑟；第二例「無窮事」對「有限年」，則以世事之紛雜對照生命之短暫；第三例「殺身有地」對「報國無時」，先慷慨激昂後抑鬱愁悶，有無之中也含抑揚相對，意蘊更深。

（四）巧變

對仗若能符合工整、自然、意遠，已是難得的佳對。但要進一步突破前人窠臼，力求新變，就得另闢蹊徑。唐人構思對仗時常結合其他修辭技巧，發展出連珠對、雙聲對、疊韻對、雙擬對、當句對、迴文對、倒裝對等等品項，大大豐富對仗修辭的表現技法。陸游詩中也存在許多變化巧妙之對仗，以下分析蜀中七律中主要的幾種巧變對法：

1. 雙聲疊韻對

雙聲、疊韻皆屬在字音上取對，因此合併討論。陸游作詩相當重

〔註372〕陸游：《詩稿校注》，冊二，卷七〈遣興〉，頁605。

〔註373〕陸游：《詩稿校注》，冊二，卷九〈醉中出西門偶書〉，頁726。

〔註374〕陸游：《詩稿校注》，冊二，卷七〈遊學射觀次壁間詩韻〉，頁603。

〔註375〕陸游：《詩稿校注》，冊二，卷七〈芳華樓夜宴〉，頁604。

〔註376〕陸游：《詩稿校注》，冊二，卷九〈排悶〉，頁712。

視音韻和諧，常運用雙聲、疊韻詞，使聲調更爲鏗鏘悅耳。字音相對又分雙聲相對、疊韻相對、雙聲對疊韻等三種情形，蜀中七律皆不乏其例。比如：

淋漓痛飲長亭暮，慷慨悲歌白髮新。〔註377〕

淡日微雲共陸離，曲闌危棧出參差。〔註378〕

鶯穿驛樹惺惚語，馬過溪橋躞蹀行。〔註379〕

暑近蚊雷先隱轔，雨前蠛蠓正崔嵬。〔註380〕

生涯落魄惟軃酒，客路蒼茫自詠詩。〔註381〕

淋漓詩酒無虛日，判斷鶯花又過春。〔註382〕

俗態似看花爛熳，病身能鬭竹清癯。〔註383〕

迂疏早不營三窟，流落今寧直一錢！〔註384〕

三秦父老應惆悵，不見王師出散關。〔註385〕

學經妻問生疏字，嘗酒兒斟潋灩杯。〔註386〕

上舉詩例中，標雙線者爲雙聲，標波狀線者爲疊韻。觀察兩者分佈概況，可發現其中以雙聲對疊韻者最爲普遍，雙聲、疊韻錯綜，聲音更爲靈巧婉轉，由此可見陸游對音韻講究之細膩。

2. 疊字對

在本章第二節〈語彙特色〉中已討論過陸游作詩愛用疊字，併具

〔註377〕陸游：《詩稿校注》，冊一，卷二〈哀郢〉其二，頁145。

〔註378〕陸游：《詩稿校注》，冊一，卷三〈驛亭小憩遣興〉，頁252。

〔註379〕陸游：《詩稿校注》，冊一，卷三〈金牛道中遇寒食〉，頁230。

〔註380〕陸游：《詩稿校注》，冊一，卷三〈春晚書懷〉其三，頁302。

〔註381〕陸游：《詩稿校注》，冊一，卷二〈晚泊松滋渡口〉其二，頁159。

〔註382〕陸游：《詩稿校注》，冊一，卷三〈自蜀州暫還成都奉簡諸公〉，頁298。

〔註383〕陸游：《詩稿校注》，冊一，卷四〈暮春〉，頁393。

〔註384〕陸游：《詩稿校注》，冊一，卷五〈秋思〉，頁443。

〔註385〕陸游：《詩稿校注》，冊一，卷五〈觀長安城圖〉，頁449。

〔註386〕陸游：《詩稿校注》，冊二，卷九〈閒意〉，頁729。

有種類豐富、句式靈活、設計高妙、富有創意等四項優點。其中關於對偶句中使用疊字情形，又特舉數例探析，以示其構思設計之高妙。詳細內容請參閱前文，在此僅補充數例，不再贅述：

　　　葦紋細細吹殘水，龜背時時出小灘。〔註387〕

　　　冷雲黯黯朝橫棧，紅葉蕭蕭夜滿船。〔註388〕

　　　遺虜屛屛寧遠略，孤臣耿耿獨私憂。〔註389〕

　　　月痕澹澹侵苔砌，雲葉蕭蕭覆水臺。〔註390〕

　　　昏昏橫靄憑軒見，沓沓疏鐘隔岸聞。〔註391〕

　　　檐角河傾秋耿耿，床頭蟲語夜惜惜。〔註392〕

　　　高高下下天成景，密密疏疏自在花。〔註393〕

　　　渺渺塘陰下鷗鷺，蕭蕭秋意滿菰蒲。〔註394〕

3. 當句對

　　當句對屬句中自對的一種，上下兩句既自對且相對，宛如四柱撐起全聯，因此又稱四柱對。當句對結構穩固，雖寬亦工，既能增加句式結構的變化，又允許詞彙組對更具彈性，因此極富創意巧思。陸游蜀中七律有不少巧妙的當句對，以下略舉數例說明：

　　　蒼顏白髮入衰境，黃卷青燈空苦心。〔註395〕

　　　鐘鼎山林俱不遂，聲名官職兩無多。〔註396〕

〔註387〕陸游：《詩稿校注》，冊一，卷二〈初冬野興〉，頁207。
〔註388〕陸游：《詩稿校注》，冊一，卷三〈簡章德茂〉，頁244。
〔註389〕陸游：《詩稿校注》，冊一，卷三〈歸次漢中境上〉，頁255。
〔註390〕陸游：《詩稿校注》，冊一，卷四〈夜思〉，頁326。
〔註391〕陸游：《詩稿校注》，冊一，卷四〈雨中至西林寺〉，頁329。
〔註392〕陸游：《詩稿校注》，冊一，卷四〈社前一夕未昏輒寢中夜乃得寐〉，頁337。
〔註393〕陸游：《詩稿校注》，冊一，卷四〈西園〉，頁367。
〔註394〕陸游：《詩稿校注》，冊一，卷五〈小閣納涼〉，頁401。
〔註395〕陸游：《詩稿校注》，冊二，卷九〈客愁〉，頁751。
〔註396〕陸游：《詩稿校注》，冊一，卷二〈自詠〉，頁188。

　　殘珮斷釵陵谷變，苫茆架竹井閭荒。〔註397〕

第一例「蒼顏」、「白髮」形體自對；「黃卷」、「青燈」器物自對，四物中又有四色相對，十分精巧。

　　第二例中，「鐘」與「鼎」、「山」與「林」、「聲」與「名」「官」與「職」皆單字成對，結合成複詞後「鐘鼎」與「山林」、「聲名」與「官職」再句中自對，結構相當精密。

　　第三例上句「殘珮」與「斷釵」衣飾自對，「陵」與「谷」地理自對；下句「苫茆」與「架竹」器物自對，「井」與「閭」宮室自對，四組名詞對偶緊密、鋪排繁複，令此聯語句極爲凝練強健。

　　上舉當句對諸例，多用實字、排列緊湊、對偶工整、層次繁複，呈現語勁句健之風格。陸游還有些當句對，相形之下結構較爲寬鬆，另有一番疏宕曠遠之趣。比如：

　　山川信美吾廬遠，天地無情客鬢衰。〔註398〕

　　客心尚壯身先老，江水方東我獨西。〔註399〕

第一例「山」與「川」爲地理自對，「天」與「地」是天文與地理自對；組成複詞後上句「山川信美」與「吾廬遠」、下句「天地無情」與「客鬢衰」形式上既是不等字當句對，意象上又成對比雙襯。此聯看似寬鬆，實則意蘊悠遠。

　　第二例「客心」與「身」，「江水」與「我」形成不等字當句對，前組同屬形體尙工，後者卻分屬地理與代名，門類相差甚大。但進一步推敲，上句乃自身的內外對比，下句繼而爲個人與環境的對照，意蘊層遞而出，涵括全聯。而「壯」與「老」、「東」與「西」相對，盛衰、去返對比強烈，更放大藝術衝突的張力。

〔註397〕陸游：《詩稿校注》，冊一，卷二〈憩歸州光孝寺寺後有冢近歲或發之得寶玉劍佩之類〉，頁169。
〔註398〕陸游：《詩稿校注》，冊一，卷二〈夔州重陽〉，頁201。
〔註399〕陸游：《詩稿校注》，冊一，卷三〈小市〉，頁212。

4. 流水對

對仗因爲詞彙、句型的對偶關係，最常見的表意方式爲平行結構，稱爲「並肩對」，或者「平對」。並肩對上下句各自獨立，不相連屬。若不考慮平仄，即使兩句互換，也不影響句意。

流水對又稱「仄對」，〔註400〕表意方式爲垂直結構，概念恰與並肩對相反。上下兩句文意相承，缺一不整，不容顛倒。比起對偶形式工整，流水對更重視意如貫珠、勢同流水，體現出渾融天成的自然神韻。依照上下句的承接關係又可分爲因果、轉折、遞進、假設、條件等情形，陸游蜀中七律流水對主要爲因果、轉折、遞進關係，以下分舉數例討論：

（1）因果

裛茸細雨初驚濕，屐齒新泥忽已深。〔註401〕

閑憑曲几聽雖久，強撫哀弦寫不成。〔註402〕

偶落山城無事處，暫還老子自由身。〔註403〕

第一例描寫春季迷濛的雨景，從細雨初濕輕裛，不知不覺中屐齒已陷入泥濘，陸游細膩刻畫雨中漫步的情景，將無邊的春雨化爲朦朧的詩境。

第二例旨在描寫秋聲之蕭瑟，閑憑曲几聽（秋聲）是因，撫弦譜曲則是欲求而未得之果。此聯「因」與「不果」之間牽扯著濃烈的情感，因爲愁思太過泛濫，掩蓋原本作曲的雅興，頗有「惆悵滿懷，欲語還休」之妙。

第三例寫在調離榮州時，偶然派駐寧靜的山城是因，暫從世俗解放，重獲心靈自由是果。「因」與「果」的詮釋間，正體現出陸游豁達開朗的人生哲學。以上三例由因至果，敘述平易曉暢，深合自然

〔註400〕 許清雲：《近體詩創作理論》（臺北市：洪葉文化，1997 年），頁 1818。
〔註401〕 陸游：《詩稿校注》，冊一，卷二〈春陰〉，頁 134。
〔註402〕 陸游：《詩稿校注》，冊一，卷五〈秋聲〉，頁 449。
〔註403〕 陸游：《詩稿校注》，冊二，卷六〈別榮州〉，頁 511。

之旨。

（2）轉折

本擬笙歌娛病客，卻催雨雪惱行人。〔註404〕

也知絕境終難賦，且喜閑身得縱遊。〔註405〕

久戍遺民雖困弊，承平舊鎮尚繁雄。〔註406〕

第一例是陸游寄贈葉安行所作。自述與好友難得相聚，原本打算笙歌同樂，卻因為雨雪擾亂預定行程，只得提前踏上旅途。此聯從期待到失望，情感的轉折處正突顯出友誼的醇厚。

第二例為陸游遊邛州白鶴山所作，上句所言絕境既指翠屏閣前陡峭的山壁，亦指壯志難伸的窘境；下句則由悲轉喜，心思徜徉在自然山水的同時，也尋得內在的平靜與超越。此聯從抑鬱到舒展，足見詩人的曠達灑脫。

第三例寫在淳熙三年元宵，元宵節亦稱上元節、小過年，陸游處在熱鬧歡騰的節慶活動中，思緒卻格外冷靜清晰。陸游敏銳地比較前線與成都的氛圍，鏡頭從困弊移向繁榮，轉折間隱然有居安思危之寓意。以上三例皆在上、下句聯繫處巧妙安排轉折，讓全聯情感更加宛轉變化、曲折有致。

（3）遞進

乍換春衫一倍輕，況逢寒食十分晴。〔註407〕

衰病強陪蓮幕客，凄涼又送石渠郎。〔註408〕

不堪異縣蕭條地，更遇初寒慘澹天。〔註409〕

〔註404〕陸游：《詩稿校注》，冊一，卷二〈過夷陵適值祈雪與葉使君清飲談括蒼舊游既行舟中雪作戲成長句奉寄〉，頁166。

〔註405〕陸游：《詩稿校注》，冊二，卷八〈西巖翠屏閣〉，頁683。

〔註406〕陸游：《詩稿校注》，冊二，卷六〈上元〉，頁535。

〔註407〕陸游：《詩稿校注》，冊一，卷三〈金牛道中遇寒食〉，頁230。

〔註408〕陸游：《詩稿校注》，冊一，卷三〈送范西叔赴召〉其一，頁242。

〔註409〕陸游：《詩稿校注》，冊一，卷四〈曉出城東〉，頁351。

因果句型自然、轉折句型委婉，與前述兩種相較，遞進句型則將情意層層增強，作者的主觀意圖相當強烈。第一例描寫天氣的和煦溫暖，從「一倍輕」的輕盈到「十分晴」的開朗，此聯逐步呈現出春暖花開的喜悅；第二例為送別之作，久病的疲憊尚未擺脫，又添與友別離的傷感，內心的淒涼層層深化；第三例寫鄉愁，身處冷僻蕭條的異鄉已夠悽苦，卻更逢寒日慘澹的天候，此聯先寫地理再寫氣候，深刻描摹出異鄉遠遊的寂寞心境。以上三例描寫欣喜、鄉愁、別恨，皆運用遞進手法，造成層波疊浪的藝術效果。

5. 倒挽對

倒挽對與流水對一樣，兩句合寫一意，但時間順序卻正好相反，採取倒敘的手法表意。陸游蜀中七律倒挽對的例子如：

憔悴遠游悲騎省，豪華前事記章臺。〔註410〕

七千里外新閑客，十五年前舊史官。〔註411〕

末路自悲終老蜀，少年常願從征遼。〔註412〕

第一例上、下句分用潘岳、張敞之事，藉此抒發個人身世之感；第二例寫在淳熙三年免官不久，這時正巧距擔任編類聖政所檢討官十五年，陸游妙用「新」、「舊」兩字，反襯出閑客的落寞與史官的尊榮。第三例先自述步入晚年的悲涼寫照，再緬懷少壯時期的豪情萬丈，兩相比較，令人不勝唏噓。

以上三例，陸游皆以倒敘手法結合今昔、盛衰、新舊對比。句意表達雖是先抑後揚，但現實人生卻是今非昔比，詩人藉由倒挽對的特殊結構，突顯出內心的強烈失落感，讓「往事不堪回首」的意蘊格外深沉凝重。

〔註410〕 陸游：《詩稿校注》，冊一，卷二〈十二月十九日晚巫山送客歸回望西寺小閣縹緲可愛遂與趙郭二教授同游抵夜乃還楚鄉偶得長句呈二君〉，頁210。
〔註411〕 陸游：《詩稿校注》，冊二，卷七〈閑中偶題〉，頁576。
〔註412〕 陸游：《詩稿校注》，冊二，卷九〈醉中出西門偶書〉，頁726。

（五）豐富

七律被視為古典詩歌中最精緻華贍的形式，主要因素在於頷、頸兩聯體制精美的對仗。明人胡應麟謂：「近體之難，莫難於七言律。五十六字之中，意若貫珠，言如合璧。其貫珠也，如夜光走盤，而不失迴旋曲折之妙；其合璧也，如玉匣有蓋，而絕無參差扭捏之痕。」〔註413〕一般情況而言，七律有兩組對仗，佔全詩一半文字。局部觀之，這二十八字言如合璧，字字精工；整體而言，兩聯對仗又必須融入全詩氛圍，意如貫珠、氣韻渾成。無怪乎胡氏感歎：「非蕩思八荒，游神萬古，功深百鍊，才具千鈞，不易語也。」〔註414〕

律詩對仗數以兩聯為標準，少則為貧，多則為富。一首七律中構思兩組對仗，符合工整、自然、意遠、巧變等原則已屬不易，若要在不妨害整體詩境的前提下，增添一組對仗，非有千錘百鍊的詩家大筆不可。七律對仗超過兩聯者，偶得一首已相當珍貴，陸游蜀中七律中竟足足有 37 首，其中〈金牛道中遇寒食〉更四聯皆對。〔註415〕可見陸游將七律的秀贍富麗發揮得淋漓盡致。

陸游蜀中七律，三聯以上對仗者可歸納出三個特點如下：

〔註413〕 胡應麟：《詩藪》（北京市：中華書局，1958 年），頁 79。
〔註414〕 胡應麟：《詩藪》（北京市：中華書局，1958 年），頁 80。
〔註415〕 陸游蜀中七律三聯對仗者如下列所示：〈弔李翰林墓〉、〈黃州〉、〈哀郢〉、〈初寒〉、〈水亭有懷〉、〈晚泊松滋渡口〉其二、〈試院春晚〉、〈西齋雨後〉、〈初冬野興〉、〈鄰山縣道上作〉、〈驛亭小憩遣興〉、〈嘉川鋪得檄遂行中夜次小柏〉、〈予行蜀漢間道出潭毒關下每憩羅漢院山光軒今復過之悵然有感〉、〈成都歲暮始微寒小酌遣興〉、〈分韻作梅花詩得東字〉、〈八月二十二日嘉州大閱〉、〈晚出城東〉、〈雨中睡起〉、〈雨後集湖上〉、〈宿杜氏莊晨起遇雨〉、〈秋思〉其一、〈城上〉其一、〈成都書事〉其二、〈春晴〉、〈夜宴〉、〈雨〉、〈卜居〉其二、〈幽居晚興〉、〈席上作〉、〈十日夜月中馬上作〉、〈百歲〉、〈和范待制秋興〉其二、〈晚過保福〉、〈早行至江原〉、〈次韻使君吏部見贈時欲游鶴山以雨止〉、〈晚起〉共 36 首。陸游蜀中七律四聯對仗者有〈金牛道中遇寒食〉1 首。

1. 前三聯對仗

律詩三聯對仗者依照對仗位置，又可分為前三聯對仗、後三聯對仗兩類。檢視陸游蜀中七律情形，三聯對仗者 36 首，皆屬前三聯對仗。律詩結構與前三聯對仗相似者，還有一種稱作「偷春格」的特殊形式，即首聯對仗，頷聯不對，如梅花先偷春色而綻放。偷春格難度遜於三聯對仗，陸游蜀中七律卻反倒闕之。這種現象並非陸游刻意捨易取難，而當從其創作過程探討。

陳詩香曾問：「昔人謂陸放翁每先得一聯，續成首尾，故其律詩時有上下不相呼應處，大家亦不免此弊乎？」陳僅答曰：「豈獨放翁，即少陵亦似時有之，但少陵善於安頓配合耳。」〔註416〕作七律的難處就在於既要抒情表意又得符合格律的要求，比較有效率的作法就是先從頷、頸兩聯構思，因為中間兩聯要同時考量平仄與對偶，限制最為嚴格。聯語既成，首、尾就有調整的彈性；反之，若從首聯寫起，頷、頸兩聯所要顧忌的條件就會增多，更改一字往往牽動數聯，容易陷入兩難。

陸游愛從頷、頸兩聯處著手的訣竅，顯然相當符合邏輯。至於「不相呼應」之弊，則要看詩人謀篇布局的功力，並非此種作法所獨有。陸游先構思聯語的方式，對仗數量自然以兩聯為基準，若首、尾二聯偶有妙思，便成三對、四對。這就是為何難度較高的三聯對仗會多過偷春格的主因。

陸游首聯對仗多信手拈來，非刻意為之，與頷、頸兩聯配合，無論抒情寫景皆自然流暢。以下列舉三首說明：

> 磔磔寒禽無定棲，纖纖小雨欲成泥。
> 松鳴湯鼎茶初熟，雪積爐灰火漸低。
> 一氣推移均野馬，百年蒙覆等醯雞。
> 青山黃葉蘭亭路，憶喚鄰翁共架犁。〔註417〕

〔註416〕陳僅：《竹林答問》。轉引自孔凡禮、齊治平編：《陸游資料彙編》（北京市：中華書局，2006 年 8 月），頁 349。
〔註417〕陸游：《詩稿校注》，冊一，卷四〈雨中睡起〉，頁 384。

第一首為陸游在雨聲淅瀝中轉醒而作，首聯「寒禽」與「小雨」、「無定棲」與「欲成泥」對仗雖寬，但卻自然生動地描繪出屋外的雨景；頷聯從遠景移向近景，用白描手法細膩刻劃屋內煮茶烤火的情景。首、頷兩聯一遠一近、一冷一暖，形成鮮明的對比。頸聯再由外在景象轉入內在心境，上、下句分引〈逍遙遊〉、〈田子方〉兩篇，闡述對生命的感發。首、頷、頸三聯對仗從外而內、由寬而工，暗合陸游從朦朧漸趨清醒的思緒，章法設計極為巧妙。

> 借鉏斸藥喜微香，汲井澆花趁晚涼。
> 胸次何曾橫一物，尊前尚欲笑千場。
> 錦江秋雨芙蓉老，笠澤春風杜若芳。
> 歸去自佳留亦樂，夢中何處是吾鄉？〔註418〕

第二首採取情、景交替的布局方式，首聯「借鉏斸藥」對「汲井澆花」相當工整流利，借、斸、汲、澆四個連續動作精彩傳達出陸游悠閒中的忙碌，顯然「幽居之忙」與「簿書之忙」兩者判若雲泥。頷聯的自述間接說明「愉快的勞動」根源於曠達的胸襟與樂觀的態度。

頸聯再從自家庭院擴大到錦江與笠澤兩處，此聯「錦江」與「笠澤」屬地名、「秋」與「春」屬時令、「雨」與「風」屬天文、「芙蓉」與「杜若」屬花卉，對仗極為工整。妙就妙在愈是工整愈突顯兩地難分軒輊，最後帶出「歸去自佳留亦樂」的結語，自然水到渠成、妙趣橫溢。

> 綠波畫槳浣花船，清簟疏簾角黍筵。
> 一幅葛巾林下客，百壺春酒飲中仙。
> 散懷絲管繁華地，寄傲江湖浩蕩天。
> 浮世升沉何足計，丹成碧落珥貂蟬。〔註419〕

第三首為宴會所作，首聯全用名詞構成，其中又形成借音對、當句對，意象相當密集繁富，鋪排出浣花溪畔野宴的熱鬧場面。在工整的首聯之後，頷、頸兩聯漸趨鬆散，對偶的安排極為擺盪疏放。

〔註418〕陸游：《詩稿校注》，冊二，卷七〈幽居晚興〉，頁 574。
〔註419〕陸游：《詩稿校注》，冊二，卷七〈席上作〉，頁 588。

「葛巾」與「春酒」分屬衣飾與飲食，雖不工整，卻令人聯想起酒壺錯落、頭巾散亂的酣飲景象；「林」與「飲」雖不成對，但分別組成複名詞「林下客」與「飲中仙」後，上、下句便從現實轉向虛幻，巧妙描摹出飲酒後身心所處的奇異狀態。「絲管」若以樂器視之，自然與「江湖」比例懸殊，但若從宏亮的樂聲理解，浩蕩江湖便成廣闊的舞臺，絲管歡騰足以響徹天地。

與上舉第一例相反，此詩首、頷、頸三聯由工而寬，暗合飲酒前後，思緒從清晰漸趨酣暢的過程。整首詩情感明快奔放，極富浪漫色彩，將七律的華麗整飭與七古的奇恣縱橫融爲一爐，令人擊節嘆賞。

2. 尾聯奇警

這項特點與前三聯對仗的布局方式關係密切。趙翼指出：「放翁古今體詩，每結處必有興會，有意味，絕無鼓衰力竭之態。」〔註420〕陸游作詩在結尾處的安排，多抒情詠懷，或發表議論；即使寫景狀物，也常藉以寓情托興。因此與其餘各聯相較，更注重意蘊傳達的力道，少見華麗的形式技巧。這也就是前三聯對仗會多過於後三聯的主因。

陸游七律尾聯奇警的特色，在前三聯對仗者尤其明顯。這是因爲經過連續三聯精美的對仗後，辭藻的秀贍華麗已攀到巔峰，此時若無風骨遒健的尾聯作鎮全詩，就有雕琢過甚之虞。因此陸游在三聯對仗後，尾聯的構思總是格外奇警峭峻、意蘊深遠，以下就列舉三首說明：

> 遠接商周祚最長，北盟齊晉勢爭強。
> 章華歌舞終蕭瑟，雲夢風煙舊莽蒼。
> 草合故宮惟雁起，盜穿荒冢有狐藏。
> 離騷未盡靈均恨，志士千秋淚滿裳。〔註421〕

〔註420〕趙翼：《甌北詩話》，卷六。轉引自孔凡禮、齊治平編：《陸游資料彙編》（北京市：中華書局，2006 年 8 月），頁 277。

〔註421〕陸游：《詩稿校注》，冊一，卷二〈哀郢〉其一，頁 144。

第一首為憑弔楚都郢城而作，首聯對仗大氣磅礴，鋪排出楚國當年的鼎祚聲勢；頷聯卻急轉而下，雲夢澤煙波依舊蒼茫浩蕩，但楚國早已滅亡，消失在歷史長河；頸聯再描寫楚宮舊址殘破荒涼的景象，加深今昔盛衰對比。首、頷、頸三聯氣勢雄渾，已是詠懷古蹟的傑作。尾聯更將整個王朝的悲劇收束在一首〈離騷〉，再串連起歷代忠臣義士的悲願，使全詩激昂振盪，讓讀者動容。

> 關北關南霜露寒，瀼東瀼西山谷盤。
> 篔紋細細吹殘水，黿背時時出小灘。
> 衰髮病來無復綠，寸心老去尚如丹。
> 逆胡未滅時多事，卻為無才得少安。〔註 422〕

第二首是陸游夔州郊遊所作，首聯先用雙擬對勾勒出瞿唐關與東西瀼水之間的氣候地貌；頷聯則將視野從全景限縮於水面，細膩描繪出波光微動、大黿沉浮的眼前景象。值得留意的是，此詩首、頷二聯雖用對仗，卻與高華秀贍大異其趣，「關」、「霜」、「寒」、「盤」、「殘」、「黿」等字連用，營造出冷硬孤峭的意境。頸聯由寫景轉而詠懷，方知放翁意不在山水。尾聯繼而將滿腔激憤帶到高峰，孰料下句急轉而下，張馳之間，將陸游慷慨激越卻無所用力的矛盾鬱悶表露無疑。

> 乍換春衫一倍輕，況逢寒食十分晴。
> 鶯穿驛樹惺惚語，馬過溪橋蹀躞行。
> 畫柱彩繩喧笑樂，艷妝麗服角鮮明。
> 誰知此日金牛道，非復當時鐵馬聲。〔註 423〕

第三首是四聯皆對的絕妙之作，首聯即用流水對表現出春光乍現的輕盈和煦；頷聯則用節奏鏗鏘的疊韻對加強鶯語、馬蹄的音響效果；頸聯「畫柱」與「彩繩」、「艷妝」與「麗服」再形成當句對，呈現出繽紛熱鬧的風俗民情。

　　此詩前三聯對仗辭藻優美卻又平易流暢，意象繁富並且高度和諧，將春光爛漫的金牛道描繪的盡善盡美，誰知末了的「鐵馬聲」

〔註 422〕陸游：《詩稿校注》，冊一，卷二〈初冬野興〉，頁 207。
〔註 423〕陸游：《詩稿校注》，冊一，卷三〈金牛道中遇寒食〉，頁 230。

突然敲響警鐘，讓原本的春遊風情畫猝然變色。此詩尾聯有如神來一筆，非但對仗高明，更難得的是用意奇警、涵蘊深遠，堪稱千古絕響。

3. 多寬對、流水對

陸游七律作三聯對仗，多非刻意爲之，皆屬心領神會、妙手拈來，因此通篇自然流暢、神完氣足，不至於雕琢過甚，而失之纖細體弱。由於一篇之中，同時羅列三聯對仗，形式結構已相當精工富麗，陸游便擁有放寬字面的餘裕，將精神貫注在意象的經營擘畫，因此三聯對仗者常出現極富詩意的寬對、流水對。以下列舉三首說明：

> 微雨晴時出驛門，亂鶯啼處過江村。
> 挽花醉袖沾餘馥，迎日征鞍借小溫。
> 客路一身眞弔影，故園萬里欲招魂。
> 鬢毛無色心猶壯，藉草悲歌對酒尊。〔註424〕

第一首首聯「雨」與「鶯」分屬天文與動物，「晴」與「啼」分屬時令與形體；頷聯「花」與「日」分屬草木與天文，皆屬寬對，但就是在寬鬆處見舒緩優美的情韻。微雨收而復晴，鶯雀跳躍鳴啼，就在這樣的情景下，陸游出驛門後過江村，首聯流水對運用的自然無痕；頷聯從視覺景觀轉向嗅覺、觸覺的摹寫，陸游駕馬前行，沿途花香盈袖、春日送暖，令人心神俱醉。

此詩前兩聯採取寬對，隱然貼合陸游慵懶舒適的心境，但這樣的感受卻僅止於表面，在自在愜意的背後，是隱藏不住的鄉愁。頸聯情境一變，對仗也趨向嚴肅工整，全篇前半怡然自適，後半感慨悲涼，形成強烈對比。

> 陌上弓刀擁寓公，水邊旌旆卷秋風。
> 書生又試戎衣窄，山郡新添畫角雄。
> 早事樞庭虛畫策，晚遊幕府媿無功。
> 草間鼠輩何勞磔，要挽天河洗洛嵩。〔註425〕

〔註424〕陸游：《詩稿校注》，冊一，卷三〈鄰山縣道上作〉，頁217。
〔註425〕陸游：《詩稿校注》，冊一，卷四〈八月二十二日嘉州大閱〉，頁339。

第二首前兩聯也用寬對，首聯「寓公」與「秋風」分屬人倫與天文；頷聯「書生」與「山郡」分屬人倫與地理，對仗雖疏宕卻更突顯氣勢的雄放豪健，值得注意的是陸游常拿自我形象與山河、天象爲對，展現出君子法天的遠大氣魄。

頸聯繼而從外在景物導向內在情志，對仗也轉爲嚴密工整，顯示出陸游在慷慨激越中仍維持住冷靜思路。全篇在頸聯處壓抑蓄勢，尾聯再以誇飾雄奇的意象噴薄而出。此詩雖與前首類似，採取二寬一工的結構，但經由詩人獨運匠心卻呈現截然不同的堂堂風采。

> 渺渺長江下估船，亭亭孤塔隱蒼煙。
> 不堪異縣蕭條地，更遇初寒慘澹天。
> 巾褐已成歸有約，簞瓢未足去無緣。
> 包羞強索侏儒米，豪舉何人記少年？〔註426〕

第三首寫在嘉州城郊，首聯用疊字對鋪排出長江遠眺的遼闊景象，雖以白描寫景爲主，但商船順流而下，正開往東歸的方向；佛塔在煙嵐中飄忽模糊，又何似於故鄉的熟悉景致？首聯情景交融，順勢引起頷、頸兩聯的流水對。

頷聯蕭瑟的情思漸漸從景物中滲透而出，異鄉的冷清蕭條、秋日的慘澹淒涼，逐層加深內心的鬱悶愁苦。頸聯「巾褐已成」與「簞瓢未足」形成正反對，拉大理想與現實的距離。尾聯最後用東方朔、平原君之事，抒發宦海浮沉的深沉感歎。此詩由景入情，語意連貫，氣韻流動，尾聯巧用問句作結，留有含而未吐的餘韻。全篇對仗典實雖多，卻與情感融爲一體，已臻平淡意遠的高妙境界。

總括以上論述，陸游對仗之博大精深，可由工整、自然、意遠、巧變、豐富五個層面逐一檢視。無論雙聲對、疊韻對、疊字對、借音對、當句對、雙擬對、流水對、倒挽對、剛柔對、人我對、有無對等等對仗形式，皆可從蜀中七律找到合適的例證。陸游詩中對仗種類不僅包羅萬象，而且皆能發揮藝術特色，與情感意象巧妙融爲一體，堪

〔註426〕陸游：《詩稿校注》，冊一，卷四〈曉出城東〉，頁351。

稱後世學習屬對的優良典範。

第四節　用韻特徵

　　中國語言文字屬單音節系統，字群繁衍發展的過程與聲義關連密切。字形上常有音符、形符提供辨識，而字義又存在於字音中。這種形、音、義三者具足的特徵，讓中文字的精神底蘊更爲圓融豐厚，爲韻文的發展提供音響優美的先天優勢。

　　黃永武言：「音響的積極意義，應不啻是局限於悅耳動聽的單調效果，還須顧及字義、顧及物狀、顧及人情，大凡詩歌中最成功的音節，能促使文字的音與義密切連結起來，令音響與興會歸於一致，聲由情出，情在聲中，聲情哀樂，一齊湧現，達到詩歌音響的妙境。」〔註427〕黃氏所言「聲義相切」的音響效果，尤其在韻腳位置特別顯著。

　　韻腳指詩、詞、曲、賦等韻文句末押韻的字，它猶如宮室建築之基石，對全篇結構的影響甚大。律詩韻腳的選擇尤其重要。從格律限制來看，無論是五言、七言，它皆是一句中最難挪移更替的部分；從音響效果來看，吟唱朗誦的尾音或綿延繚繞，或高昂嘹亮，聲響特別突出；從情感含蘊來看，同韻字在各句末重複出現，不只造成悅耳的合聲，更能藉「聲義相切」的特性，融合音響與興會，達到聲情和諧的藝術妙境。

　　古代通曉音律的詩人，作詩皆講究協調聲律。杜甫有律聖之譽，尤其擅長「隨情押韻」，以其敏銳的音感，選擇配合詩境的韻腳，烘托全詩的氛圍。陸游作詩近師曾幾，遠承杜甫，尤其七律受杜詩影響最深。吳之振云：「宋詩大半從少陵分支，故山谷云：『天下幾人學杜甫，誰得其皮與其骨？』若放翁者，不寧皮骨，蓋得其心矣。」

〔註427〕黃永武：《中國詩學——設計篇》（臺北市：巨流圖書公司，1987年4月），頁153。

〔註 428〕陸游七律在主題思想、藝術風格、形式技巧皆得杜甫衣鉢，其聲律的運用上自有其獨到之處。茲就蜀中七律用韻情形統計如下表：

韻　部	種類	數量	比例	韻　部	種類	數量	比例
下平庚韻	寬韻	49	11.9%	上平齊韻	中韻	9	2.2%
上平支韻	寬韻	43	10.4%	下平蕭韻	中韻	7	1.7%
下平陽韻	寬韻	39	9.4%	上平魚韻	中韻	6	1.5%
下平尤韻	寬韻	33	8.0%	上平文韻	窄韻	5	1.2%
上平東韻	寬韻	30	7.3%	下平豪韻	中韻	4	1.0%
下平先韻	寬韻	28	6.8%	上平冬韻	中韻	4	1.0%
上平微韻	窄韻	24	5.8%	下平歌韻	中韻	3	0.7%
上平灰韻	中韻	21	5.1%	下平青韻	窄韻	3	0.7%
上平寒韻	中韻	20	4.8%	下平蒸韻	窄韻	2	0.5%
上平眞韻	寬韻	18	4.4%	下平肴韻	險韻	1	0.2%
上平元韻	中韻	16	3.9%	下平咸韻	險韻	1	0.2%
下平侵韻	中韻	13	3.1%	下平覃韻	窄韻	1	0.2%
上平虞韻	寬韻	11	2.7%	下平江韻	險韻	1	0.2%
上平刪韻	窄韻	11	2.7%	上平鹽韻	窄韻	0	0.0%
下平麻韻	中韻	10	2.4%	上平佳韻	險韻	0	0.0%

由上表所呈現的資訊，可歸納出陸游蜀中七律用韻的幾項特徵：

一、好用寬韻

　　蜀中七律使用率最高的前六名韻部皆屬寬韻，且合計高達53.8%。若以寬、中、窄、險韻分類統計，〔註429〕寬韻占60.9%，中

〔註 428〕吳之振：《宋詩鈔》卷六十四〈陸游劍南詩鈔〉，北京，中華書局，1996 年 2 月，頁 2。
〔註 429〕寬、中、窄、險韻分類標準依據王力：《漢語詩律學》（香港：中華

韻占 27.4%，窄韻占 11.1%，險韻占 0.6%。中韻所屬灰、寒、元、麻
等部，傳統亦視爲寬韻。寬韻與中韻兩類合計後占總數將近九成。

由以上數據可見，陸游對於韻部的選擇以穩妥爲第一考量，正符
合其「律令合時方帖妥」的主張，﹝註430﹞有別宋代詩壇好用險韻、
求奇尚硬的傾向。

二、選擇廣泛

陸游選擇韻目雖以寬韻爲主，先求用韻穩妥，但卻不因此捨難取
易、畫地自限，僅從常用字多的幾個韻部尋找韻腳。如上表所示，陸
游蜀中七律幾乎用遍平聲三十韻，僅鹽、佳兩韻闕如。可知陸游在選
用韻腳時，先以穩妥爲基準，再進而尋求新變。

陸游不好用險韻，追求奇崛生硬；但也不故步自封，完全屏除險
韻。因此其採用窄韻、險韻的作品雖不多，但偶爾出手，皆自然曉暢，
不流於聱牙艱澀。以下列舉三首說明：

> 北風吹雨暗江郊，十月僧廬旋補茆。
> 病馬敢希三品料，驚禽聊借一枝巢。
> 少時諸老爭求識，晚歲殊方罕定交。
> 閉戶不妨新得趣，丹經盈篋手親抄。﹝註431﹞

第一首韻腳郊、茆、﹝註432﹞巢、交、抄五字皆屬下平三肴，古音蕭、
肴、豪相通。﹝註433﹞王易云：「蕭筱飄灑。」﹝註434﹞故肴韻聲情亦
帶有豪邁、瀟灑、慨歎之感，正符合此詩情境。

首聯描寫冬季夜雨的黯淡光景，由此引起頷聯的身世感慨；頸聯

出版，2003 年 4 月），頁 78。
﹝註430﹞陸游：《詩稿校注》，冊一，卷二〈追懷曾文清公呈趙教授趙近嘗示
詩〉，頁 202。
﹝註431﹞陸游：《詩稿校注》，冊二，卷九〈夜雨有感〉，頁 700。
﹝註432﹞茆，通茅。
﹝註433﹞喻守眞編：《唐詩三百首詳析》（高雄市：高雄復文圖書出版社，2009
年 9 月），頁 336。
﹝註434﹞王易：《詞曲史》（臺北市：廣文書局有限公司，1971 年 7 月），頁
283。

進而回想起少壯時輝煌榮景，再對照如今的寂寞冷清；尾聯境隨心轉，閉門息游後反得修養性靈的契機。前三個韻腳字所屬的詞彙「江郊」、「補茆」、「一枝巢」，皆予人荒僻、簡陋的蕭條印象，第四個「罕定交」更與出句的「爭求識」形成強烈的冷熱對比，末句韻腳詞彙「手親抄」卻一掃陰霾，點亮整首詩境，將詩人瀟灑磊落的胸襟化爲生動的形象。

> 幼輿骨相稱山巖，自要閒遊不避讒。
> 錦里先生爲老伴，玉霄散史是頭銜。
> 探春苑路花篸帽，看月江樓酒滿衫。
> 惟恨題詩無逸氣，媿君陣馬與風驔。〔註435〕

第二首韻腳巖、讒、銜、衫、驔〔註436〕五字屬下平十五咸，咸韻較爲纖細、內斂，聲情頗有幾分蕭瑟、清冷之意。

此詩爲陸游寄贈摯友譚德稱所作，內容以自述詠懷爲核心。首聯以晉代名士謝鯤自比，吐露出詩人寄情山水、不諱不媚的高尚情志，頷聯則敘述仕途受挫，投閑置散的近況；頸聯表面似言賞花飲酒的逍散自在，但實際是爲引出尾聯有志難伸的憤懣。陸游賦詩明志，所恨所缺之「逸氣」爲何？下句自解爲「陣馬與風驔」。「陣馬風驔」比喻行進時之勇猛飛快，正象徵陸游始終昂揚的奮戰精神。

此詩韻腳詞彙「讒」、「頭銜」與「山巖」、「衫」、「風驔」兩組形成強烈對比，前者揭示官場的虛僞狡詐，後者則突顯出詩人清剛、孤獨、軒昂的精神氣象。韻腳的運用切合詩中情感，細膩收斂卻不顯纖弱，氣韻綿延且具有韌性。

> 陸走崔嵬水下瀧，客中更復客它邦。
> 晚離方井雲藏市，夜渡新津火照江。
> 人語紛紛投野寺，床敷草草寄僧窗。
> 五更風雨妨歸夢，臥看殘燈吐半缸。〔註437〕

〔註435〕陸游：《詩稿校注》，冊二，卷九〈簡譚德稱〉，頁711。
〔註436〕驔，通帆。
〔註437〕陸游：《詩稿校注》，冊二，卷八〈中夜投宿修覺寺〉，頁690。

第三首韻腳瀧、邦、江、窗、缸五字屬上平三江，王易云：「江講爽朗。」〔註438〕江韻與陽韻相近，聲音皆清昂響亮，因此聲情開朗、豪爽、奔放。相當符合陸游性情，可惜江韻收字稀少，因此陸游雖好用陽韻，江韻卻僅有一首。

此詩爲陸游自邛州返成都道時，夜宿修覺寺所作。首聯描述山道崎嶇、水路驚險，客宿異鄉的冷清寂寞；頷聯描繪方井、新津兩處的全幅景色；頸聯由寫景轉寫人事，描述深夜投宿，匆匆下榻的情形；尾聯再寫輾轉不寐，臥看殘燈的景象。

這首詩言情寫景相當細膩，首聯連用「客」字，先點出異鄉遠遊的寂寞。接下來情感全融入景物當中，雲煙繚繞、江畔燈火、野寺僧窗、殘燈明滅，無不勾引出思鄉之情。韻腳更由奔騰遼闊的瀧、邦、江，漸漸緊縮爲空間侷促的窗、缸，正符合鄉愁愈夜愈濃，對旅人心靈不斷擠壓近逼的情境。陸游善用江韻的清越響亮，轉而烘托出全詩冷清、空蕩的寂寥之感。

三、隨情押韻

黃永武言：「韻腳的功用，決不止便於歌詠、和諧娛耳而已，韻腳的音樂功用，可以輔助情境，使其畢現出來。」〔註439〕人類從襁褓時期，尚未牙牙學語，就知啼哭嬉笑以反應喜怒好惡，可見聲音是表達情感最基本的方式之一。因此選擇韻腳，不僅要穩妥、自然，還須考量聲情與詩境的關係，靈活調配韻腳，方能使音響、情感、意象三者交融，體現出精微奧妙的藝術境界。

詩聖杜甫最擅長隨情押韻，其〈春望〉一首，選用低吟沉靜的侵韻抒發目睹長安淪陷的沉痛抑鬱；而〈聞官軍收河南河北〉則選用爽朗奔放的陽韻，傾瀉初聞捷報的狂喜之情。兩首一憂一喜，韻腳皆切

〔註438〕 王易：《詞曲史》（臺北市：廣文書局有限公司，1971 年 7 月），頁283。
〔註439〕 黃永武：《中國詩學——設計篇》（臺北市：巨流圖書公司，1987 年4 月），頁 154。

中情節，堪稱千古絕唱。陸游詩藝系出杜甫門牆，其選用韻腳亦相當
重視聲情，以下列舉數例討論：

> 乍換春衫一倍輕，況逢寒食十分晴。
> 鶯穿驛樹惺惚語，馬過溪橋踸踔行。
> 畫柱彩繩喧笑樂，艷妝麗服角鮮明。
> 誰知此日金牛道，非復當時鐵馬聲。〔註440〕
>
> 南鄭春殘信馬行，通都氣象尚崢嶸。
> 迷空遊絮憑陵去，曳綫飛鳶跋扈鳴。
> 落日斷雲唐關廢，淡煙芳草漢壇平。
> 猶嫌未豁胸中氣，目斷南山天際橫。〔註441〕

以上兩首皆用下平八庚，王易云：「庚梗振厲。」〔註442〕謝雲飛則說：
「凡庚、青、蒸韻的韻語，都含有一種淡淡的哀愁，似乎又有相當理
智的情愫。」〔註443〕庚韻聲情平和穩定，所適用的題材範圍廣泛，
是陸游蜀中七律使用最頻繁的韻部。

　　第一首前四個韻腳詞彙「輕」、「晴」、「行」、「鮮明」，連綴出明
朗、輕快的情調，最後的「鐵馬聲」則一變振厲之音，以收發聲振聵
之效。巧妙的設計將庚韻冷靜理性的特質發揮得淋漓盡致。

　　第二首為陸游初到南鄭所作，首聯「信馬行」看似隨意，其實是
陸游以戰略家的角度進行視察，「崢嶸」則是對這處軍事重鎮的總評。
紙鳶無法鳴叫，頷聯「跋扈鳴」實是詩人內心振奮的長嘯；最後兩個
韻腳詞彙「漢壇平」與「天際橫」正好讓豪情隨視野無限開展。此詩
景象全蘊藏陸游的躊躇滿志，詩人選擇平穩理性的庚韻，將昂揚的鬥
志節制在冷靜的聲調中，形成強烈的藝術張力。再如：

> 萬里西來為一飢，坐曹日日汗沾衣。

〔註440〕陸游：《詩稿校注》，冊一，卷三〈金牛道中遇寒食〉，頁230。
〔註441〕陸游：《詩稿校注》，冊一，卷三〈南鄭馬上作〉，頁234。
〔註442〕王易：《詞曲史》（臺北市：廣文書局有限公司，1971年7月），頁
　　　　283。
〔註443〕謝雲飛：《文學與音律》（臺北市：東大圖書有限公司，1978年11
　　　　月），頁63。

但嫌憂畏妨人樂，不恨疏慵與世違。

雕檻迎陽花並發，畫梁避雨燕雙歸。

放懷始得閒中趣，下馬何人又叩扉。〔註444〕

夢裏何曾有去來，高城無奈角聲哀。

連林秋葉吹初盡，滿路寒泥躑欲開。

笠澤決歸猶小憩，錦城未到莫輕回。

炊菰斫鱠明年事，卻憶斯遊亦壯哉！〔註445〕

第一首韻腳衣、違、歸、扉四字屬上平五微，飢字屬鄰韻的上平四支；第二首韻腳來、哀、開、回、哉五字屬上平十灰。謝雲飛言：「凡微、灰韻的韻語，都含有氣餒抑鬱的情思。」〔註446〕

第一首〈假日書事〉，題目看似描述休假時的閒情雅趣，實則抒發夔州任官之苦，首聯寫萬里赴官的艱辛與夔州氣候之酷熱，頷聯則由生理的不適深入心理的不遇，與世相違、憂讒畏譏才是詩人飽受煎熬的根源；頸聯轉而描寫庭院的優美景色，讓心靈短暫獲得舒緩；旋即被尾聯出現的不速之客所打斷。

此詩韻腳詞彙「一飢」、「汗霑衣」、「與世違」，突顯出詩人處境的狼狽與窘迫；「燕雙歸」則象徵辭官返鄉的渴望，「叩扉」則代表無法斷絕的世俗紛擾。陸游妙借微韻氣餒抑鬱的特質，表現出徒有滿腹經綸，卻僅能困守吏簿瑣事的落拓無奈。

第二首〈初離興元〉寫在王炎幕府解散之後，陸游復國夢碎，滿腔憤慨卻因政治敏感而難以盡吐。只好將所有情緒皆化為景語，邊城角聲、秋葉凋零、泥濘塞路皆浸染詩人濃烈的愁緒。韻腳選擇展脣的灰韻，在全詩蒼涼沉鬱的主調中又蘊含一股悲壯的豪情。

在韻腳的選擇調配上，陸游幾組聯章七律尤其精彩。透過詩人的慧心巧思，音響與情境相輔相生，描摹出作者內心幽微曲折的情感世

〔註444〕陸游：《詩稿校注》，冊一，卷二〈假日書事〉，頁196。

〔註445〕陸游：《詩稿校注》，冊一，卷三〈初離興元〉，頁256。

〔註446〕謝雲飛：《文學與音律》（臺北市：東大圖書有限公司，1978年11月），頁62。

界。比如〈和范待制秋興〉三首：

> 策策桐飄已半空，啼螿漸覺近房櫳。
> 一生不作牛衣泣，萬事從渠馬耳風。
> 名姓已甘黃紙外，光陰全付綠尊中。
> 門前剝啄誰相覓，賀我今年號放翁。〔註447〕
>
> 睡臉餘痕印枕紋，秋衾微潤覆爐熏。
> 井桐搖落先霜盡，衣杵凄涼帶月聞。
> 佛屋紗燈明小像，經盦魚蠹蝕眞文。
> 身如病驥惟思臥，誰許能空萬馬羣。〔註448〕
>
> 山澤沉冥氣尚豪，鬖絲未遽嘆蕭騷。
> 已忘海運鯤鵬化，那計風微燕雀高。
> 萬里客魂迷楚峽，五更歸夢隔胥濤。
> 故知有酒當勤醉，自古寧聞死可逃？〔註449〕

這三首組詩以酬和為題，實為自述逢憂遭讒後的心路歷程。第一首韻腳空、櫳、風、中、翁五字屬上平一東。王易云：「東董寬宏。」〔註450〕東韻與冬韻相近，聲情皆寬宏高闊。陸游將東韻安排在組詩的第一首，開頭便表現出一種瀟灑自若、從容不迫的生命情調。韻腳詞彙「已半空」、「馬耳風」正象徵著為國建功立業的夙願已成泡影，「綠尊中」、「號放翁」則是詩人語帶嘲諷地故作狂態。

　　陸游飲酒佯狂只是為了隱藏內心的鬱悶痛苦，第一首看似寬宏豁達，實際只是面對政治打壓，不甘示弱的一種反抗態度。第二首繼而為夜晚不寐所作，在夜闌人靜的獨處時刻，詩人卸除不必要的偽裝，直接顯露最眞實的生命情感。紋、熏、文、聞、羣屬上平十二文，謝雲飛言：「凡眞、文、魂韻的韻語，都含有苦悶、深沉、怨恨的情調。」

〔註447〕陸游：《詩稿校注》，冊二，卷七〈和范待制秋興〉，頁611。
〔註448〕陸游：《詩稿校注》，冊二，卷七〈和范待制秋興〉，頁611。
〔註449〕陸游：《詩稿校注》，冊二，卷七〈和范待制秋興〉，頁612。
〔註450〕王易：《詞曲史》（臺北市：廣文書局有限公司，1971年7月），頁283。

〔註 451〕文韻端莊凝重，陸游以此來托寓內心的失意愁懟，此詩前三
聯皆寓情於景，只在詩末才慨歎不遇伯樂之憾，聲情端凝內斂正與詩
境切合，讀來特別蒼鬱雄渾。

　　從第一首的幽默自嘲，經第二首的抑鬱輪困，詩人在組詩的最後
又重新振作精神。第三首詩陸游選擇的是下平四豪，豪、蕭、肴三韻
聲情類似，大致有輕佻、飄灑、豪邁之意。陸游此詩以雄渾高闊的氣
象，沖淡個人身世的傷感，配合豪韻明快奔放的節奏，歌詠出豪邁健
爽的風采。這組聯章七律東、文、豪三韻的運用，巧妙貼合詩人的情
感轉折，令人擊節嘆賞。再如〈獵罷夜飲示獨孤生〉三首：

> 客途孤憤只君知，不作兒曹怨別離。
> 報國雖思包馬革，愛身未忍價羊皮。
> 呼鷹小獵新霜後，彈劍長歌夜雨時。
> 感慨卻愁傷壯志，倒瓶濁酒洗餘悲。〔註 452〕
>
> 關輔何時一戰收，蜀郊且復獵清秋。
> 洗空狡穴銀頭鶻，突過重城玉腕騮。
> 賊勢已衰真大慶，士心未振尚私憂。
> 一樽共講平戎策，勿為飛鳶念少游。〔註 453〕
>
> 白袍如雪寶刀橫，醉上銀鞍身更輕。
> 帖草角鷹掀兔窟，憑風羽箭作鵰鳴。
> 關河可使成南北？豪杰誰堪共死生。
> 欲疏萬言投魏闕，燈前攬筆涕先傾。〔註 454〕

這三首組詩是陸游打獵後寄贈摯友獨孤策所作，打獵活動也是一種軍

〔註 451〕謝雲飛：《文學與音律》（臺北市：東大圖書有限公司，1978 年 11
　　　　月），頁 63。
〔註 452〕陸游：《詩稿校注》，冊二，卷八〈獵罷夜飲示獨孤生〉其一，頁
　　　　693。
〔註 453〕陸游：《詩稿校注》，冊二，卷八〈獵罷夜飲示獨孤生〉其二，頁
　　　　694。
〔註 454〕陸游：《詩稿校注》，冊二，卷八〈獵罷夜飲示獨孤生〉其三，頁
　　　　694。

事訓練，相當能激起陸游的豪情壯志，但下馬後現實狀況卻立刻澆熄他的鬥志，只好借酒吟詩，聊贈知音。這組聯章詩本以憂愁、鬱悶為共同基調，陸游巧妙配置韻部，細膩變化聲情，讓這組聯章七律情感的表達更具層次。

第一首陸游選擇的是上平四支，王易云：「支紙縝密。」〔註455〕支韻聲情有矜持、審慎、周密、細膩諸意。陸游設置在飲酒詩的首篇，正切合初飲時尚能維持理性、有所節制的情態。此時詩人飲而未醉，愁思內斂含蓄，以縝密的支韻傳達恰如其分。

第二首飲酒進入半酣薄醉，陸游仗著酒意，直接傾訴對國勢政局的擔憂。這首韻腳選的是下平十一尤，王易云：「尤有盤旋。」〔註456〕謝雲飛言：「凡尤、侯韻的韻語，都似乎含有千般愁怨，無法申訴的意味似的，最適用於憂愁的詩。」〔註457〕尤韻聲情相當鮮明，所收韻字憂、幽、尤、愁、仇、囚、秋等皆飽含幽怨、愁悶的情思。陸游在此選擇憂愁感慨的尤韻，承續前首支韻欲吐未盡的鬱悶，使全詩籠罩在憂慮陰霾的沉重氛圍中。

第三首酒興更濃，詩情隨著醉意也愈加慷慨激昂。前一首詩人尚能冷靜審度敵我形勢，至此愛國熱情在酒精的催化下噴薄欲出，連生死都拋諸腦後。此首陸游選用振拔揚厲的庚韻，彷彿要將心頭積壓的壘塊，藉由酒漿涕淚一併傾洩而出，在蒼涼悲壯的情調中又平添振厲之音。這組聯章七律支、尤、庚三韻的連用，正好詮釋詩人獵罷獨飲，由清醒漸酣醉、從冷靜到激越的情態，音響與情感的調配渾然天成。

總括上面所論，陸游選韻以寬宏為主，但卻不因此畫地自限，屏

〔註455〕王易：《詞曲史》（臺北市：廣文書局有限公司，1971 年 7 月），頁283。

〔註456〕王易：《詞曲史》（臺北市：廣文書局有限公司，1971 年 7 月），頁283。

〔註457〕謝雲飛：《文學與音律》（臺北市：東大圖書有限公司，1978 年 11月），頁62。

除窄韻、險韻，因此能在不影響穩妥與自然的原則下，適度展現靈活多變的用韻技巧。更難得的是陸游紹承杜甫「隨情押韻」的創作手法，將情境與音響融為一體，營造出「聲由情出，情在聲中」〔註458〕的絕妙境界。

〔註458〕黃永武：《中國詩學——設計篇》（臺北市：巨流圖書公司，1987年4月），頁153。